solamente tú

VALERY ARCHAGA

Solamente tú

Libro de Valarch Publishing/marzo 2024

Publicado Por Valarch Publishing
Charlotte, Carolina del Norte
Estados Unidos

Colaboraciones: Grecia Leal, Estrella Fernández, Pamela Hormazábal, Suvieky Solis y Livró.

ISBN: 979-8-218-97226-4

Para todos aquellos a los que les ha
llegado la oportunidad de amar.

Playlist

SOLAMENTE TÚ - PABLO ALBORÁN

DON´T CRY - GUNS N' ROSES

EL MISMO AIRE - CAMILO

SWEET NOTHING - CALVIN HARRIS, FLORENCE WELCH

FLORES AMARILLAS - FLORICIENTA

GOTAS DE LLUVIA - GRUPO NICHE

LOVE ME HARDER - ARIANA GRANDE, THE WEEKND

MILLION DOLLAR MAN - LANA DEL REY

THE SCIENTIST - COLDPLAY

AMOR DE CINE - HUMBE

FLOR PÁLIDA - MARC ANTHONY

PRECIOUS - DEPECHE MODE, STEVE FITZMAURICE

TO BUILD A HOME - THE CINEMATIC ORCHESTRA, PATRICK WATSON

LINGER - THE CRANBERRIES

SOLAMENTE TÚ

1

El día que empecé a trabajar como empleada doméstica en la casa de los Galeano, creí que toda la familia se encontraba fuera de la ciudad, así que no me preocupé por los minutos que llevaba de retraso. Era esa época del año en la que se mantenían de viaje haciendo donaciones a la caridad. Además, todos sabíamos que se habían tomado unas vacaciones extra en honor a la muerte del señor Rafael Galeano nueve meses atrás.

Estaba muy emocionada. Ese sería mi primer trabajo formal y, trabajando para los Galeano, estaba segura de que mi paga sería muy buena; ya no iba a tener que volver a juntar monedas para poder comprarle las medicinas a la abuela. Aunque, la verdad era que lo que más me emocionaba de ese nuevo trabajo era poder pasar tiempo junto al gran Manuel Galeano. El soltero más codiciado de la ciudad. Me robaba el aliento solo pensar que, en cualquier momento, podría encontrarme frente a él.

Lily fue quien me recibió en la mansión. Ella había sido vecina de nosotras desde hacía varios años y fue quien me recomendó para poder obtener el trabajo.

—Apúrate, Jimena, darás una mala impresión a la señora Patricia si llegas tarde en el primer día de trabajo —dijo Lily.

—¿¡La señora Patricia!? ¿¡No estaban de viaje!?

—Todos llegaron anoche. Tenían compromisos con la comunidad —respondió mientras caminaba hacia el cuarto de uniformes, al llegar me extendió uno azul—. Apúrate, niña. Es increíble que hayas llegado tarde en tu primer día.

«No era mi intención llegar tarde», pensé y me puse el uniforme deprisa. Al salir del cuarto seguí a Lily por toda la casa hasta la habitación principal. La casa de los Galeano era unas dos a tres veces más grande que la mía, o la de cualquier otra persona que conociera. Era una mansión de revista. Solo había tenido la fortuna de entrar dos veces antes, ambas fueron cuando el señor Carlos se ofreció a llevarnos a mi abuela y a mí a la consulta médica y veníamos a dejar a Lily.

Antes esta casa se llenaba de fiestas, pero esa etapa terminó con la muerte del señor Rafael.

Lily me llevó con la señora Galeano. Me habían dicho que era una persona muy dulce y buena, pero que la enfermedad la estaba opacando cabello por cabello; desde su físico, hasta su espíritu. Lily tocó la puerta pidiendo permiso para entrar y al otro lado pude escuchar una voz muy suave que le respondió.

Él abrió la puerta. Llevaba unos jeans rotos, una camisa blanca, el pelo desarreglado y unos tenis Converse color negro y blanco. De solo verlo se me olvidó respirar. Lily me tuvo que golpear y dar un empujón para que volviera a la tierra y entrara a la habitación. Caminamos hasta una esquina del cuarto donde se encontraba la señora Patricia y ella podía vernos sin necesidad de moverse mucho. Estaba sentada en uno de los sillones de la habitación.

Verla me impresionó, pero no de la manera en que me impresionó ver a su hijo. Era delgada, su pelo corto y de un color negro opaco, y sus ojos verdes resaltaban en su piel tan blanca como el marfil.

—Señora, ella es Jimena, la chica de la que le platiqué —dijo Lily y le hizo un gesto con sus ojos. Ella me miró, sonrió y levantó su mano para que la tomara.

—Mucho gusto, linda, eres muy hermosa. Lily, cuando me la mencionaste no dijiste que era una muchacha tan bonita

Me desconcertó un poco el comentario, pero lo tomé como un halago y sonreí.

—Manuel, ¿no crees que es muy hermosa? —continuó.

Mis pómulos ardieron. Él volteó a verme por solo un segundo.

—Lo siento, madre —respondió y regresó la vista a su reloj—. Ya que veo que estás en buenas manos, me voy. Almorzaré con Sofía.

«¿Sofía?», pensé, «nunca escuché que Manuel tuviera una novia».

La cara de la señora Galeano cambió.

—Esa mujer otra vez. ¿No crees que ya has sufrido bastante por culpa de ella?

—Madre, sabes que no me gusta que te metas en mi relación con Sofía —respondió y se acercó a despedirse de ella.

—Solo digo la verdad, hijo. Esa víbora solo quiere tu

dinero. Hasta te engañó con tu mejor amigo. ¿Qué más necesitas para despertar?

Manuel se apartó de ella con el rostro frío. Nos miró de soslayo a Lily y a mí, y luego volteó hacia su madre.

—Que sea la última vez que ventilas frente a la servidumbre mis problemas, madre —susurró señalándola, luego volteó hacia nosotras—, y ustedes, espero no escuchar ningún rumor o sabré quiénes lo difundieron.

Terminó de hablar, se acomodó la camisa y salió de un portazo. La señora Galeano suspiró, sus ojos empezaron a quebrantarse.

—¿Me podrían dejar un momento a solas, por favor? —su voz se apagaba. Ambas asentimos y salimos de la habitación.

—Jamás había escuchado a Manuel gritarle así a su madre —dijo Lily al cruzar la puerta—. Creo que volveré con ella, mientras tanto, tú ve a la cocina y prepara un té de valeriana para la señora Patricia.

Al bajar las escaleras, camino a la cocina, escuché a Manuel platicar con alguien en la sala. Volteé a ver quién era, pero al girar mis ojos se chocaron con los suyos, por lo que reaccioné de inmediato y seguí mi camino. Él estaba con una mujer. Una joven rubia con un vestido azul corto, alta como él y con la misma mirada petulante. Más adelante volví a voltear y él ya no me estaba mirando. La mujer se había montado encima de él y lo besaba mientras Manuel le agarraba el trasero.

Al terminar el té, salí de la cocina y ambos seguían en la misma escena. Sentí ganas de decirles algo, estaban en medio de la sala, pero no quería tener problemas en mi primer día de trabajo así que seguí derecho hacia las escaleras.

—¡Ayuda! ¡Ayuda! —retumbó la voz de Lily por toda la casa—. ¡La señora Patricia se desmayó!

Apenas la escuché, corrí hacia la habitación. Lily estaba en la puerta. Dejé el té en una mesa al lado de los muebles y me acerqué a la señora Galeano. Ella había caído al suelo y tenía los ojos cerrados. Revisé que no estuviera sangrando por la cabeza, pero no había rastros de golpes graves.

—Necesito un tensiómetro. ¿Hay alguno en la habitación?

—¿Tensiómetro? —respondió Lily.

—El aparato con el que le miden la presión a la señora.

Al decirle eso, Lily entendió lo que le estaba pidiendo y abrió las gavetas del armario donde lo encontró. «Está muy pálida», pensé. Lily me puso el aparato al lado y le tomé la presión sanguínea.

—Será mejor llevarla al hospital —dije—. Su presión está muy baja.

Lily llamó a la ambulancia y me ayudó a acomodar a la señora Galeano.

—¿Cómo sabes todo eso? —preguntó al rato.

—Cuando era pequeña, mi padre tenía que viajar mucho y me dejaba al cuidado de la abuela, él me enseñó primeros auxilios por si ocurría alguna emergencia y la ambulancia tardaba en llegar a la casa. Siempre dijo que lo hacía por mi bien, pero yo estoy segura de que lo hacía más para que pudiera cuidar bien de mi abuela.

La ambulancia llegó quince minutos después. Los paramédicos acudieron a la habitación, le volvieron a tomar la presión a la señora Galeano —quien ya había despertado, pero estaba bastante adormilada, nos preguntaron qué había pasado y sin demorarse más la subieron a una camilla y la llevaron hacia la ambulancia. Lily y yo los seguimos hasta la entrada, luego apareció Manuel. Desaliñado, abotonándose el pantalón y con los labios pintados de labial.

—¡Lilian! ¿Qué hace la ambulancia aquí!? —Ambas lo volteamos a ver con desdén.

—Es su madre, Joven Manuel.

—¿Mi madre? —Me sorprendió ver su cara de preocupación, no parecía que le hubieran preocupado los gritos de Lily unos minutos atrás.

Cuando terminó de arreglarse el pantalón salió hacia la ambulancia y sin más subió en ella.

—Madre —la llamó, pero ella seguía adormilada—. Pero hace un rato estaba bien. —Volteó hacia nosotras—. ¿Porque está inconsciente? ¿Qué pasó?

—Joven Manuel. Después de que usted se fue, su madre quedó un poco sensible. Estuvo un tiempo sentada, pero luego se quiso levantar al baño y mientras se ponía en pie, se desmayó —respondió Lily.

—¿Estás diciendo entonces que es mi culpa?

—No digo que sea su culpa, joven, pero su madre ha venido algo decaída y su conversación esta mañana quizás la alteró un poco.

—Señor, debemos llevar rápido a su madre al hospital —interrumpió el paramédico—. Allá pueden seguir hablando si gusta, pero ella necesita atención inmediata.

Él vio a su madre en semejante estado y se resistió un poco a dejarla.

—Si gusta puede venir en la ambulancia con ella, pero hay que salir de inmediato. —Manuel se detuvo a pensarlo un 0momento, pero antes de responder sonó otra voz.

—Manuel, cariño, ¿por qué no dejas que tu madre vaya en la ambulancia y nosotros vamos en tu coche? Yo quiero ir contigo. —Era la rubia. Su sugerencia se escuchó más como una pataleta que como una sugerencia y él la miró con sus ojos encendidos.

—Esto no es problema tuyo, Sofía. Tendrás que volver a tu hotel. Te llamaré después.

—Acabamos de estar juntos, Manuel. No me puedes dejar así. Regresé por ti —su tono era altanero y chillón.

—¡Te dije que te vayas, Sofía! —alzó la voz y volteó hacia el paramédico—. Andando.

El hombre cerró las puertas de la ambulancia y salieron a toda prisa rumbo al hospital.

Apenas se fue la ambulancia, las tres quedamos en una situación incómoda. La rubia no podía creer que Manuel le hubiera hablado así y Lily y yo nos quedamos paradas esperando a que ella se fuera para entrar a la casa. Pero al ver que no reaccionaba, Lily habló.

—Señorita, creo que es mejor que se vaya. Ya escuchó a él joven Galeano.

—¿¡Quién te crees que eres para pedirme que me vaya!? —respondió ella como si fuera la dueña de la casa.

Lily no reaccionó a su provocación. La tomé de la manga de su uniforme y le hice señas para que entráramos a la casa. Lily seguía un poco alterada por la situación así que la llevé a la cocina y le di un sorbo del té que hice para la señora Galeano. Preparamos algo de comer para llevarle a Manuel y a la señora Patricia una vez se despertara; algo suave y delicioso.

Terminamos la comida faltando poco para las cinco de la tarde. Era el final de mi turno y casi era hora de regresar a mi casa. Lily salió a dejar la comida al hospital y un cambio de ropa para la señora y dijo que podía irme al terminar de limpiar la cocina. Limpié los platos, los mesones, todo quedó casi impecable. Quería adelantarle el mayor trabajo posible a Lily, pues sabía que no regresaría a su casa temprano y al día siguiente estaría agotada, al terminar fui a cambiarme el uniforme.

El camino a casa desde la mansión de los Galeano no era muy largo, así que decidí caminar para ahorrar algo de dinero. Guardé el uniforme en la gaveta, cerré todas las puertas que vi abiertas hasta la entrada y al salir de la casa vi llegar a Manuel en un taxi. Estaba triste. Se bajó del auto, pagó al conductor y caminó hacia la casa mientras yo salía. Estuve a punto de decirle que nos veíamos al día siguiente, pero tomó mi brazo y se detuvo.

—Mi madre está muriendo y su único pedido es que deje a Sofía —su respiración era pausada y profunda—. Sé que no te contrató por tus grandes habilidades como cocinera o de limpieza y sé que no aceptaste el trabajo porque soñaras con ser una empleada doméstica. Así que quiero dejar algo claro: no sé nada sobre ti y no me interesa saberlo. Eres la nueva empleada doméstica y ya. —La altivez de sus palabras hería—. Pero te propongo algo. Quiero que mi madre sea feliz por lo menos los últimos meses que le quedan de vida.

No podía creer que luego de insultarme tuviera el coraje de pedirme algo. Podía ser el soltero más codiciado, el hombre del que una vez estuve enamorada, el joven más hermoso del mundo, pero su boca era tan venenosa como la de su novia y eso le deshacía todo el encanto.

—Quiero que te cases conmigo.

2

La propuesta parecía sacada de uno de mis sueños más escondidos de no hace más de seis meses. Lo había conocido esa misma mañana. Además, hacía solo unas horas había tenido sexo con Sofía y ahora me estaba pidiendo matrimonio. Mis ojos se abrieron de par en par ante tal propuesta y me aparté un poco para verle bien el rostro.

—Antes de que tengas cualquier pensamiento lascivo, quiero decirte que no será un matrimonio real. Tal vez sí en papeles, pero no compartiremos cama. Yo seguiré haciendo mi vida igual que ahora y tú también, pero mientras estemos cerca de mi madre sonreiremos y nos llevaremos bien. Por supuesto, te pagaré el triple de lo que te paga mi madre por trabajar con ella y si hay un viaje o algo yo cubriré los gastos. —Lo que él me ofrecía era más dinero del que podía contar, pero a la vez sentía que no estaba del todo bien.

—¿Por qué yo? —pregunté al rato—. No me conoces.

Ni siquiera tu mamá me conoce. Y estás aquí, haciendo está propuesta en mi primer día de trabajo.

Cualquier mujer que tuviera el mínimo conocimiento de quién era Manuel Galeano moriría por la propuesta que él me acababa de hacer; no solamente por el dinero, sino por el solo hecho de tener el apellido Galeano, pero sentía en mi corazón que algo no estaba bien. Manuel no me quería, lo había dejado claro; ni le interesaba conocerme. Lo que me pedía era ser su muñeca para hacer feliz a su madre.

—Mi madre lleva varios meses buscando una esposa para mí —respondió—. Ella cree que no lo sé, pero desde… —se quedó callado un momento y me soltó el brazo—, eso no importa. El caso es que mi madre no aprueba a Sofía y después de lo que sucedió hoy no quiero que tenga otra recaída. Está muy débil luego de luchar todo un año contra un cáncer de pulmón. Además, luego de la muerte de mi padre su salud empeoró y no ha querido seguir el tratamiento. El médico me acaba de decir que trate de darle la mejor calidad de vida posible y ella no ha hecho más que insistir en que no se quiere ir sin verme casado.

No sabía qué responder. ¿Esperaba que le diera una respuesta en ese mismo momento o podía pensarlo? De cualquier forma, la mejor opción era no meterme en algo tan complicado. Pero antes de que dijera algo, él me interrumpió.

—Sé que esto es un golpe fuerte, Jimena. Lo veo en tus ojos, pero piénsalo. Puedes ser la esposa del heredero de los Galeano y a la vez convertirte en una de las mujeres más ricas del país, o puedes dejárselo a alguien más.

«Manuel Galeano, que directo puede ser a veces», pensé y asentí.

—Lo pensaré.

Luego de salir de la casa de los Galeano caminé unas cuadras absorta aún con la propuesta. No parecía real. Llegando a la casa vi una ambulancia estacionada afuera. «¡Abuela!», pensé y corrí hasta la entrada. Frente a la ambulancia estaba Sara, nuestra vecina, era casi tan vieja como mi abuela. Tenía un par de lágrimas en el rostro y una mirada perturbada. Verla me hizo sentir que un agujero en el pecho me succionaba la vida, me acerqué a ella.

—Ay, mi niña. Debes ser fuerte. Tu abuelita se ha ido —dijo sollozando. No lo podía creer. No lo quería creer.

—No, no puede ser cierto —dije en voz baja y corrí a la casa—. ¡Abuela! —grité al entrar—. ¡Abuela!, ¿dónde estás?

Examiné cada una de las estancias del primer piso, luego subí corriendo al segundo piso mientras suplicaba que me contestara. Al llegar a su habitación, me choqué con un par de hombres uniformados frente a su cama, detrás de ellos, mi abuela estaba acostada, inmóvil, cubierta por una manta blanca. En ese momento estallé en llanto.

Minutos después llegaron los de la morgue a pedir mis datos para poder llevarse el cuerpo de mi abuela. Me era imposible creer lo que estaba pasando; ella tenía problemas cardíacos, pero, aunque sus medicamentos eran muy caros, siempre pude comprarlos para que ella los tomara a tiempo. Mi abuela era la única familia que me quedaba. Por ella había dejado la preparatoria para cuidarla y empecé a trabajar para poder comprar sus medicamentos, por ella había ido a trabajar de empleada doméstica con un mejor sueldo a la casa de los Galeano. ¿Qué iba a hacer sin ella? Su muerte era como una caída al vacío; mi vida giraba en torno a ella y ahora, sin mi abuela, me había convertido de nuevo en la huérfana solitaria que una vez fui.

—Vamos, mi niña, ve a cambiarte que tienes que preparar el velorio de tu abuela —dijo Sara apenas me vio, a la mañana siguiente, sentada en la cama de mi abuela con la ropa del día anterior. No había dormido nada, estaba cansada de tanto llorar, por lo que Sara me ayudó a levantar lo que quedaba de mí.

—¿Como haré eso, señora Sara? No tengo dinero y es un gasto muy grande. Además, apenas empecé ayer en mi nuevo trabajo.

¡Mi trabajo! Tenía que avisarle a Lily lo que estaba pasando. Apenas salimos de la casa, Lily estaba llegando un poco agitada.

—Jimena, por Dios, niña, lo siento mucho. Carlos me llamó para contarme lo que pasó —me abrazó y volví a llorar.

La señora Sara preparó algo de comer mientras pensaba en cómo iba hacer para el funeral de mi abuela, Lily se había hecho cargo de llamar a la funeraria para organizarlo todo. Sara al terminar me ofreció de comer, pero yo no tenía apetito. ¿Cómo iba a tener apetito?, pero ella insistió, al igual que Lily quien al terminar, me llevó a mi habitación para que cambiara mi ropa.

—¿De dónde voy a conseguir dinero para el funeral de mi abuela, Lily? Acabo de empezar a trabajar y no tengo ahorros.

—No te preocupes por eso —dijo acariciándome la mano—. Déjame decirle a la señora Patricia que te dé un adelanto. Seguro ella entenderá tu situación.

—No quiero ser una molestia para ella, Lily. Ella está muy delicada de salud y no quiero cargarla con mis problemas.

Lily se quedó pensativa un momento y nos sentamos en la cama. La muerte de mi abuela no fue menos difícil para Lily que para mí. Yo había perdido a mi abuela, pero Lily había perdido una buena amiga de años.

—¿Y si le decimos al joven Manuel? Quizás él podría ayudarte —dijo, minutos después.

Un escalofrío recorrió mi espina dorsal.

—No lo quiero molestar. Sabes que no me gusta molestar a la gente con mis problemas, pero la verdad es que no sé qué más hacer.

Pedirle dinero a Manuel me llevaba directamente a pensar en la propuesta que me había hecho. Seguro me pediría aceptar su propuesta a cambio de ayudarme con el funeral de mi abuela y tendría que casarme con él. Ser la mujer de Manuel Galeano. No me molestaba el sobrenombre, aunque no fuera real, ya él lo había dejado muy claro, pero conseguirlo a cambio de dinero no me hacía sentir muy bien.

Demasiados pensamientos corrían por mi mente. «Necesito el dinero; ser la mujer de Galeano; vivir un matrimonio de mentiras; darle un buen funeral a mi abuela». Y entre tanta incertidumbre me decidí. Iba a aceptar la propuesta de Manuel, pero no sería bajo sus términos, sino bajo los míos.

—¿Quieres que lo llame? —preguntó Lily.

—Creo que sí, tendré que llamarlo.

—No te preocupes, niña, yo le llamaré. Tú ve a bañarte y a cambiarte que tenemos más preparativos que hacer —dijo Lily y salió de la habitación.

Me levanté de la cama como si estuviera en modo

automático y caminé a buscar la ropa adecuada para un momento como este, antes de entrar al baño. Las gotas de agua golpeaban mi cuerpo mientras pensaba en qué iba a decirle a Manuel. No estaba preparada para un matrimonio falso. ¿Quién lo estaría? Cuando terminé de bañarme, me vestí, bajé hacia la sala y al llegar él estaba caminando alrededor de los muebles, observando los cuadros y las fotos de las paredes. Lucía serio, pero al verme dejó ver algo de lástima.

—Siento tu pérdida. Lilian me llamó y me contó la situación. Este es el adelanto que ella me pidió, puedes contarlo si quieres. —Manuel extendió su mano con un sobre abultado. Sus ojos no tenían expresión alguna; sus grandes y profundos ojos verdes me miraban sin más. Su belleza brillaba como un faro de luz en la noche.

—Muchas gracias —dije y tomé el sobre—. Juro que trabajaré tiempo extra hasta que pueda compensarle este dinero. —Lily llegó a la sala con un plato de comida.

—Aquí tienes un poco de sopa —dijo y me lo pasó.

—No hace falta que trabajes tiempo extra —respondió Manuel—. Puedes tomarte estos días para hacer los arreglos que necesites para despedirte de tu abuela.

El tiempo se detuvo por un momento. Manuel, Lily y yo nos quedamos de pie en la sala, con la mirada perdida y el silencio total inundó la sala.

—Nos veremos luego, Jimena. —Sus ojos me miraron fijamente, luego volteó hacia Lily y se despidió con un ademán—. Lilian.

—Gracias —tartamudeé apenas pude volver en mí. Él estaba cruzando la puerta así que lo seguí a la entrada y detuve la puerta antes de que él la cerrara detrás suyo.

Necesitaba hablar con él un momento.

—Manuel, de nuevo gracias. —dije con timidez.

—No es nada —respondió e iba a voltear para seguir su camino, hasta que lo llamé de nuevo.

—Ya tengo una respuesta. —dije. Él me vio de arriba hacia abajo.

—No necesitas apresurarte. Vive tu duelo y después tendrás la cabeza fría para tomar una decisión.

Se giró y lo tomé del codo, me miró.

—No necesito pensarlo más. Seré tu esposa para satisfacer los deseos de tu madre, pero no recibiré tu dinero. No soy ninguna prostituta.

3

Mis amigos Miguel, Guillermo, Andrés y mi novia Sofía habían organizado una reunión en el bar de mi padre por mi cumpleaños número 25. Esa noche era más que una celebración de cumpleaños, el día había parecido un día de ascensos. Mi padre me levantó esa mañana dándome la noticia de que pronto me iba a dar el control sobre la compañía de textiles, pero advirtió que el patrimonio familiar iba a necesitar una persona fuerte. Por lo que iba a tener que empezar a sentar cabeza. Primero pensé que era un tipo de broma de cumpleaños, pues ya tenía la misma edad en la que él comenzó su imperio, pero al darme cuenta de que hablaba en serio, tuve que repensar mi relación con Sofía.

Esa tarde compré un anillo de oro blanco con un enorme diamante en el centro. Las cosas con Sofía debían tomar un rumbo más serio.

Los primeros con quienes me encontré en la noche al llegar al bar fueron Miguel, Guillermo y Andrés. Todos estaban en la barra y ya habían empezado a beber. Me preguntaron sobre mi día y les conté lo sucedido con mi padre, que al fin había abierto los ojos y estaba pensando en ponerme a cargo de la empresa, pero que para ello necesitaría reflejar una vida estable y fuerte, así que había comprado un anillo para dárselo a Sofía. A fin de cuentas, ya era hora de formalizar lo nuestro.

Los tres se miraron, tomaron un sorbo de *whisky* e hicieron el mismo gesto.

—¿Qué? —pregunté. Miguel puso su mano en mi hombro.

—Hermano. No quiero sonar mal, pero ¿estás seguro de que Sofía es material para matrimonio? —Los tres expresaron una sonrisa pícara—. Es decir, sé que la quieres, pero ella no es... una mujer de relaciones muy serias, ¿entiendes?

En ese momento alguien tapó mis ojos con sus manos.

—¿Quién soy? —preguntó una voz femenina. Sus manos tenían un aroma dulce. Era Sofía.

—Quizás la mujer más afortunada de esta ciudad. —Sofía apartó sus manos de mis ojos y dejó ver una sonrisa. Esa noche llevaba un vestido negro con encajes. Sus labios tenían un color rojo encendido y sus ojos desbordaban deseo.

—¿Y puedo saber por qué soy tan afortunada? —Se sentó a mi lado y me dio un beso.

—Aún es muy temprano para hablar de fortunas, *mi*

lady. Hay que dejar que la noche avance, podría traer sorpresas placenteras. —Sofía sonrió y se acomodó en su silla. Llamó al *bartender*, le pidió un vino y luego volteó.

—Entonces me urge que la noche comience; y quién sabe, quizás no sea la única afortunada esta noche, cumpleañero —dijo y le dio un sorbo a su trago.

Luego de tres horas en el bar, casi qué quedamos solo nosotros, lo que era de esperar tratándose de un día de semana. Miguel se había ido al baño hacía un rato y no volvía, Guillermo estaba en otra mesa, casi borracho, hablando con una rubia de vestido terracota y Andrés estaba al otro lado de la barra coqueteando con una morena simpática. La noche tenía buena cara.

Me paré para ir al baño mientras esperaba a Sofía para que nos fuéramos; ella había salido a atender una llamada, o algo así. El alcohol se me empezaba a subir a la cabeza y necesitaba orinar. Al abrir la puerta del baño escuché gemidos salir de uno de los cubículos. «Alguien ya empezó su noche», pensé y seguí a lo que iba, hasta que la voz de la mujer se me hizo conocida. Caminé hacia el cubículo con cautela y cuando llegué estaba entreabierto. Sofía estaba sentada sobre un Miguel casi dormido. Extasiada, subía y bajaba sin darse cuenta de mi presencia.

La imagen fue como un golpe en la boca del estómago. Toqué la caja del anillo que llevaba en el bolsillo y la cabeza me ardió. «Sofía no es una mujer de relaciones serias», recordé las palabras de Miguel. Tenía razón. Lo que no esperaba era que él también fuera un traidor. Harto de los gemidos de prostituta de Sofía, salí del baño, pagué mi cuenta y caminé hacia la salida, pero Andrés me detuvo.

—Hermano, ¿qué pasó? ¿Por qué te vas?

—La fiesta terminó.

—¿Terminó? ¿A qué te refieres? ¿Y Sofía?

—Ella está ocupada.

—¿Ocupada? ¿Qué quieres decir? —Sin decir más aparté a Andrés de mi camino y salí del bar mientras él me llamaba.

La noche estaba fría, pero mi cabeza seguía ardiendo. Saqué el estuche y vi el anillo por un segundo.

—Casi cometo la estupidez más grande de mi vida —me dije.

Cerré el estuche y lo apreté con fuerza. Julián estaba afuera del bar con el carro listo para arrancar. Salió del asiento del conductor, dio la vuelta al carro, abrió la puerta trasera y esperó. Segundos después reaccioné, tiré la caja a la basura fuera del bar y entré al auto.

Eran apenas las once de la noche cuando llegué a la casa. Mi padre discutía efusivamente con alguien por teléfono.

—¡No eres más que una mosca muerta! ¡Una sinvergüenza! ¡No vuelvas a llamar nunca a esta casa! —Seguro era una de sus amantes.

Rafael Galeano siempre se creyó más inteligente que el resto del mundo y pensaba que podía ocultarle sus amantes a toda su familia, pero todos sabíamos que él veía a varias mujeres, aunque nadie le decía nada. Incluso mi madre lo sabía, pero siempre se engañaba diciendo que, si él seguía con ella era porque ella estaba por encima de todas sus otras mujeres; y que, si él era feliz, ella también. Mi madre le llamaba amor, yo siempre le llamé dinero. Me acerqué a su oficina para verlo. La puerta estaba abierta. Nos saludamos con un gesto y siguió con su llamada.

Sus gritos se oían hasta el segundo piso, aunque nadie se escandalizaba por eso. Tenía la costumbre de comunicarse por el teléfono a gritos. Pero de momento los gritos se convirtieron en una tos estruendosa que no le dejó volver a hablar. Bajé apenas escuché que la tos no cesaba y me apresuré a la oficina. Él estaba de rodillas, el teléfono estaba en el suelo y se tapaba la boca con la mano mientras tosía. Cuando separó la mano de la boca, estaba llena de sangre.

—¡Padre! —Corrí a socorrerlo—. ¿Qué te pasó?

Me agaché a darle una mano para levantarlo, pero no podía mover el cuerpo y no dejaba de toser.

—¡Ayuda! ¡alguien, ayuda! —Me paré a buscar un poco de agua que le ayudara con la garganta, pero al momento de ponerme en pie, se desplomó por completo—. ¡Ayuda! —volví a gritar. No aparecía nadie.

—¡Padre, padre! —Marqué al hospital mientras le ayudaba a voltearse. Escupía sangre cada vez que tosía y gemía un silbido al intentar tomar un poco de aliento.

—Manuel... —dijo como un susurro. Aún en su lecho de muerte mi padre intentaba tener una mirada altiva, como si quisiera luchar contra su destino—. Manuel... —repitió.

La vida de mi padre se apagó en mis brazos.

Todos nuestros conocidos se habían enterado de lo que pasó entre Sofía y Miguel nueve meses atrás, aunque nadie había mencionado nada de eso. Nadie excepto mi madre que no hacía más que recriminarme por haber perdonado a Sofía y haber continuado con ella. Lo que no sabía ella era por qué había decidido hacerlo.

Llevábamos tres meses en una relación a distancia con

Sofía donde nos veíamos dos o tres veces al mes. Yo iba donde ella o ella llegaba a la casa. Sofía debía creer que me tenía en la palma de su mano, eso era parte del plan. Por lo menos mientras encontraba el momento perfecto para devolverle su humillación con la misma moneda y el momento se acercaba.

Ella me había llamado para avisar que llegaría pronto a la casa, pero que quería que saliéramos a almorzar solos. Acepté su invitación y mientras llegaba fui a la habitación de mi madre para ver si necesitaba algo. Mi madre había tenido un par de días pesados con su salud y cada vez era más evidente que necesitaba a alguien que estuviera pendiente de ella.

—Madre, ¿cómo te has sentido hoy?

—Bien, hijo. Algo cansada, pero bien.

Estaba por decirle que Sofía llegaría pronto y que iríamos a almorzar, pero alguien tocó la puerta. Eran Lilian y una joven con el uniforme de empleada doméstica que parecía de unos 18 o 19 años. Había escuchado a mi madre y a Lilian hablar de que iban a contratar a alguien más, pero no sabía que lo harían tan rápido.

El uniforme se veía bien en ella. Era pequeña; quizás me llegaba al hombro. Tenía el cabello negro y recogido; sus ojos eran azules y tenía la piel pálida. Parecía una pequeña muñeca. Lilian la presentó con mi madre, ella hizo un ademán y sonrió. Su sonrisa era dulce y tenía una mirada interesante.

—Manuel, ¿no crees que es muy hermosa? —preguntó mi madre de un momento a otro. Sus imprudencias ya rozaban el fastidio, así que ignoré la pregunta.

—Lo siento, madre. —respondí y miré la hora. Sofía no tardaba en llegar—. Ya que veo que estás en buenas manos, me voy. Almorzaré con Sofía.

Sabía que el solo mencionar su nombre ya desataría una serie de comentarios, pero preferí hacerlo en ese momento que aguantar el interrogatorio una vez llegara de comer.

—Esa mujer otra vez. ¿No crees que ya has sufrido bastante por culpa de ella?

—Madre, sabes que no me gusta que te metas en mi relación con Sofía —dije y me acerqué a despedirme de ella. Aún intentaba mantener la calma.

—Solo digo la verdad, hijo. Esa víbora solo quiere tu dinero. Hasta te engañó con tu mejor amigo. ¿Qué más necesitas para despertar?

Esa fue la gota que rebasó la copa. Volteé a ver a Lilian y a la nueva. Ambas voltearon la mirada y la cara me empezó a arder.

—Que sea la última vez que ventilas frente a la servidumbre mis problemas, madre —dije señalándole y alzando la voz. Luego volteé hacia las empleadas—, y ustedes, espero no escuchar ningún rumor o sabré quiénes lo difundieron.

Salí dando un portazo y me dirigí hacia la entrada. Julián ya estaba esperando con el carro, pero apenas abrí la puerta vi a Sofía bajarse del taxi, así que la esperé. Cuando llegó hacia mí me abrazó y de un beso me volvió a meter a la casa.

—No sabes cuánto te extrañé —dijo entre besos cada vez más intensos.

—Eso noto —respondí—. ¿Y si te llevo al chalé de

invitados para darte la bienvenida que mereces?

Sofía se apartó un momento. Sus ojos estaban vestidos de deseo. Levantó una ceja, se mordió los labios y rio.

—Ay, Manuel. Tú sí sabes cómo darle una buena bienvenida a una mujer.

Luego de eso me agarró la mano y me llevó por toda la casa hasta llegar a la pequeña habitación trasera donde los besos continuaron. Le quité la blusa y la senté en la cama mientras me quité la camisa; ella se apresuró en desabrocharme el pantalón, se arrodilló en el suelo para bajarlo y se quedó ahí a chupar mi miembro. Quizás no sintiera lo mismo por Sofía, pero no podía negar que sabía dar placer. Mientras estaba ocupada a la sombra de mi cuerpo, acaricié sus cabellos y profundicé su garganta; escuchar cómo se atragantaba era una descarga de placer, hasta que fuimos interrumpidos por el sonido de una ambulancia.

Supe que tenía que salir a ver qué había ocurrido. Con la enfermedad de mi madre era probable que la ambulancia fuera para ella, pero como estaba a punto de llegar, no detuve a Sofía hasta que terminé. Le dije que me esperara, que tenía que ver por qué una ambulancia había llegado a la casa y luego volvía. Subí mi pantalón, recogí mi camisa y salí del chalé mientras terminaba de abrocharme el botón del pantalón. Estaban llevando a alguien en una camilla y Lilian iba tras ellos.

—¡Lilian! ¿Qué hace la ambulancia aquí? —pregunté.

—Es su madre, Joven Manuel

—¿Mi madre?

Salí corriendo hacia la ambulancia, llamándola, pero

cuando llegué me di cuenta de que estaba inconsciente. Lilian y la empleada nueva me siguieron. Subí a su lado y sostuve su mano.

—Pero hace un rato estaba bien, ¿por qué está inconsciente? ¿Qué pasó?

—Joven Manuel. Después de que usted se fue, su madre quedó un poco sensible. Estuvo un tiempo sentada, pero luego se quiso levantar al baño y mientras se ponía en pie, se desmayó —respondió Lilian.

—¿Estás diciendo entonces que es mi culpa?

Los médicos de la ambulancia se apresuraron a inyectarle una bolsa de suero a Patricia. Le pusieron un sensor en el brazo que monitorea su pulso y uno de ellos bombeaba oxígeno en su boca.

—No digo que sea su culpa, joven, pero su madre ha venido algo decaída y su conversación esta mañana quizás la alteró un poco.

«Esto no es mi culpa», pensé mientras veía a mi madre. Ella fue la que empezó humillándome frente a las sirvientas.

—Señor, debemos llevar rápido a su madre al hospital —interrumpió el paramédico—. Allá pueden seguir hablando si gusta, pero ella necesita atención inmediata.

Ver a mi madre acostada en esa camilla me recordó a mi padre y eso heló mi sangre. Primero mi padre murió ante mis ojos, y ahora mi madre...

—Si gusta puede venir en la ambulancia con ella, pero hay que salir de inmediato —dijo el paramédico interrumpiendo mis pensamientos. Lo vi a los ojos y las palabras no salían. Entonces sonó otra voz.

—Manuel, cariño, ¿por qué no dejas que tu madre vaya

en la ambulancia y nosotros vamos en tu coche? Yo quiero ir contigo. —La voz de Sofía despertó mi ira. ¿Qué mi madre se vaya sola en la ambulancia para que me vaya con ella? Además, ¿cómo es que habla como si no estuviera pasando nada; como si fuera una simple visita a un restaurante? Era mi madre la que estaba en una camilla.

—Esto no es problema tuyo, Sofía. Tendrás que volver a tu hotel. Te llamaré después.

—Acabamos de estar juntos, Manuel. No me puedes dejar así. Regresé por ti. —En ese momento me arrepentí por cada instante que desperdicié a su lado.

—¡Te dije que te vayas, Sofía! —Grité. Luego volteé hacia el paramédico—. Andando. —El hombre cerró las puertas de la ambulancia y salimos a toda prisa rumbo al hospital.

Al llegar al hospital, el médico que revisó a mi madre dijo que solo había tenido una baja de presión, pero que iban a dejarla un tiempo en observación. Se acercó a mí y me pidió que lo acompañara afuera de la habitación.

—Tu madre está cada vez más débil —dijo—. Es mejor que vayas preparándote, su muerte es inevitable; y más cuando ella no quiere recibir tratamiento. Creo que lo mejor que puedes hacer ahora es darle la mejor calidad de vida posible. Quizás puedas preguntarle qué cosas quisiera hacer antes de morir, o a dónde quisiera ir. Eso podría ayudarte a lidiar con tu duelo cuando llegue su tiempo.

Mientras el doctor hablaba vino a mi mente la última discusión que tuve con ella. Fue mi culpa alterarla hasta el punto de que se le bajara la presión. «Tiene razón», pensé. Si mi madre decidió morir, por lo menos tengo que hacer que sus últimos días sean felices. Y sé qué es lo primero que la haría feliz.

—¿Cuándo le darán el alta, doctor Nguyen? —pregunté.

—Su madre va a estar en observación hasta mañana por la tarde. Y si su condición mejora, podrá irse —respondió el doctor y dio media vuelta para marcharse, pero luego de dar tres pasos giró y añadió—. Siento ser imprudente, Joven Manuel, pero tiene la cara llena de *Lápiz labial*.

Apenado, me pasé la mano por la boca y vi que había quedado manchada de rojo. Fui al baño más cercano y me limpié la cara. Al salir del baño tuve que ir a buscar un taxi que me llevara a la casa, pues había salido corriendo hacia la ambulancia y no tenía mi teléfono para llamar a Julián. El taxi no demoró en llegar a la casa y mientras me bajaba del taxi, vi a la nueva empleada salir.

Estaba vestida con unos jeans negros ajustados, y un top blanco. Su cabello ya no estaba en un moño, sino que lo llevaba suelto y le adornaba el rostro.

«Justo a tiempo», pensé. Iba a esperar un poco y hacerlo después, pero esta era la oportunidad perfecta.

4

Después de proponerle a Jimena que se casara conmigo dejé que se fuera a su casa para que lo pensara. Aunque no tenía inconveniente si me rechazaba, pues no iba a ser difícil encontrar a alguien más que me ayudara con mi plan. Miles de mujeres, matarían por casarse conmigo.

Traté de dormir esa noche, pero la madrugada me atrapó aún despierto, me levanté, duché y alisté para volver al hospital. Estaba preocupado por mi madre no iba a dejarla en una habitación sola, y esperaba que mi madre ya se hubiera despertado al volver. Pasé a comprarle unos lirios y de ahí Julián me llevó directo al hospital. No podía dejar de pensar en Jimena. Si ella aceptaba la propuesta tendría que manejar el tema del matrimonio tan creíble que incluso Sofía pensara que era verdad. Además, iba a tener que contratar un abogado para que firmemos un acuerdo prematrimonial y uno de divorcio.

Cuando llegué al hospital, mi madre estaba sentada viendo por la ventana.

—¿Cómo te sientes, madre? —pregunté en un tono sutil.

—Me siento bien, hijo. Con un poco de dolor de cabeza, pero nada más. —Supe que mentía, pero no quise insistir.

—Me alegro, madre. ¿Te han dado algo para el dolor de cabeza? —Ella asintió y se fijó en lo que tenía en las manos.

—Te traje unos lirios. —Sonrió—. Madre, yo…

—Lo sé, Manuel. Es que siento que me voy a ir y tú quedarás solo.

Algo de lo que decía era cierto. Sabía que lo que tenía con Sofía nunca iba a ser algo real y aunque Jimena aceptara eso tampoco iba a serlo. Me acerqué a mi madre y tomé su mano, luego sonó mi teléfono. Era Lilian. Le hice una seña a mi madre indicando que tenía que contestar y me aparté un poco de ella.

—Hola, Lilian. ¿Qué pasó? —Nadie contestó al otro lado. Solo se escuchó una respiración larga y profunda—. Lilian, ¿estás bien? —Mi madre me veía expectante.

—Sí, joven Manuel, estoy bien. Lo llamo porque esta mañana me enteré de una triste noticia y quisiera pedirle un favor en nombre de Jimena.

—¿Jimena? —Escuchar su nombre incrementó mi curiosidad por la noticia—. ¿Qué pasó?

—Joven, lo que ocurre es que a Jimena se le acaba de morir su abuela. La pobre está destrozada pues ella era su única familia y no tiene el dinero para poder pagarle un funeral. Ella no quería molestarle por que apenas empezó a trabajar ayer, pero yo le dije que lo llamaría para saber si era posible que usted le diera un adelanto de su sueldo y que pudiera cubrir por lo menos algo de los gastos funerarios.

En efecto, la noticia era triste.

—Mándame la dirección. Iré hasta allá a dejarle el adelanto, dile que no se preocupe.

—Está bien, joven, ya se la envío. Y muchas gracias.

Colgué la llamada y volví hacia la camilla de mi madre. Ella estaba ansiosa por saber lo que había ocurrido.

—Lo siento, madre. Al parecer tendré que dejarte por un tiempo.

—¿Te vas?, pero ¿qué pasó?

—Lilian me ha llamado para decirme que la abuela de Jimena falleció y que necesitaba un adelanto para cubrir los gastos funerarios. —Ella pronunció un «por Dios» en silencio.

—Pobre niña. Lily me había contado que la abuela era su única familia.

—Eso me dijo también.

—Está bien, hijo. Ve —Palmeó mi mano—. Seguramente le hará bien un poco de compañía en estos momentos.

—Voy a ir a entregarle el dinero que necesita.

—Por supuesto —respondió—. Solo digo que si tienes que quedarte un poco más no hay ningún inconveniente. Aquí estoy bien cuidada.

Mi madre me miró con picardía y sonrió. Era bueno verla sonreír, la risa le recargaba la vida.

—Por ahora iré a entregarle el dinero, madre —respondí antes de salir—. Volveré en la noche para estar contigo.

—Está bien. Diviértete.

—Es un funeral, ¿recuerdas?

Mi madre hizo una mueca y movió sus hombros de arriba a abajo. Ambos reímos.

—Estaré pendiente por si ocurre algo —dije y salí hacia la casa de Jimena.

Al llegar a la dirección que me había mandado Lilian vi a muchas personas afuera de una pequeña casa. Ahí debía ser. Caminé despacio hacia la casa y todos murmuraban sobre la muerte de la señora Aida; al parecer ese era el nombre de la abuela de Jimena. Toqué la puerta con cautela por si me equivocaba de casa y Lilian abrió la puerta. Adentro vi a otra señora con una taza de lo que parecía ser té. Ella me hizo un gesto con su mano y le devolví el saludo. Lilian me llevó hacia la sala de la casa, pero no vi a Jimena por ningún lado.

—Jimena fue a bañarse, joven. Está bastante afectada. Le agradezco por haber venido hasta acá. Cómo ve, ella solo nos tiene a nosotros, sus vecinos y antiguos amigos de Aida. La mujer que vio en la cocina al entrar se llama Sara. Ella está preparando algo de comer, le diré que haga algo para usted también. Siéntase cómodo, por favor.

La casa de Jimena era una de las más pequeñas y antiguas de la ciudad. Sus paredes estaban adornadas por marcos con fotografías y la sala estaba ocupada por viejos muebles de madera y cojines beige. Mientras observaba las fotografías sonó una puerta del segundo piso de la casa y al voltear a las escaleras Jimena venía bajando. Sus ojos estaban rojos e hinchados y su semblante ensombrecía toda la triste habitación.

—Siento tu pérdida —dije, acercándome un poco a ella—. Lilian me llamó y me contó la situación. Este es el adelanto que ella me pidió, puedes contarlo si quieres. —Saqué el sobre con dinero de mi bolsillo y se lo entregué.

—Muchas gracias —dijo en un suspiro—. Juro que

trabajaré tiempo extra hasta que pueda compensarle este dinero. —Lily llegó a la sala con un plato de comida.

—No hace falta que trabajes tiempo extra —respondí—. Puedes tomarte estos días para hacer los arreglos que necesites para despedirte de tu abuela.

Lilian le entregó el plato de comida a Jimena y los tres nos quedamos en silencio. Toda la conversación murió en ese momento. Ninguno tenía muchos ánimos de hablar, ni parecía algo prudente, así que era mejor que volviera con mi madre.

—Entonces, nos veremos luego, Jimena —dije y volteé a despedirme de Lilian.

—Gracias —tartamudeó. Y sin decir más caminé hacia la entrada.

Al tratar de cerrar la puerta tras de mí, algo la detuvo. Era Jimena.

—Manuel, de nuevo gracias —dijo en un tono tan bajo que apenas pude escucharla.

—No es nada —respondí, hice un gesto con la cabeza y volteé, pero ella me tomó del brazo.

—Ya tengo una respuesta —dijo.

—No necesitas apresurarte. Vive tu duelo y después tendrás la cabeza fría para tomar una decisión.

—No necesito pensarlo más. Seré tu esposa para satisfacer los deseos de tu madre, pero no recibiré tu dinero. No soy ninguna prostituta.

Su respuesta me sorprendió tanto que me sacó una sonrisa.

—Me excuso si en algún momento sonó de esa manera, pero entonces si no quieres el dinero, yo me encargaré de tus necesidades, mientras lleves el apellido Galeano. —

Saqué mi billetera y le pasé una tarjeta a Jimena—. Este es mi número privado. Llámame o escríbeme para tener tu número. Estaremos hablando sobre las cláusulas del contrato.

—No tengo teléfono móvil, pero podría utilizar el de Lily. Ella siempre me lo presta, o puedo usar el de la señora Sara.

—¿Nunca has tenido un teléfono móvil? —pregunté incrédulo. Jimena bajó su mirada y sus mejillas se tornaron carmesí.

—Sí tuve, pero hace unos años se me dañó y, con todos los medicamentos y cuidados que necesitaba mi abuela, nunca pude reunir suficiente para comprarme otro. —Sus ojos se inundaron de solo mencionar a su abuela.

—Está bien —respondí—. Yo me encargaré de eso. Necesitaremos estar en contacto para que todo sea creíble. La futura señora Galeano debe tener un buen celular. Además, habrá cosas que tendremos que discutir.

Jimena me soltó y caminé dos pasos, luego volteé.

—Y, por cierto, tendrás que avisarme de los planes funerarios que tengas. No tengo tiempo para ir a muchos eventos sociales, pero si las personas van a creer que vamos a casarnos, por lo menos deberán verme allá un momento.

Ella asintió, me dio las gracias nuevamente y se quedó en el marco de la puerta hasta que subí en el auto y me alejé. Pasé por la oficina y arreglé un par de situaciones, cuando regresé al hospital eran casi las cinco de la tarde. Llegando a la habitación de mi madre escuché a la enfermera hablar con otra persona cuya voz que distinguí y aceleré el paso.

—Señorita, la señora no quiere verla en este momento. Es mejor que se retire o espere aquí afuera a su novio. —

Sofía intentaba evadir a la enfermera y acercarse a mi madre, hasta que la tomé por detrás del brazo y la llevé hasta otro pasillo.

—Sofía, ¿qué diablos haces aquí? —Sofía volteó, parecía estar algo feliz, como si molestar a mi madre le causara algún placer, pero al ver mi cara bajó la mirada.

—Hola, cariño. Solo quería saber cómo estaba tu madre.

—Te dije que yo te llamaría.

—Sí, pero no puedo estar lejos de ti, menos ahora con todo lo de la enfermedad de tu madre. —Ella se acercó para darme un beso y me abrazó. Había aprendido a conocer a Sofía lo suficiente bien como para saber cuándo mentía. Ella siempre buscaba sacar un beneficio.

—Ya es más de mediodía, Manuel —susurró—, vamos a comer algo y te quedas a dormir conmigo en el hotel, ¿te parece?

—Pasaré la noche con mi madre, y creo que es hora de que te vayas. ¿En qué viniste?

—En mi auto. Sabes que a esta hora es más sencillo andar en carro propio. ¿Me vas a llevar al hotel?

—No. Pero te llevaré hasta el carro. —Sabía que pedirle a Sofía que se fuera era una pérdida de tiempo. Se quedaría dando vueltas por el hospital o en alguna cafetería para seguir revoloteando en torno a la habitación de mi madre hasta que me fuera con ella.

Cuando llegamos al *lobby* nos topamos con Jimena y Sara.

—Jimena, Sara, ¿todo está bien? —Jimena me vio y luego vio a Sofía agarrada de mi brazo. Algo de indignación brilló en sus ojos y se volvieron cristalinos.

—Sí —respondió—. Vinimos a recoger el cuerpo de mi abuela. La trajeron aquí por ser el hospital más cercano, pero nos dijeron que ya es muy tarde. Tendremos que esperar hasta mañana en la mañana.

Jimena respiraba largo y seguido para evitar que su voz se quebrara mientras sus ojos se fijaban en mí. Era evidente la molestia en su rostro y la impotencia me pesó al no poder hacer nada para que Sofía no sospechara. Ella se iba a enterar, pero ese no era el momento.

—¿Tu abuelita murió? Mi más sentido pésame —dijo Sofía. Su tono era evidentemente falso—. Y ¿ustedes de donde se conocen? Nunca te había visto. —Que Sofía indagara era un problema. No podía decir que Jimena era una empleada nueva o nunca se lo iba a creer e iba a ser una piedra en el zapato; Sofía tenía que creer que nos conocíamos desde hacía tiempo.

—Jimena ha sido la persona encargada de cuidar de mi madre desde hace un tiempo cuando no estoy en casa.

—¡Mamá, Jimena! —gritó un joven que entró por la puerta del hospital, llegó hacia nosotros y le agarró el brazo a Jimena—. El taxi ya nos está esperando afuera.

—Él es Felipe, mi hijo —dijo Sara—. Felipe, él es Manuel Galeano. —El chico me vio de pies a cabeza con una sonrisa y me extendió la mano.

—Mucho gusto. Felipe.

—Manuel —respondí agarrando su mano. Era un joven de veintidós o veintitrés años, cabello oscuro, ojos negros, desarreglado. Su presencia causó una molestia en mi pecho.

—¿Nos vamos? —dijo al rato mirando a Sara y a Jimena—. Tenemos que organizar la casa para el velorio.

—¿En una casa? —respondió Sofía casi burlándose. Apreté su brazo para que se callara.

—Sí. La abuela siempre lo quiso así. Todo lleno de flores

de colores y que las personas fueran a su casa a despedirla.

—Sus ojos parecían querer desbordarse a cada momento.

—Suena ejemplar —dije.

Jimena sonrió y bajó la mirada, luego me miró a los ojos.

—Bueno, pero si quieren que este muchachote les ayude, tenemos que salir ya. El taxi está afuera esperándonos. Adiós, un placer conocerlos, pero tenemos que salir —dijo Felipe y se las llevó tras él.

Me quedé un rato mirando cómo Jimena, Sara y su hijo salían del hospital. Los ojos de Jimena seguían rondando por mi cabeza, entonces Sofía decidió hablar.

—Quiero saber, ¿de dónde salió esa aparecida? Se le nota en la cara que babea por ti. Tienes que despedirla. No me gusta para nada. Hubieras visto cómo me miró en la tarde apenas te fuiste. Se nota que es una mosquita muerta que te quiere engatusar para salir de su pobreza.

—No la despediré. Le cae muy bien a Lilian y a mi madre. Además, es buena haciendo su trabajo, así que acostúmbrate porque no se irá a ningún lado.

Cuando llegamos a su carro, abrió la puerta y puso su cara de súplica.

—¿No me llevarás a mi hotel? Podemos cenar, tomar algo y relajarnos un poco. Después puedes volver.

—Mañana te llamo para cenar.

—¿Mañana? Está bien. Estaré preparada para mañana —dijo emocionada. Me dio un beso demasiado largo hasta que la aparté, entró a su auto y se fue. Al fin.

Volviendo al hospital del estacionamiento llamé a Guillermo.

—¡Manuel Galeano! ¿A qué debo el gusto? ¿Cuál es el nombre de la pobre alma a quien vas a demandar?

—Necesito un favor. Pero esto debe quedar estrictamente entre nosotros.

—Para ti soy todo oídos. Solo no me digas que mataste a alguien y necesitas quién te defienda porque sabes que ese no es mi terreno.

Apenas me dio luz verde le conté todo lo que había planeado; la boda con Jimena, el acuerdo de matrimonio y el acuerdo de divorcio, lo de los bienes separados, la manutención de las necesidades de ella, etc. El matrimonio no tendría fecha de expiración pues todo terminaría en el mismo momento en que mi madre muera y eso podrían ser semanas o meses.

—¿Estás seguro de eso? —preguntó Guillermo luego de escuchar todo—. ¿Y si la empleada doméstica se enamora o Sofía se da cuenta? O peor, ¿y si tu madre se entera? Creo que aún hay cosas que pensar. No obstante, yo puedo empezar con ambos acuerdos y cuando los tenga te llamo. Así los revisan ambos y si después de todo quieren seguir, solo será que ambos firmen.

—Gracias, Guillermo. Sabía que podía contar contigo. Esperaré tu mensaje.

5

Luego de despedirme de la señora Sara y de Felipe, entré a la oscuridad de la casa. Encontrarme a Manuel junto a la rubia me revolvió el estómago. Él había dicho que se iba a casar conmigo y horas después estaba en brazos de otra; eso encendería la ira de cualquiera, pero yo debía aceptarlo. Él aún no me había confirmado nada, solo había dicho que lo pensara un poco más. Sin embargo, yo ya estaba decidida a ser la señora de Galeano. Esta oportunidad no se repetiría y no la iba a desaprovechar. Ni en mis sueños más locos hubiera podido imaginarme que Manuel Galeano, el hombre de mis fantasías, podría convertirse en mi esposo.

Caminé hacia la sala y me senté en una silla. Había tanto silencio sin mi abuela que no parecía su casa. Las paredes estaban tristes, los cuadros deprimidos y la luz ensombrecida. Ella siempre había sido quien me hacía reír y me consolaba cuando tenía un mal día. «Ahora no tengo a nadie que se preocupe por mí», pensé cuando mi mente volvió a la realidad.

El día había sido tan pesado que solo quise subir a mi cama y acostarme a dormir, pero el silencio era estruendoso y mi mente divagaba en pensamientos sobre Manuel, hasta que, sin darme cuenta, me quedé dormida.

La mañana siguiente me desperté escuchando golpes. Primero creí que estos solo estaban en mi cabeza así que me senté y cesaron un momento. Después volvieron a sonar y comprendí que provenían de la entrada. Al abrir vi a la señora Sara y a Lily vestidas de negro.

—Niña, ¿todavía no estás lista?, se te hará tarde. Hay que irnos, ve a alistarte —dijo Lily empujándome hacia las escaleras.

Ella y Sara empezaron a acomodar la casa y poner estantes con candelas a los cuatro costados donde iba a estar el féretro de mi abuela. Al momento llegaron Carlos, el esposo de Lily, junto con Felipe cargando varios ramos de flores de colores vivos. Las flores me hicieron recordar a mi abuela; una mujer alegre y llena de luz. Pero a la vez me hicieron recordar la razón por la que estaban ahí: su muerte.

Antes de ponerme a llorar de nuevo, fui a mi habitación y me bañé. Me puse un vestido negro para la ocasión, no me recogí el cabello para que se secara más rápido y me puse un poco de maquillaje que disimulara mis ojeras. De ahí salimos a recoger a mi abuela.

Llegamos al hospital, hicimos los trámites correspondientes y un carro fúnebre nos ayudó a transportar el ataúd hasta la casa. Al llegar había mucha gente esperando despedir a mi abuela. Como había vivido toda su vida en el mismo vecindario fue una señora muy conocida y querida. Estaba segura de que todo estaba justo cómo ella quería su despedida. Los de la funeraria ayudaron a acomodarla dentro de la casa. Varias personas se acercaron a dar su pésame y al rato el párroco de la iglesia fue y dijo unas hermosas palabras sobre mi abuela.

Cuando llegó la hora, los de la funeraria volvieron entrar para llevarse el ataúd para ser transportado hasta su última morada, detrás de ellos venía Manuel. Vestía un traje azul turquí con chaleco, una camisa blanca y zapatos caoba. Era inevitable verlo; su presencia destacaba entre el gentío y apenas me vio, caminó hacia mí.

No era fácil creer que estuviera en la casa, sin embargo, ahí estaba, caminando hacia mí. No pude evitar mi sorpresa por un momento, pero luego recordé lo que él dijo acerca de que tenían que vernos juntos en algunos momentos para que el plan fuera más creíble. Intenté calmarme. Él se acercó, tomó mi cintura con un brazo y me besó la mejilla. Los murmullos crecieron como espuma y me quise apartar un poco. Manuel era una celebridad en toda Bellavista y que él me abrazara como si fuéramos cercanos era algo inimaginable para muchos de los presentes.

—No dejes que te intimiden —dijo entre dientes a mi oído—. Tendrás que acostumbrarte a esto. Deja que hablen, eso es lo que queremos ¿no? —Su voz en mi oído provocaba hormigueo por toda mi espalda. Tragué saliva. Era difícil pasar del Manuel efusivo y cariñoso, al Manuel indiferente, pero debía obligarme a pensar que todo era una farsa para no ilusionarme.

—Siento mucho lo de tu abuela, cariño —dijo separándose un poco de mí para que los demás lo escucharan.

—Muchas gracias por venir. No te esperaba. —Seguí

con el plan.

—No iba a dejarte sola en un momento así. Sé lo difícil que es perder a un familiar muy cercano. Además, traje algo para ti —dijo dándome una bolsa pequeña que llevaba en la mano.

—Es para que te mantengas en comunicación constante conmigo. Si necesitas algo, solo llámame. Tengo que regresar al hospital; en unas horas darán de alta a mi madre. Nos vemos. —Me volvió a dar un beso en la mejilla y un abrazo.

—Gracias por todo. Espero saber pronto de ti. —En una situación de esas era sumamente difícil reconocer si estaba siendo genuino o solo lo hacía por actuación, mi corazón latía con fuerza y sentía las mejillas calientes. No estaba tan mal ser la señora de Galeano, al parecer. O al menos eso creía.

Contenta por su compañía, y su regalo, lo acompañé a la puerta, en eso, Lily se acercó. Pensé que se despediría de Manuel, pero se despidió de mí. Tomó mis dos manos y me dijo que debía ser fuerte. Reaccioné al instante. La presencia de Manuel había opacado todo alrededor; las personas, las flores, el funeral de mi abuela… Manuel lo consumió todo con su esencia. Volteé y estaba por arrancar el auto de la funeraria. Corrí a mi habitación por las llaves de la casa y mientras tanto todos los invitados comenzaron a salir hacia sus carros para ir al cementerio.

Cuando llegamos al cementerio caí en la cuenta de cuántos carros estaban ahí para mi abuela y no pude evitar llorar al pensar que eso era lo que ella hubiera querido. Al finalizar la ceremonia tomé dos rosas blancas y una roja y las dejé caer sobre el ataúd. Sentí que la rosa roja era mi manera de despedir a mi abuela y las dos blancas eran para mis padres que iban a recibirla en el cielo. Una vez terminado todo, acomodamos las flores alrededor de la placa de mármol de mi abuela. Lily se había encargado de todos los detalles con una rapidez increíble. Estaba infinitamente agradecida con ella.

Llegamos a casa cerca de las siete de la noche, me despedí y agradecí a la señora Sara, al señor Carlos y a Felipe por todo lo que me habían ayudado durante esos dos días. Ellos me dieron un abrazo grupal, Sara y Carlos salieron cada uno hacia su casa, pero Felipe se quedó unos segundos más.

—Siempre puedes contar conmigo si necesitas algo. Lo sabes, ¿no? —Asentí, sonreí levemente. Él continuó—. Disculpa que me meta, pero ¿puedo saber que es Manuel Galeano para ti? —Sabía que alguien iba a preguntarme por eso, así que ya tenía una respuesta preparada.

—No somos nada, pero estamos conociéndonos. Trabajo en su casa cuidando a su mamá, ella tiene cáncer. No sé hacia dónde vaya el conocernos, pero él me gusta mucho.

Quería ser sincera con él, pues conocía sus sentimientos hacia mí. Felipe siempre fue un amigo incondicional, pero nunca sentí nada por él más que una amistad y por eso a veces necesitaba alejarlo un poco para no darle falsas esperanzas. No podía negar que era muy guapo y su apariencia volvía loca a más de una mujer, pero no era mi caso. Él suspiró.

—Creo que sabes que me importas. Y mucho. Y no quiero verte triste o lastimada. Él tiene una vida muy expuesta y si todas las personas en la ciudad se dan cuenta de que hay algo entre ustedes no te dejarán tranquila. ¿Estás lista para algo así? Ya has sufrido mucho como para que el mundo también te ataque. Además, por lo que supe él tuvo una novia hace años y nunca se confirmó qué pasó entre ellos; solo que ella se fue a modelar al extranjero y él tomó el lugar de su padre al morir. —Se detuvo un momento y me miró a los ojos—. Disculpa si te abrumo con tanto, pero no soportaría verte sufrir por culpa de él. —Sabía que muchas de las cosas que había dicho eran ciertas, pero no eran cosas que quería discutir con Felipe, así que solo sonreí.

—Será mejor que entre. Pero te agradezco, eres un buen amigo. —Con esas palabras me despedí de Felipe y entré a la casa.

Recogí un poco las flores para que no se marchitaran tan rápido y luego subí a mi habitación. Sobre mi cama estaba la bolsa que me había dado Manuel. La abrí y dentro de una caja blanca estaba el celular que él me había comprado. Era morado. Manuel siempre tuvo muy buen gusto; el celular era hermoso. Lo encendí y apenas cargó la señal llegaron tres mensajes, uno tras otro.

«Jimena, ven a mi casa. Tenemos que hablar sobre la propuesta», decía el primero.

«Jimena, mi abogado tiene un acuerdo prematrimonial y uno también para el divorcio. Debes venir a mi casa a firmar ambos», decía el segundo mensaje.

Ahí estaba de nuevo el Manuel real. Un Manuel frío y directo. Sabía que su insistencia era también por su madre, pero hablar de un acuerdo de divorcio antes de siquiera casarnos…, no sabía si iba a poder con tantas emociones. Luego leí el tercero.

«Jimena, mañana estaré en tu casa a las nueve de la mañana para hablar de lo mencionado anteriormente».

Manuel era invasivo. Ni siquiera me había dado opción para negarme o discutirlo. Seguro quería dejarlo por escrito antes de que el chisme se propagara por la ciudad. Una cosa era que se esparciera una verdad, otra que se esparciera un simple chisme.

«Hola, Manuel. Sí, está bien; estaré en casa mañana», envié el mensaje y dejé el celular en la cama para ir a bañarme y alistarme para dormir.

Entonces llegó otro mensaje, pero era de un número desconocido.

«Mira, resbalosa. Aléjate de Manuel. Él es mío».

Al principio creí que era un mensaje equivocado, luego pensé que el mensaje podía ser de alguien en específico, aunque era imposible, pues Manuel era el único que conocía mi número. Y él no se lo hubiera dado a esa persona.

La mañana siguiente me desperté con la luz del sol golpeándome la cara. Había olvidado cerrar las cortinas la noche anterior y ni siquiera me había dado cuenta de a qué hora me había dormido. Me levanté, fui al baño y me alisté para un día más de lucha, lucha que desde ese día tenía que librar sola. Fui a la cocina para preparar algo de desayuno y alguien tocó la puerta apenas me disponía a comer. Extrañada, fui a ver quién era y me asomé a la puerta para ver por la mirilla.

—¡Manuel! —Susurré. Había olvidado que vendría a esta hora. Volteé a ver el reloj de la pared y eran las ocho con cincuenta y cinco minutos. Casi me atraganté con el pedazo de pan que estaba comiendo y corrí a la habitación a cambiarme el pijama y arreglarme un poco. Luego bajé y abrí. Manuel me miró de pies a cabeza y luego entró.

—¿Desayunaste? —le pregunté.

—La verdad es que no, pero con un café bastará.

«Eso no es un desayuno», pensé. Así que le insistí.

—Déjame te preparo unos huevos, ¿te gustan revueltos, fritos o en tortilla? —Él se quedó mirándome un momento.

—Revueltos —respondió.

—Puedes ir comiendo de este —Le di el que yo ya había preparado para mí y me puse a hacer otro. El vio el plato y luego a mí—. Juro que no lo toqué; lo acabo de servir. —Sonrió un poco y comenzó a comer. Fue una de las primeras sonrisas sinceras que le vi.

Ambos desayunamos sin decir mucho. Yo solo lo veía con su perfecto traje negro y me preguntaba cómo alguien podía estar así de arreglado tan temprano. Sin embargo, él distraía sus ojos con cada detalle de la casa de mi abuela.

Apenas terminamos de desayunar recogí los platos; él agradeció, sacó dos contratos de su blazer y comenzó a hablar de ellos.

—Primero, el matrimonio celebrado por las partes es total y absolutamente consensuado. Ninguno está obligando o cohesionando al otro a contraer matrimonio; Segundo, Durante la duración del matrimonio las partes no mantendrán relaciones íntimas. Eso conlleva a una causal absoluta e irrevocable de divorcio; Tercero, Durante la duración del matrimonio las partes deberán actuar de manera amorosa y expresar muestras de cariño frente al público y sobre todo frente a doña Patricia de Galeano. (No están obligados a hacerlo en privado); Cuarto, Durante la duración del matrimonio don Manuel Galeano suplirá toda necesidad

económica de su esposa; Quinto, Durante la duración del matrimonio los cónyuges vivirán juntos en la casa que don Manuel Galeano indique; y Sexto, la duración de este matrimonio será establecida por don Manuel Galeano y ser aceptada sin alteración alguna por parte de su esposa.

El contrato tenía más cosas, pero después de esa última ya no quería escuchar más. Era como vender mi alma al diablo. Manuel iba a tener control total sobre nuestro matrimonio y era humillante. Al terminar, él se quedó viéndome del otro lado de la mesa.

—Veo que hay algo que te incomoda. Si gustas puedes decírmelo y lo cambiamos. —Sabía que no iba a cambiar nada, aunque se lo pidiera. Él quería tener el control total sobre el acuerdo.

—Todo está bien, solo me sorprende que va a ser un matrimonio muy robotizado. Pero no te preocupes, veamos el siguiente documento. —Él cambió el contrato, bajó la vista y comenzó a leer. Era como si su mirada fría reflejara lo que iban a ser los siguientes meses, o años de matrimonio, pero sentía que tenía que hacerlo. Ella me había dado la oportunidad de trabajar para su familia y me había recibido con los brazos abiertos en su casa. Darle la mayor alegría posible antes de su muerte era lo mínimo que podía hacer. Además, tenía la corta esperanza de que, en algún momento, al conocernos bien, Manuel llegara a enamorarse de mí.

—Al terminar el matrimonio, la esposa no recibirá ningún beneficio económico por parte del esposo —continuó—; Segundo, Ningún hijo concebido o nacido durante el periodo de duración del matrimonio recibirá manutención o pensión, por parte del padre, al momento del divorcio. La penalidad por incumplir el acuerdo matrimonial será responsabilidad de la madre quién deberá asumir la responsabilidad absoluta respecto de "su hijo"; Tercero, ninguna de las partes se podrá volver a casar hasta después de transcurrido un periodo de seis meses posteriores a la ocurrencia de la declaración del divorcio; Cuarto, (Confidencialidad) Ninguna de las partes podrá mencionar sobre este acuerdo antes, durante o después que este se lleve a cabo, de lo contrario se aplicarán las penalizaciones que se encuentran señaladas al final de este documento; Quinto, la esposa tendrá que dejar el hogar familiar que comparte con su esposo una vez firmado el divorcio en un plazo de tres días; Y Sexto, La esposa no podrá volver al hogar familiar ni a buscar a su antiguo esposo o será interpuesta una orden de restricción en su contra.

Levantó la mirada, me vio a los ojos y se quedó callado.

Yo tampoco dije nada; no tenía nada bueno para decir, así que, por el bien de la señora Patricia, me callé.

—Te ves inconforme —Era una provocación. Parecía querer que hablara, que estallara en ira.

—Sí, quizás no estoy de acuerdo con algunos puntos, pero supuse que iba a ser algo así desde el momento en que acepté. ¿Dónde tengo que firmar? —pregunté para no retrasarlo más. Si lo seguía pensando, seguro iba a encontrar más razones para no hacerlo. Él me pasó las hojas.

—Esta es una copia para que te quedes con ella, yo me llevaré otra copia y los originales irán donde mi abogado. Los seis contratos hay que firmarlos. —Me pasó un bolígrafo y firmé todo. Luego firmó él y guardó sus contratos en tres sobres que había llevado, dejando uno en mi poder.

—Nuestra primera aparición pública será hoy en Marlyn's, al almuerzo. Julián pasará por ti más tarde. —No fue la invitación más efusiva o romántica, pero ya había firmado esos papeles así que, en pocas palabras, ya no podía negarme. Solo rogaba no haber firmado mi perdición con esos contratos. Manuel se fue luego de firmar los documentos.

Cerca del mediodía vi por la ventana a Julián parado a un lado del auto. Manuel iba adentro. El camino al restaurante fue tan silencioso que se tornó incómodo. Manuel estaba inmerso en su celular. Cuando llegamos al Marlyn's, él se bajó primero y luego dio la vuelta al carro para abrir mi puerta, me extendió la mano. Tomó mi brazo y caminamos hacia una mesa que él había reservado. El restaurante era tan fino que las únicas veces que había podido pagar una comida ahí, habría sido con mis padres. Un lujo de esos no podría dármelo con mi abuela.

—Jimena, ¡Jimena! —dijo Manuel agarrando mis manos, interrumpiendo mis pensamientos—. ¿Qué deseas ordenar?

El mesero ya estaba frente a nosotros.

—Creo que necesitaré unos minutos más, todavía no me decido. Muchas gracias. —Le sonreí al mesero y él me devolvió la sonrisa.

—Ya te llamaremos cuando ella se decida —dijo Manuel y me miró—. ¿Siempre eres así? —Su mirada era desconcertante.

—¿Así? —pregunté.

—Sí, ida, dispersa. Falta de concentración.

—Lo siento, solo recordaba algo y cuando me preguntaste no quería que el mesero se sintiera mal por tener que volver a pedir mi orden por no saber qué pedir.

—Es su trabajo —respondió. Yo calmé mi rostro y le di una sonrisa mucho más grande que al mesero.

Al rato pedimos la comida y el tiempo de espera se hizo eterno en el silencio de la mesa. Manuel parecía más pendiente que nunca de la gente a su alrededor. Algunos volteaban a vernos y murmuraban entre ellos, otros solo hacían cara de sorpresa y volvían a lo suyo. En efecto, éramos el centro de atención del restaurante. Todo salía según el plan de Manuel, hasta que llegó alguien inesperado.

—¿Manuel? —preguntó Sofía.

—¡Sofía! ¿qué haces aquí? —Manuel se puso blanco. Yo seguí comiendo el postre, ignorando su presencia.

—Vine a comer con una amiga, pero como me canceló de último momento y ya teníamos reservación, decidí comer sola. Además, me dijiste que ibas a estar con tu madre, pero veo que no es así. —Sofía volteó a verme y luego volvió hacia Manuel esperando una respuesta. En ese momento supe lo que tenía que hacer.

—Al parecer ustedes tienen cosas de qué hablar —dije y me puse de pie—. Yo tengo que ir a ver cómo sigue la señora Patricia. Que pasen feliz tarde.

Manuel tenía cara de querer detenerme, pero Sofía tenía cara de no dejarlo ir hasta que respondiera a sus preguntas. Salí casi corriendo de allí antes de que se convirtiera en un *show* demasiado escandaloso. Tomé un taxi a la salida y me dirigí rumbo a la casa de los Galeano. Al llegar, la señora Patricia estaba sentada en la sala y esbozó una sonrisa apenas me vio; hizo una seña con su mano y me pidió que me sentara a su lado.

—Siento mucho lo que le pasó a tu abuelita. —Tomó mis manos—. Sé lo que puedes estar sintiendo y eres una joven muy fuerte. Yo también perdí a mis padres cuando era joven, aunque no tan joven como tú; yo tenía 29 años, estaba felizmente casada y ya tenía a Manuel. Me duele pensar que ahora él va a tener que pasar por lo mismo que yo pasé. Primero Rafael, y ahora yo. Mi único anhelo es que él pueda encontrar a alguien que lo cuide cuando yo no esté.

Ella se detuvo y tomó largos sorbos de aire. La señora Patricia estaba tan mal que solo hablar le robaba de a pocos el aliento. Me pregunté si mis padres también hicieron lo posible porque yo estuviera bien antes de irse.

—Señora Patricia, Manuel no va a quedar solo —dije intentando consolarla—. Lo conozco apenas hace dos días, pero ¿quién en la ciudad no conoce a Manuel Galeano? Estoy segura de que encontrará a alguien que le de la compañía que usted desea.

—Claro, si abre los ojos y deja a la bruja esa con la que ha estado estancado desde hace años. —No pude evitar dejar salir una sonrisa. Ella continuó—. Así podría enfocarse en bellezas como tú.

Por un momento me vi tentada a contarle de mi relación con Manuel; relación que solo existía en el papel para ambos. Pero recordé las cláusulas del contrato y si Manuel no lo había mencionado, era mejor esperar a que él encontrara el momento adecuado para hacerlo. Aún era temprano para empezar a poner a rodar la bola de nieve.

6

—¿Se puede saber qué hacías aquí con esa mujer? —preguntó Sofía con su voz chillona e irritante.

—Solo la invité a comer para hablar sobre el plan de cuidado de mi madre. ¿Cuál es el problema?

—Ya te dije que quiero lejos a esa mujer. No la quiero cerca de ti —dijo con los brazos cruzados.

—Ya te expliqué que ella está encargada del cuidado de mi madre. Lo que hable con ella para darle una mejor vida a mi madre, no te compete.

Sofía podía ser despistada para muchas cosas, pero si algo se metía en su cabeza era difícil sacárselo. Necesitaba que Sofía no sospechara por lo menos hasta que tuviera que volver a su casa. Ya me encargaría de ella cuando se enterara estando fuera de la ciudad.

Ella suavizó el rostro, sonrió y se empezó a mover de un lado para otro como una niña consentida.

—Está bien. Veo que tú ya comiste, pero ya que estás

aquí… y nos encontramos, podrías acompañarme; no he comida nada y tengo hambre. ¿Sí?

Lo dudé por un momento, pero si podía distraerla del hecho de que estaba ahí con Jimena, valía la pena. Así que la esperé. Cuando terminó de comer le ofrecí llevarla a su hotel y aceptó emocionada. Julián nos esperaba afuera del restaurante y salimos rumbo a su hotel. Llegando a la entrada, Sofía me pidió que entrara con ella, pero le dije que tenía que ir a ver a mi madre; la verdad era que debía ir a la oficina de Guillermo lo más rápido posible para entregarle los contratos y de ahí sí volver donde mi madre.

Al llegar a la oficina de Guillermo, vi a Andrés y a Miguel hablando en la sala de espera. Habían pasado nueve meses desde la última vez que supe algo de Miguel. Creí que se había ido a otro país, o que había decidido simplemente alejarse de nuestra ciudad, pero ahí estaba. Avancé hacia la puerta de la oficina de mi abogado, saludé a Andrés, quien tenía una expresión extraña en el rostro, y seguí derecho.

—Hermano ¿acaso no estoy aquí? —preguntó Miguel—. Tengo demasiado tiempo de no verte y ¿ni me saludas?

Verlo ya había sido molesto, pero que me hubiera hablado como si no hubiera pasado nada fue humillante. Tuve la tentación de golpear su cara de niño bueno, pero eso solo iba a generar molestias con Andrés y Guillermo, por lo que no lo hice. Miguel era un simple bastardo traidor que había desaparecido luego de haberse cogido a Sofía sin siquiera dar una explicación. Desapareció incluso para el entierro de mi padre y ahora, nueve meses después, ¿decidía simplemente aparecer llamándome hermano y pretendiendo que lo saludara?

—Tienes razón, Miguel —me volteé y le extendí la

mano—. Felicidades por cogerte a Sofía. Si no hubieras desaparecido, incluso para la muerte de mi padre, lo hubiéramos celebrado con *whisky*. —Miguel se puso blanco, abrió sus ojos como si no supiera de qué estaba hablando y volteó a ver a Andrés quien se tapó la cara con una mano.

En ese momento Guillermo abrió la puerta de la oficina, me pidió que entrara con él y le pidió a Andrés que se llevara a Miguel. Solté la mano de Miguel y caminé hacia la oficina de Guillermo. Me senté frente a su escritorio y tiré los contratos sobre su escritorio. Él cerró la puerta y se sentó en frente de mí.

—No sé cómo hice para no reventarle la cara —dije en un suspiro.

—Manuel, sé que no quieres saber nada de Miguel, pero hay cosas que tú no sabes y creo que ya es tiempo de que te enteres.

—¿Qué? ¿Se cogió a mi madre también?

—Manuel. La noche qué pasó eso, ¿recuerdas haber visto cómo estaba Miguel?

—Sí, estaba sentado en el escusado mientras Sofía lo cogía como prostituta. ¡Yo fui quien los encontró!

—Lo sé, lo sé, Manuel. Pero ¿recuerdas haber visto cómo estaba él? ¿Viste su rostro? —Sus preguntas se hicieron extrañas.

—No, no recuerdo haber visto su rostro. ¿Debía ver la cara orgásmica del bastardo mientras cogía a quien sabía que yo le iba a pedir matrimonio?

—Manuel. Esa noche drogaron a Miguel hasta causarle una sobredosis. Pero no solo eso, al tener relaciones sexuales su corazón fue sobre esforzado y se detuvo. Apenas saliste, Sofía salió gritando del baño pidiendo ayuda.

Encontramos a Miguel inconsciente sobre el escusado y llamamos a la ambulancia mientras alguien intentaba darle primeros auxilios. Los paramédicos dijeron que murió por unos segundos, pero que pudieron revivirlo a tiempo. Estuvo en coma por casi un mes y al despertar no recordaba nada que hubiera pasado después de nuestros años en la universidad. Creo que por eso te saludó como si nada hubiera pasado. —Su historia parecía falsa. Un invento. ¿Iba a inventarse una historia de esas solo para cubrir a Miguel?

—¿Por qué nunca me dijiste nada, Guillermo? Han pasado nueve meses.

—Ese día también perdiste a tu padre. Andrés y yo juramos no decirte nada hasta encontrar el momento adecuado, pero luego nos dimos cuenta de que seguiste con Sofía y no sabíamos si sería prudente recordar el incidente. La familia de Miguel sabe qué pasó esa noche, pero también entendieron que fue una noche difícil para ti, así que evitaron cualquier exposición pública de la noticia. —No podía creer lo que Guillermo me estaba contando. Estuve nueve meses odiando a Miguel, mientras él y su familia pasaban por todo eso.

—No tienes que culparte por nada, Manuel. Esa tragedia tiene nombre y apellido: Sofía Mejía.

—¿Sofía?... Es verdad que ella estaba con él, pero no se puede culpar a ella por todo. Que Miguel sea un idiota no es culpa de ella.

—Mientras investigamos el caso, pedí ver las imágenes de las cámaras del bar de esa noche. Sabes que no pueden poner cámaras en los baños, así que no podemos saber qué pasó adentro del baño, pero sí pudimos ver las de la barra.

Sofía puso una copa con una bebida extraña cerca de Miguel y después salió a bailar contigo. Miguel vio la copa y pensó que era suya así que se la tomó de un sorbo y salió solo a la pista. Lo último que tomaron las cámaras de Miguel fue cuando caminó tambaleándose hacia el baño y a Sofía siguiéndolo luego de verlo.

Todo parecía una novela.

—¿Ya entiendes por qué tu madre te quiere lejos de Sofía? —continuó—. Esto que estás haciendo con Jimena, aunque sea solo para alegrar a tu madre, también podría ser una oportunidad para ti.

Sentí la ira subirme como una oleada de calor.

—Primero destruiré a Sofía Mejía.

Guillermo sonrió y oprimió un botón en su teléfono de mesa.

—Andrés. Ya pueden venir. Creo que es hora de mostrarles a ambos.

—¿Mostrarnos?

—Espera a que vengan.

Minutos después tocaron la puerta y entraron Andrés y Miguel. No pude volver a ver a Miguel con ira. Por lo menos tenía el beneficio de la duda hasta que supiera con certeza qué había pasado esa noche. Le volví a extender la mano.

—Dicen que no la has pasado bien —Miguel sonrió.

—Dicen que tú tampoco. Lamento la muerte de tu padre.

—¿Qué les parece si ven esto antes de que empiecen a darse besos? —dijo Guillermo.

Andrés estaba a su lado y habían volteado la pantalla del computador de la oficina.

—Les mostraré un video que los dos verán por primera vez. Miguel, esto será más difícil para ti porque no recuerdas nada. Este video solo lo tengo yo como evidencia por si en algún momento Miguel decidía levantar cargos. Así que, ahora que lo vamos a ver todos, ustedes me dirán qué hacer con él.

El vídeo nos mostraba a todos tomando en el bar, cada uno en un lugar diferente. Luego aparecía Sofía dándole dinero al *bartender* y luego pasándole una bebida de color extraño a la que Sofía agregaba dos pastillas antes de ir a dejarla cerca de Miguel. Acto seguido, Miguel, un poco afectado por el alcohol, veía la bebida que había dejado Sofía y se la tomaba de un sorbo. Guillermo adelantó un poco el vídeo hasta que vio a Miguel tambaleante y a Sofía ayudándolo a mantenerse firme mientras lo dirigía al baño.

—¿Entonces esa mujer me drogó y luego abusó de mí en el baño? ¿Cómo están seguros de que pasó eso?

—Yo los vi, Miguel. Sofía te llevó hacia un cubículo, te sentó, te quitó la ropa y se subió encima de ti.

Miguel cerró los ojos un momento y se agarró la cabeza con una mano.

—Miguel, ¿estás bien? —preguntó Andrés.

—Sí, sí, es solo un dolor leve.

—Me imagino que ha de ser difícil ver algo así, y más si no lo recuerdas, pero ya era hora de que supieras bien qué pasó esa noche —dijo Guillermo.

—¿Y por qué me lo ocultaron hasta este momento?

—Estábamos esperando el mejor momento. Cuando tu salud mental y tu cerebro estuvieran en mejores condiciones para recibir una noticia de estas. Aunque parece que debimos esperar un poco más.

El vídeo continuó y me vi salir del baño y del bar.

—¿Y esa fue la noche en que murió tu padre? —me preguntó Miguel.

—Sí. Al llegar a casa esa noche, Rafael murió en mis brazos.

Miguel me dio el pésame. Le pedí disculpas por no haber estado en todo su proceso luego de entender que era inocente y él se disculpó conmigo antes de salir con Andrés a comprar una pastilla para su dolor de cabeza. Luego hablamos un poco más sobre el video.

Guillermo y yo nos quedamos viendo los documentos que le había entregado.

—Manuel, ¿estás seguro de esto?, si te soy sincero sobre esta chica, o es realmente tonta e ingenua, o está enamorada de ti. Trate de hacer estos acuerdos lo más groseros y humillantes como para que rechazara tu oferta, pero al aceptar me deja muchas dudas acerca de ella. Que una mujer acepté algo así sin dinero de por medio es imposible. Pero bueno, extrañamente lo hizo. Mañana llevaré esto a autenticar y solo quedará que me digas cuándo piensas casarte.

Jimena era una mujer extraña, de eso estaba seguro, aunque no podía negar que eso la hacía interesante. Me pregunté por un momento si hacía bien al entregar esos papeles antes de mirar qué podía pasar entre nosotros, pues el contrato era muy claro en sus restricciones. Guillermo me miraba con sus ojos de «deberías pensarlo un poco más» y un poco de duda entró a mi certeza.

—Está bien, creo que lo hablaré con mi madre primero. Le diré que ya conocía a Jimena desde hace un tiempo. Así parecerá menos sospechoso.

—No pido más que eso —respondió Guillermo—. Vamos a la casa de Andrés, te esperamos allá.

7

Después de pasar toda la tarde hablando con la señora Patricia, le conté un poco más de mi infancia y luego me pidió que viviera en su casa como su dama de compañía. Ella me pagaría un poco más y trabajaría como interna. Le pedí que me dejara pensarlo un poco. Tenía que consultarlo con Manuel, no quería imponer cosas o que él pensara que lo estaba haciendo. Lo esperé esa tarde, pero llegando la noche, la señora Patricia me dijo que Manuel se iba a quedar en la casa de unos amigos de él así que me fui.

Al día siguiente Manuel me despertó con una llamada.

—Jimena, ¿cómo estás? —Al parecer, Manuel había despertado con un choque de amabilidad.

—Hola, buenos días, Manuel. Muy bien ¿y tú? —Una pequeña risa sonó del otro lado.

—¿Por qué te ríes? ¿He dicho algo gracioso?

—No es que me extrañe tu falta de productividad, considerando que tu día a día se basa en cuidar a mi madre y ese trabajo lo compartes con Lilian. Pero creo que incluso en un trabajo de esos también se debería estar despierto desde temprano.

—Lo siento, me quedé dormida en el mueble de la sala mientras miraba televisión y pasé muy mala noche.

—No importa. Hoy pasarás el día conmigo. Ponte algo cómodo y deportivo. La próxima exposición pública será con mis amigos. —¿No estaba yendo muy rápido al presentarme a su círculo cercano? Si ellos se daban cuenta que todo era una farsa todo acababa.

—Pienso que es muy pronto para presentarme ante tus amistades, ¿no? Solo llevamos tres días conociéndonos. —Debe estar tramando algo.

—Bueno, posiblemente nuestra boda sea la próxima semana y quiero que todos te conozcan desde antes. Así podemos convencerlos de que nos conocemos desde hace unos meses y que poco a poco nos enamoramos. Es la oportunidad perfecta para hacerlo público a mi familia…

—¡La próxima semana! —grité ante tal sorpresa.

—Sí, hoy hablé con mi madre, le dije que la verdad era que nos conocíamos desde hace unos meses, pero que no queríamos hacer nuestra relación pública hasta que fuera el momento indicado y que, si ella no se oponía, nos casaremos la próxima semana.

—¿Y…?

—Lo que esperábamos. Se puso contenta y dijo que quería empezar a organizar la boda.

No sabía cómo sentirme al respecto. Todo pasaba tan rápido que la sorpresa de cada nueva revelación no me daba tiempo para dudas. No obstante, una pregunta se me escapó de la boca.

—¿Y Sofía? —Él se quedó callado un momento y dejó salir un suspiro antes de hablar.

—Olvídate de Sofía. Ella volverá a su ciudad dentro de poco y no volverás a saber de ella. Esta semana será para que nos conozcamos más a fondo. —La sonrisa que tenía en ese momento era tan grande que no me la creía. ¡Me iba a casar en una semana! No había espacio para pensar en si era falso o verdadero o si eso iba a transformarse en una relación real algún día. En una semana iba a convertirme en la esposa de Manuel Galeano.

—Paso por ti en media hora —fue lo último que dijo antes de colgar.

Salí corriendo a mi habitación, para ver en mi *closet*. Gracias a Dios tenía un par de tenis negros con blanco casi nuevos. Busqué unos *leggins* deportivos color negro, un top ajustado del mismo color y para terminar una camisa a cuadros rojos y negros que me iba a poner encima. Al salir del baño decidí hacerme una coleta alta, me puse un *set* de aretes pequeños y maquillaje suave, pero delineé bien mis ojos. Me fijé en el tiempo y faltaban diez minutos, así que corrí a recoger lo que había desordenado en la sala. Cuando recién me iba a sentar en el mueble a esperar a Manuel, tocaron la puerta.

Abrí la puerta y él me miró de pies a cabeza. Tenía esa costumbre de verme antes de saludar. Él llevaba un suéter color negro, una camiseta del mismo color, tenis blancos y una gorra negra. Detrás de él se veía su auto deportivo azul. Manuel tenía la mala costumbre de verse como un galán de telenovela. No pude evitar morderme el labio. Él se acercó a la puerta, besó mi frente y me llevó hacia el carro. Abrió la puerta del copiloto y la cerró apenas entré. Dio la vuelta al auto y entró. Apenas se sentó volteó a verme mientras se ponía el cinturón de seguridad; sus ojos me examinaron de pies a cabeza.

—¿Qué? ¿Estoy mal vestida? —pregunté y él sonrió.

—Creo que estas bastante bien —respondió y le quité la mirada. Mis pómulos comenzaron a arder.

—Entonces a dónde vamos, ¿porque querías que me vistiera así? —Le pregunté.

—Todo a su tiempo, Jimena. Aunque vestida así pareces una muñeca; creo que así te empezaré a llamar, muñeca. —Fue difícil creer lo que estaba escuchando. ¿Manuel Galeano me estaba coqueteando? Pensé en que seguro era parte de su actuación así que le seguí un poco el juego, pero también estaba preparada para cuando volviera el Manuel frío y tosco.

—¿Y yo cómo te llamaré entonces? —pregunté y le devolví la mirada de pies a cabeza.

—Ya encontrarás la manera adecuada.

Segundos después arrancamos. Íbamos camino al parque en la montaña; me encantaba caminar por los senderos de la montaña, pero hacía años que no había vuelto pues tenía que cuidar cada vez más de mi abuela. Durante el recorrido me preguntó acerca de mi pasado, mis papás, mi vida antes de vivir con la abuela y se sorprendió al notar el giro de ciento ochenta grados que dio mi vida en seis años. Luego me contó un poco sobre sus amigos y por su forma de hablar de ellos deduje que eran muy importantes para él. Eso quería decir que la reunión de ese día con ellos era importante.

Llegamos al estacionamiento del parque y estacionamos al lado de una camioneta Range Rover blanca. Manuel se bajó primero del auto y luego bajaron tres chicos de la camioneta. Manuel los saludó antes de llegar a mi puerta y abrirla. Me ayudó a bajar y estando de pie a su lado rodeo mi cintura con su brazo.

—Andrés, Guillermo, Miguel, les presento a Jimena, mi futura esposa —dijo.

Miré al suelo un momento con algo de vergüenza por su presentación antes de levantar la mirada para ver a los

amigos de mi futuro esposo y una cara se me hizo conocida.
Él me sonrió extrañado, yo le devolví la sonrisa, y se me
acercó a darme un efusivo abrazo.

—¡Jimena! —Le respondí el abrazo un poco incómoda.

—Guillermo…

«Seguro Manuel ha de estar sintiéndose incómodo por
este abrazo», pensé y me separé al momento. Él volteó
hacia su amigo.

—¿Ella es con quien te vas a casar? —dijo Guillermo
sorprendido.

—Sí, ella es Jimena, de la que te platiqué. Veo que
ustedes se conocen. —El Manuel frío fue quien habló en
ese momento.

—Guillermo y yo nos conocemos desde que éramos
niños —respondí—. Nuestros padres trabajaban juntos,
pero cuando mis padres murieron y vine aquí no volví a
tener contacto con nadie por dedicarme a mi abuela.

—Sí, eras una pequeña pecosa en aquel entonces y nunca
más te volvimos a ver desde que murieron tus padres. Pero
mira que pequeño es el mundo, ahora te casarás con uno de
mis mejores amigos y te volviste una pecosa hermosa de
ojos azules.

Manuel ya estaba visiblemente molesto y Guillermo no
medía sus palabras así que me acerqué a Manuel, le agarré el
brazo y le di un beso en la mejilla.

—Sí. Él es mi tesoro. —Manuel volteó a verme, su
semblante se suavizó y sentí que nuestros ojos chispeaban
por primera vez.

—Bueno me gustaría quedarme hablando, pero es hora
de ponernos en acción. Haremos el sendero tres y no quiero
quejas de nadie —dijo después de regresar al auto para sacar
una mochila.

—Jime, ellos son Miguel y Andrés. También son amigos
de este mal educado que no te los presento — dijo
Guillermo antes de empezar a caminar. Manuel se quedó

callado a mi lado y les extendí la mano a cada uno de sus amigos.

—Mucho gusto, soy Jimena Roberts, pero creo que ya lo saben por Manuel —dije y al voltearme Manuel y Guillermo estaban discutiendo algo en voz baja. Sabía que tenía que detenerlos, así que tomé a Manuel del brazo y lo halé hacia mí—. Manuel, dijiste que íbamos a hacer el sendero tres, y yo no camino por aquí desde hace más de un año, así que andando.

—Creo que llegó al grupo el elemento faltante para traer equilibrio entre estos dos —dijo Andrés y el disgusto del ambiente se enfrió un poco.

—¿Pelean mucho? —le pregunté a Andrés. Él asintió.

—Guillermo vive haciéndole bromas o comentarios algo pasados de tono y Manuel es como un fósforo.

—Pero ellos casi siempre lo solucionan a su manera —continuó Miguel.

Comenzando el sendero Manuel y yo nos quedamos un poco atrás de sus amigos.

—¿Que pasó hace rato? ¿Por qué te molestaste con Guillermo? ¿Acaso fue por nuestro reencuentro? —Él me miró de reojo y siguió caminando.

—Sabes lo importante que es que lo nuestro pueda ser creíble, no quiero que "nuestro amigo" interfiera con nuestros planes. —No entendí qué tenía que ver Guillermo con lo nuestro y solo seguí caminando.

Cuando llegamos a la cima, Manuel y Andrés acomodaron una pequeña manta en el suelo y sacaron unos bocadillos que traían en sus mochilas junto a unas botellas de agua. Ellos platicaron un poco de sus anécdotas de la universidad, entre otras cosas, vimos el atardecer sobre la ciudad y cuando nos disponíamos a empezar a bajar, una melena rubia que todos conocíamos pasó frente a nosotros.

8

—Buenos días, hijo, ¿cómo amaneciste?

—Bien, madre ¿y tú? ¿cómo te sientes hoy? —Mi madre había estado algo decaída luego de la última hospitalización, pero siempre simulaba que no pasaba nada.

—Bien, cariño. Un poco cansada de estar acostada. Le diré a Lily que me acompañe a caminar por el jardín.

—Sabes que no puedes esforzarte —dije y ella cambió el tema de conversación.

—¿Sabes que ayer vino Jimena a verme un rato, aun cuando su abuela murió hace tan poco? esa niña es un ángel. —Sabía a dónde quería llegar con esa conversación, era mi oportunidad.

—Así es. Jimena siempre ha sido así.

—¿Siempre? —preguntó extrañada.

Tomé su mano con delicadeza y la besé.

—Te he mentido, madre. Conozco a Jimena hace unos

meses, nos hemos visto varias veces en la ciudad.

—¿¡Qué!? ¿Hace cuántos meses?

Solté una corta risa y dejé su mano sobre las cobijas. Tenía los ojos y la boca muy abiertos, pero se notaba la chispa de emoción que sentía.

—Hace varios meses, madre.

—¿Y por qué parecía que no se conocían cuando la viste el día que llegó?

—Bueno, la verdad es que a Jimena la conocí en su anterior trabajo. Verla aquí fue una sorpresa. Además, no sabía cómo ibas a reaccionar si hubieras sabido que la conocía, y después de que actué como si no la conociera, no supe cómo enmendar la mentira. —Mi madre parecía estar analizando las cosas, atando todos los cabos sueltos.

—¿Y Sofía? —Sabía que haría esa pregunta.

—Sofía es tema aparte. Lo importante es que… —Me senté al lado de ella en el sillón de su habitación—. He estado pensando en que quizás con Jimena podrían funcionar las cosas…

—¡Lo sabía! —dijo con una gran sonrisa—. Ella me encanta. Sé que será muy buena para ti, hijo. —Hizo silencio un momento—. Entonces fue bueno ofrecerle que sea mi dama de compañía, o, más bien, mi cuidadora personal. Así ella va a poder vivir aquí en la casa y tendrán más tiempo para ustedes.

La noticia me cogió un poco por sorpresa, pero si Jimena vivía en la casa íbamos a poder pasar más tiempo juntos y eso haría que nuestra relación falsa fuera más creíble. Toda la conversación con mi madre había resultado bien y ella creyó toda la historia que le conté. Entonces me aventé con la pregunta más importante.

—Madre, ¿sería muy precipitado pedirle a Jimena que sea mi esposa? —Abrió los ojos y tragó mal al punto que tosió. Evidentemente estaba sorprendida.

—¡Oh por Dios, Hijo! ¿Me hablas en serio? Pues… ¿Qué te puedo decir yo? Tendrías que hablarlo con ella. Por mí no te preocupes si ella te acepta, tú solo dime y empiezo a organizar la boda. ¡Sabes cuánto he anhelado poder verte casado! —Sus ojos se llenaron de felicidad y desbordaban pequeñas gotas— ¡Ay, hijo, qué emoción! —Si en algún punto había dudado del plan, ver la cara de mi madre en ese momento había despejado toda duda. Él plan debía seguir sí o sí.

Tomé sus manos entre las mías y la vi a los ojos.

—Me alegra que hayas dicho eso porque de aceptar ella, nos casaríamos la próxima semana.

—¿¡La próxima semana!? —dijo casi en un grito.

—Sí. Quiero evitar que se arrepienta.

—¿Porque tendría que arrepentirse, hijo? —preguntó—. Eres un hombre maravilloso.

—Cualquier cosa podría pasar de aquí a la boda —respondí.

—Cualquier cosa que pase, la resolveremos —dijo.

Ambos sonreímos y luego sonó mi teléfono. Era Guillermo. Quería que fuera con él y los muchachos a caminar por la montaña y que además invitara a Jimena para que todos la conocieran. Mientras más de mis conocidos cercanos la conocieran, nuestra historia sería más creíble. Guillermo siempre tenía buenas ideas cuando se trataba de hacerle creer algo a la gente.

Pasé primero por la oficina en la casa, para revisar si tenía algo pendiente. Luego de la muerte de mi padre y la enfermedad de mi madre yo había quedado a cargo de toda la empresa. Hice un par de llamadas y mi asistente, Joaquín, me puso al tanto de todo lo que estaba pasando; me habló de documentos que necesitaban de mi firma, pero que el resto todo estaba excelente con la empresa. Lilian tocó la puerta para decirme que el almuerzo estaba listo. Ya eran las doce y media de la tarde y no le había dicho a Jimena de la salida con mis amigos entonces tomé el celular y le marqué, pero no contestó. Almorcé, seguí trabajando y le volví a marcar, pero aún no contestaba; así que salí en el Porsche azul hacia su casa. En el carro la llamé de nuevo.

—Jimena, ¿cómo estás? —al fin contestaba.

—Hola, buenos días, Manuel. Muy bien ¿y tú? —¿Buenos días? Pensé y me salió una pequeña risa.

—¿Por qué te ríes? ¿He dicho algo gracioso?

—No es que me extrañe tu falta de productividad, considerando que tu día a día se basa en cuidar a mi madre y ese trabajo lo compartes con Lilian. Pero creo que incluso en un trabajo de esos también se debería estar despierto desde temprano.

—Lo siento, me quedé dormida en el mueble de la sala mientras miraba televisión y pasé muy mala noche.

—No importa. Hoy pasarás el día conmigo. Ponte algo cómodo, pero deportivo. La próxima exposición pública será con mis amigos

—Pienso que es muy pronto para presentarme ante tus amistades, ¿no? Solo llevamos 3 días conociéndonos.

—Bueno, posiblemente nuestra boda sea la próxima semana y quiero que todos te conozcan desde antes. Así podemos convencerlos de que nos conocemos desde hace unos meses y que poco a poco nos enamoramos. Es la oportunidad perfecta para hacerlo público a mi familia…

—¡La próxima semana! —gritó Jimena.

—Sí, hoy hablé con mi madre, le dije que la verdad era que nos conocíamos desde hace unos meses, pero que no queríamos hacer nuestra relación pública hasta que fuera el momento indicado y que, si ella no se oponía, nos casaremos la próxima semana.

—¿Y…?

—Lo que esperábamos. Se puso contenta y dijo que quería empezar a organizar toda la boda.

—¿Y Sofía? —no entendí por qué todas hacían la misma pregunta. Ni que fuera propiedad de Sofía o algo.

—Olvídate de Sofía. Ella volverá a su ciudad dentro de poco y no volverás a saber de ella. Esta semana será para que nos conozcamos más a fondo. Paso por ti en media hora. —Eso fue lo último que dije y colgué.

Camino a recoger a Jimena, Sofía me llamó y la ignoré.

Antes de las dos de la tarde llegué donde Jimena; toqué su puerta, ella abrió y casi de inmediato se me escapó un suspiro. Su cuerpo parecía esculpido, llevaba un top donde sus pechos se miraban apretados y pronunciados bajo el pequeño escote y encima de este una camisa a cuadros. No puedo evitar escanearla con la mirada y luego la invité a subir al auto.

—¿Qué? ¿Estoy mal vestida? —preguntó una vez sentada y acomodada

—Creo que estas bastante bien.

—Entonces a dónde vamos, ¿porque querías que me vistiera así?

—Todo a su tiempo, Jimena —respondí—. Aunque vestida así pareces una muñeca; creo que así te empezaré a llamar, muñeca.

Jimena bajó la mirada y dejó escapar una pequeña sonrisa.

—¿Y yo cómo te llamaré entonces?

—Ya encontrarás la manera adecuada.

Camino a la montaña hablamos un poco sobre nuestro pasado. Era necesario si queríamos dar la impresión de que nos conocíamos hacía meses. Llegando a la montaña estacioné el auto al lado de la camioneta de Guillermo y todos empezamos a bajar de los autos al mismo tiempo.

—Andrés, Guillermo, Miguel, les presento a Jimena, mi futura esposa.

Miguel y Andrés terminaron de sacar sus bolsos de la camioneta y cuando volteamos a mirar, Guillermo tenía una expresión extraña en la cara.

—¡Jimena! —dijo casi gritando y corrió a abrazarla.

—Guillermo... —respondió ella con un poco menos de emoción y volteó a verme atrapada en los brazos de Guillermo.

Sentí que mi pecho se endurecía y ardía a tiempo. «¿Jimena y Guillermo se conocen?», pensé confundido. No veía la hora de que le quitara sus asquerosos brazos de encima.

—¿Ella es con quien te vas a casar? —dijo Guillermo sorprendido al soltarla.

—Sí, ella es Jimena, de la que te platiqué. Veo que ustedes se conocen. —Tenía ganas de golpearlo, aunque no sabía bien la razón.

—Guillermo y yo nos conocemos desde que éramos niños —respondió Jimena y la volteé a mirar—. Nuestros padres trabajaban juntos, pero cuando mis padres murieron y vine aquí no volví a tener contacto con nadie por dedicarme a mi abuela.

Esa parte de su pasado Jimena no se había molestado en contarla. «Seguro esconde algo. Ha de haber tenido algo con Guillermo hace tiempo. ¿Cuánto hace que habrán terminado? Jimena no me sirve atada a otro amorío. Y menos si ese amorío es nuestro abogado». Empezaba a dudar si podía confiar en ella, o si había hecho bien al elegirla a ella. Guillermo no dejaba de mirar a Jimena mientras le habla, hasta que ella me agarró del brazo y me besó.

—Si. Él es mi tesoro. —Sonreía. Parecía una sonrisa sincera y cambié la cara para que no me vieran disgustado por algo tan insignificante.

—Bueno me gustaría quedarme hablando, pero es hora de ponernos en acción. Haremos el sendero tres y no quiero quejas de nadie —dije y arranqué a caminar. Jimena se quedó saludando a los otros dos y le hice señas a Guillermo para que habláramos un rato mientras caminábamos.

—¿Que te pasa con Jimena? Te comportas como un perro faldero frente a Andrés y Miguel. Te recuerdo que ella se va a casar conmigo y en tu oficina están los contratos ya firmados. Que un par de piernas no te desvíen de nuestro plan. Me lo debes. Ya te pasé el dinero de los contratos.

—No sabía que era ella con quien te ibas a casar, Manuel. No te voy a permitir que te cases con ella, y menos con esos contratos. Si hubiera sabido de que se trataba de ella no te hacía el documento de esa manera tan humillante —contestó Guillermo.

—Ella aceptó y ya no hay vuelta atrás. Ya autenticaste el documento. Jimena y yo nos casaremos en una semana, te guste o no. Mas te vale limitarte a tu trabajo —dije entre dientes.

Guillermo negó con la cabeza mientras caminaba y empezó a zigzaguear como si estuviera maquinando algo. Fueron solo unos segundos de silencio hasta que se hizo en frente, me detuvo y me señaló con el dedo.

—Te lo juro, Manuel. Si la lastimas, te olvidaras de nuestra amistad y la ayudaré a destruirte. ¿Entendiste? —Jimena apareció antes de que le contestara.

—Guillermo, Miguel y Andrés quieren hablar contigo. ¿Nos dejarías caminar solos por un momento?

Él la miró, me miró a mí y volvió a ella que le señalaba con una mano que se fuera donde sus amigos, mientras que con su otro brazo agarraba al mío. Guillermo entrecerró los ojos y caminó hacia Andrés.

—¿Que pasó hace rato? —preguntó Jimena—. ¿Por qué te molestaste con Guillermo? ¿Acaso fue por nuestro reencuentro?

«Si hubieran sido personas decentes, que se encontraran como personas decentes, no hubiera habido problema», pensé.

—Sabes lo importante que es que lo nuestro pueda ser creíble, no quiero que "nuestro amigo" interfiera con nuestros planes. —Jimena solo hizo una mueca y siguió caminando.

Al llegar a la cima comimos, bromeamos y vimos la puesta del sol hasta que se hizo de noche. Había sido un buen momento, pero había cosas que hacer por lo que era tiempo de bajar. Recogimos todo lo que habíamos llevado, cargamos nuestras mochilas y antes de comenzar el descenso una persona se puso frente a mí y me besó en la boca.

—Cariño, te he llamado todo el día, ¿por qué no me contestaste? —Sofía estaba acompañada de dos amigas. Jimena se apartó de mí hacia donde estaba Guillermo luego de que Sofía me besara.

Volteé hacia Jimena queriendo explicarle, pero a lo que me volteé ella me lanzó una cachetada que me desestabilizó y terminé cayendo hacia donde estaba Sofía, tirándonos al suelo. Guillermo abrazó a Jimena y la detuvo de lanzar otro golpe, mientras que las amigas de Sofía le ayudaban a ponerse de pie.

—Creo que nunca dejaste de estar con esta basura de mujer —dijo Guillermo con rabia en su rostro—. Vámonos, Jimena. Yo te llevaré.

Jimena estaba roja de ira y sus ojos estaban cuarteados. Parecía como si se estuviera conteniendo para no dejar salir a flote sus pensamientos, hasta que Guillermo la convenció y volteó para irse con él.

—Supongo que sabes quién es esa mujer —dijo Guillermo.

—Sí, lo sé. ¿Podrían llevarme a mi casa? —Guillermo limpió su rostro con una mano, mientras que con la otra la rodeó y sentí que la ira me empujó.

—¡Te dije que no la tocaras, idiota! Ella va a ser mi esposa. —Agarré la mano de Guillermo y la alejé de Jimena. Ya no controlaba mi cuerpo. Apreté el puño y me alisté para romperle la cara a mi amigo, pero en ese momento Jimena se hizo en frente de él.

—¡Manuel, basta! —gruñó—. Yo me voy a ir con ellos. Tú ve y arregla tus cosas.

Jimena tomó del brazo a Guillermo y lo llevó hasta

donde estaban Andrés y Miguel. Los cuatro comenzaron el descenso. Traté de ir tras ellos, pero Sofía se me puso enfrente.

—¿Te vas a casar con esa? —El desprecio en su voz fue lo más insoportable—. ¿Y qué hay de lo nuestro? me dijiste que le darías una oportunidad.

Tomé a Sofía de los hombros e intenté ver tras ella por donde iban Jimena y los otros, pero en la oscuridad ya no veía nada.

—¡Manuel! —gritó Sofía—. Estoy aquí, soy tu novia.

La miré a los ojos.

—Mira, Sofía, no quiero nada más contigo. Quiero y voy a casarme con Jimena. —Ella me abofeteó.

—¿Y me lo dices así sin más? ¿Sabes lo que dejé por venir aquí contigo? ¿Cuántos hombres se morían por estar conmigo? A mí no me vas a botar otra vez, Manuel, y menos por una arrastrada como esa. ¿Sabes lo que van a decir de mí? Que me cambiaste por una indigente; ¡Sería el hazmerreír de todo el mundo! No te lo voy a permitir. Tú vas a ser mío cueste lo que cueste. ¿Me escuchaste? No te casarás con esa mujer.

Antes de que Sofía terminara su alegato, la moví hacia un lado y corrí hacia donde creí haber visto que se habían ido con Jimena. «Todo se fue al carajo, necesito arreglar esto antes de que Jimena le haga caso a Guillermo y se pierda todo», pensé. Al llegar al estacionamiento ya no estaba la camioneta de Guillermo. Subí al auto y fui a su casa lo más rápido que pude. Las luces estaban apagadas, así que supuse que no estaba ahí y arranqué hacia el apartamento de Guillermo. Toqué la puerta y alguien se acercó del otro lado.

—Es el idiota de Manuel —gritó Andrés.

—¡No le abras, que se joda! —respondió Miguel.

—¿Y si me abren en vez de llorar como colegialas chismosas? Tengo que hablar con Jimena.

—¿Jimena? —dijo Miguel.

—Jimena no está aquí. —Era la voz de Guillermo—. Puedes largarte.

—¿Crees que soy tan idiota para creerte? ¡Jimena! Tenemos que hablar, te juro que no es nada de lo que crees.

Guillermo abrió. Empujé la puerta apenas vi que empezaba a abrirse y entré mirando hacia todos lados, llamándola.

—Ella no está aquí, Manuel —dijo Guillermo—. Insistió en que la dejáramos en su casa, dijo que quería descansar.

—Vengo de su casa y todas las luces estaban apagadas, por eso vine hasta aquí. Donde le hayas llenado la cabeza de tus estupideces, Guillermo…

—Yo no le dije nada, Manuel. Puedes preguntarles a los muchachos. —Ambos afirmaban con su cabeza.

No se me ocurría otro lugar donde pudiera estar «¿Y sí, si estaba en su casa?», pensé y saqué el teléfono para marcarle.

—No me contesta el teléfono. —Volví a marcar.

—Ella ha de estar descansando. Deberías dejar de ser tan intenso y esperar a que las aguas se calmen. Más bien deberías empezar por decirnos: ¿qué rayos haces de nuevo con esa mujer? ¿No fue suficiente lo que le hizo a Miguel? —dijo Guillermo.

Marqué unas tres veces más, pero Jimena no contestó, por lo que me fui hacia el comedor y me senté a comer con mis amigos. Todos se me quedaron viendo en silencio…

—Está bien, les contaré todo —dije y los tres se acomodaron en la mesa. Les conté cuando Sofía volvió a contactarme, mi plan para vengarme, lo de mi madre y en qué punto se involucró Jimena, junto con todo el plan de la boda falsa, pero omitiendo los detalles de los acuerdos. Guillermo parecía ser el más afectado.

—Eres un miserable. Te aprovechas de ella y después la vas a botar como una muñeca vieja sin importar siquiera si ella se enamora de ti en algún momento. —Estaba seguro de que eso no iba a pasar, lo que tenía con Jimena era un acuerdo, nada romántico. Así que no le presté mucha atención a sus palabras.

—Creo que Guillermo tiene razón hasta cierto punto —comentó Andrés.

—Entonces haces feliz a tu madre en sus últimos días y de paso jodes a Sofía. Me gusta el plan —dijo Miguel.

—¿Y cumplirás con todas las cláusulas del acuerdo prematrimonial? —preguntó Guillermo.

—Sí. Mientras menos nos involucremos, menos riesgo tiene ella de salir lastimada. —«Si algo llegara a cambiar entre ambos, lo más seguro sería arreglarlo luego del divorcio», pensé.

Todos se quedaron en silencio por un momento. Andrés y Miguel ya estaban un poco más convencidos con la idea, pero Guillermo seguía de cara dura.

—Está bien, te apoyaré. Pero a la más mínima cagada de tu parte no esperes que te ayude.

Estuve un rato más con ellos, pero me sentía cansado, me fui a la casa temprano. Me asomé a la habitación de mi madre para ver que todo estuviera bien y luego fui hacia la mía. No podía dejar las cosas con Jimena como estaban, sentía la necesidad de hacer algo, así que le envié un mensaje.

«Jimena, tengo que explicarte qué fue lo que pasó. Yo no tengo nada que ver con Sofía ¿Vas a venir a trabajar mañana?».

Jimena no me respondió así que decidí hacerle una última llamada, pero tampoco contestó.

A la mañana siguiente me despertaron unos gritos. Salí corriendo al pensar que podía ser algo relacionado con mi madre, pero me encontré con Sofía gritándole a Jimena, que estaba vestida con una falda pegada a su silueta, una blusa color negro que resaltaba sus curvas y zapatillas altas. Por un segundo me quiso distraer la vestimenta de Jimena, pero reaccioné y corrí hacia ellas.

—¿Qué está pasando aquí? —dije luego de pararme en medio de ambas—. Y tú, ¿qué haces en mi casa? te dejé claro ayer que ya no quiero nada contigo. —Sofía tenía la cara roja de la ira, entrecerró los ojos y le señalé la puerta con la mano.

—Me voy porque tengo trabajo que hacer antes de viajar, pero regresaré, Manuel, y espero que esta mujerzuela no esté cuando vuelva.

—Deberías dejar de humillarte, Sofía. No me interesa lo que hagas, solo no vuelvas a esta casa.

—De mí nadie se burla, Manuel Galeano, y tú no serás el primero —dijo señalándome la cara con el dedo, dio media vuelta y salió.

Cuando Sofía salió, giré a ver a Jimena de nuevo. Mi madre ya había llegado a la sala y esbozaba una sonrisa. Le pedí permiso para que me permitiera hablar un momento a solas con Jimena y accedió sin problema. Lilian le iba a ayudar a hacer su rutina de caminata alrededor de la casa así que iba a tener quién estuviera pendiente de ella durante un tiempo. Jimena me acompañó a mi habitación y la arrastré hasta el balcón. Sus manos sudaban y su boca brillaba como si me pidiera besarla.

—¿Qué quieres, Manuel? —dijo al tenerla enfrente.

—Quiero explicarte lo que pasó ayer. Entre Sofía y yo no hay nada, no sé por qué hizo eso.

—Entonces solo te dejaste besar por tu ex. Lo más normal del mundo.

—Jimena, no sabía que Sofía iba a hacer eso. Te lo juro.

—Y entonces, ¿por qué te preocupa tanto explicarme lo que pasó?

—Necesito saber si el plan sigue en pie. —Jimena se mordió los labios, miró hacia afuera y luego volteó hacia mí. Había algo en ella que me absorbía.

—Y… ¿Cómo sé que vas en serio? —Sus grandes ojos me miraron fijamente.

Nos quedamos en silencio unos segundos, sin quitarnos las miradas de encima. Y di un paso hacia ella.

—Entonces tendré que demostrártelo —dije y tomando con una mano su barbilla, la besé.

Sus labios que se quedaron estáticos un momento luego empezaron a moverse a mi ritmo hasta que me aparté de ella y la vi abrir lentamente sus ojos.

—¿Te gustó nuestro primer beso?

Jimena se tapó la boca y miró al suelo. Su cara estaba roja y sonriente. Sin embargo, me dijo algo muy interesante. Ese era su primer beso y eso me gustó.

—Entonces creo que fue un buen primer beso.

9

—¿Podrían llevarme a mi casa, por favor? —Les pedí a los amigos de Manuel una vez bajamos de la montaña.

Mi voz salió un poco rota, pero no necesité decirles porque ese pequeño momento me hizo sentir mal e insignificante.

—Sí, claro, sube. Tú dime por dónde —contestó Guillermo—. Es increíble que ese idiota de Manuel siga con Sofía, y peor después de saber lo que le hizo a Miguel. —Parecía pensar en voz alta y no pude evitar escuchar.

Sabía que no debía meterme, era un problema entre sus amigos, pero la curiosidad me pudo más y pregunté.

—¿Sofía le hizo algo a Miguel? —Miguel miró a Guillermo, Andrés a Miguel y luego a todos a mí.

—Jimena —contestó Miguel—. Está no es una historia agradable para mí, pero quizás hablarla me hará bien.

Se quedó en silencio un rato, suspiró y empezó a contarme todo lo que había ocurrido en el bar, lo que mostraba el video y lo que le pasó después de eso.

—Yo… lamento escuchar lo que te pasó —dije una vez terminó la historia.

—No te preocupes —respondió Miguel—. Por eso no le veo sentido a lo que acaba de hacer Manuel.

—Manuel siempre ha sido un idiota, eso no parece que vaya a cambiar —dijo Guillermo mientras manejaba, y añadió—: ¿Porque no vienes a cenar con nosotros?

—No estaría mal —contestó Andrés y miró hacia atrás, hacia mí.

No tenía ganas de comer, de hablar, de nada… y menos con Guillermo. Cualquier cosa que hiciera con él sabía que iba a terminar en una pelea con Manuel.

—Muchas gracias por la invitación, y por traerme a mi casa, pero me siento muy cansada; hace mucho tiempo que no me ejercitaba tanto, además han sido unos días difíciles. La verdad solo quiero descansar.

Cuando llegamos a la casa, Guillermo se estacionó de golpe y golpeó el volante.

—Cielos santo, Jimena, es verdad, siento mucho lo de tu abuela —dijo viéndome por el retrovisor. Andrés y Miguel abrieron los ojos y dijeron lo mismo.

Les agradecí las condolencias y mientras me despedía de ellos, Guillermo bajó para abrirme la puerta. Caminamos juntos hasta la entrada de mi casa y Miguel y Andrés se quedaron afuera del auto. Me dio un abrazo, le agradecí, le di las buenas noches y le volví a agradecer por haberme dejado en casa antes de despedirme.

Al entrar a la casa me dirigí a la cocina, agarré una manzana y subí al cuarto. No tenía ánimos de nada, así que ni la luz encendí, me bañé, me puse el pijama, bajé a la sala a poner una película hasta quedarme dormida. Estando ahí recibí un mensaje de Manuel:

«Jimena, tengo que explicarte qué fue lo que pasó. Yo no tengo nada que ver con Sofía ¿Vas a venir a trabajar mañana?»

¿Explicarme lo que había pasado? No necesitaba explicación, él había dejado que ella lo besara. «Además, si no tiene nada con ella, ¿por qué la besó?», pensé. Dudé un momento en si ir al día siguiente a la casa de Manuel o si me inventaría una excusa, pero al rato pensé en la señora Galeano y que ella me necesitaba, así que antes de caer profundamente, decidí ir.

A la mañana siguiente llegué muy temprano a la casa de los Galeano y en la entrada me topé con Sofía quien me lanzó una cachetada, pero antes de que llegara a mí le agarré la mano, la empujé y ella tropezó, pero no cayó al suelo. Lily ya estaba en casa, así que me abrió la puerta para que entrara, pero Sofía empujó la puerta de par en par y entró con su altivez.

—Quítate de mi camino, sirvienta de quinta.

—Esta sirvienta de quinta tiene más decencia que tú, regalada. Yo no ando como una exnovia ardida por las calles pidiendo atención. Es más, deberías irte. No eres bienvenida en esta casa. —Sofía se volteó, sus ojos estaban en llamas. Se acercó de nuevo para abofetearme, pero le detuve el brazo.

—¿Quién te crees que eres? No eres más que una sirvienta —dijo llena de ira—. ¡Suéltame, arrastrada!

En ese momento perdí la poca paciencia que me quedaba hacia ella y me igualé a su tono.

—¿Qué está pasando aquí? —dijo Manuel al llegar a la escena. Vio a Lily, luego nos vio a mí y a Sofía—. Y tú, ¿qué haces en mi casa? dejé claro ayer que ya no quiero nada contigo.

Sofía estaba roja de ira e intentaba soltarse de mi mano.

—Ya escuchaste, vete de aquí —susurré para que solo ella me escuchara y le solté la mano.

—Me voy porque tengo trabajo que hacer antes de viajar, pero regresaré, Manuel, y espero que esta mujerzuela no esté cuando vuelva. —Señaló hacia mí.

—Deberías dejar de humillarte, Sofía. No me interesa lo que hagas, solo no vuelvas a esta casa. —Escuchar a Manuel echando a Sofía, con un tono tan autoritario me hizo sentir un hormigueo en el estómago.

—De mí nadie se burla, Manuel Galeano, y tú no serás el primero —respondió Sofía señalando a Manuel antes de darse la vuelta y salir de la casa.

La señora Patricia ya había llegado a la sala y sonrió al ver cómo Manuel echaba a Sofía. Luego Manuel se acercó a ella y le preguntó algo, ella me miró y afirmó con la cabeza. Lily estaba a su lado. No había podido ni siquiera cambiarme de ropa y Manuel me agarró del brazo y me llevó hacia el balcón de su habitación. Tuve que recordar por qué estaba enojada con él, pues mis ojos empezaban a perderse en su cuerpo.

—¿Qué quieres, Manuel? —pregunté una vez llegamos al balcón.

—Quiero explicarte lo que pasó ayer. Entre Sofía y yo no hay nada, no sé por qué hizo eso.

—Entonces solo te dejaste besar de tu ex. Lo más normal del mundo. —El recuerdo de ese beso me alteró un poco.

—Jimena, no sabía que Sofía iba a hacer eso. Te lo juro.

—Y entonces, ¿por qué te preocupa tanto explicarme lo que pasó?

—Necesito saber si el plan sigue en pie.

Claro, el plan para hacer feliz a la señora Patricia. Desde siempre supe que no significaba nada más para Manuel que la felicidad de su madre. Me sentí una tonta por pensar que le importaban mis sentimientos, que quería explicarme todo para que entendiera que no tenía nada con ella y pudiera estar tranquila. «Nuestra relación es solo un contrato, y así debería seguir», pensé. Pero si iba a seguir en eso, necesitaba saber que él por lo menos intentaría cumplir los acuerdos.

—Y… ¿Cómo sé que vas en serio? —pregunté mirándolo a los ojos.

Nos quedamos en silencio unos segundos. Él se acercó. Tragué saliva. Manuel Galeano pondría nerviosa a cualquier mujer estando tan cerca. Puso su mano en el borde de mi rostro y suspiré. Luego bajó su mano hacia mi barbilla y me acercó a su boca. Primero nuestros labios se quedaron juntos, luego él empezó a abrir un poco la boca y suavemente lo imité. El estómago me estallaba como un mariposario y las mejillas me ardieron; sentí que podía desmayarme en ese preciso momento. Cuando Manuel separó su boca, sentí que mi corazón quería salir de mi pecho.

—¿Te gustó nuestro primer beso? —preguntó sonriendo. No sabía si decirle que era mi primer, primer beso.

Las mejillas me ardían y no podía dejar de sonreír, así que me tapé la boca.

—¿Qué? —preguntó.

—Es que yo nunca… —Miré al suelo.

—¿Nunca habías besado a nadie? —preguntó algo sorprendido. Yo negué con la cabeza y el continuó—. Interesante. ¿Y qué sentiste, fue bueno?

—Creo… me hizo sentir calor en todo el cuerpo. —No podía decirle todo lo que había sentido, tenía que ser sutil con él o se burlaría de mí.

Ambos sonreímos.

—Entonces creo que fue un buen primer beso —contestó.

Ese día le comentamos a la señora Patricia que íbamos a casarnos y no podía disimular su alegría. La noticia también sorprendió a Lily, pero después de contarle toda la historia que habíamos planeado, la creyó por completo y se contentó al instante. Pasaron algunos días entre preparativos de boda, salidas a comer, al cine, lo que hizo creer a todo aquel que nos viera que llevábamos un buen tiempo saliendo, además pasábamos mucho tiempo con la señora Patricia, eso era parte del contrato y parecía que estaba funcionando. Ella se veía tan feliz, tan llena de vida, que incluso sentí que aquel contrato tenía sentido. Todo por la felicidad de la señora Patricia en su lecho de muerte.

Manuel y yo nos abrazábamos y besábamos como si fuéramos una pareja real frente a todos, pero nuestra relación no pasaba de ser muestras de afecto públicas, o en casa, cuando su madre estaba presente. Yo no me quejaba, más bien andaba como dice el dicho: «Flojita y cooperando».

Llegado el día de la boda, me tomó por sorpresa darme cuenta de que Guillermo era quien la iba a oficiar por ser el abogado de la familia. El día anterior me había llamado y me había preguntado si estaba segura de lo que estaba haciendo a lo que le respondí que sí. Ver a la señora Patricia feliz hacía que el contrato tuviera sentido.

—Jimena, la maquillista y la estilista han llegado. Además, tengo un regalo para ti. —dijo mi futura suegra entrando a mi recamara en la casa Galeano. Me había mudado a la casa tres días atrás a petición de Manuel y ella; me rehusaba, pues en la casa de mi abuela fue donde estuve los últimos seis años de mi vida, pero no pude contra ellos. Además, dijeron que esa casa podía venderla o arrendarla y obtener algún ingreso adicional, que ellos me iban a ayudar.

La señora Patricia entró junto con Lily que tenía una enorme caja en sus manos. Sabía que la sorpresa era mi vestido de novia, pues hacía unos días habían tomado mis medidas, pero aun así no estaba preparada para lo que me iba a encontrar. Lo sacamos de su caja y no pude evitar emocionarme de lo hermoso que era; era un vestido de corte sirena y sobrefalda de tul que caía hacia cada lado luciendo en el centro la tela lisa, tenía un escote en forma de corazón dejando los hombros y brazos descubiertos y no tenía piedras ni detalles luminosos. El estilo era exquisito, era el vestido de mis sueños. No pude evitar dejar escapar algunas lágrimas de mis ojos.

—¿Qué te sucede, linda, por qué lloras? —preguntó la señora Patricia.

Mi respuesta fue ir hacia ella para abrazarla. Lloré un poco más en sus brazos y ella me devolvió el abrazo mientras Lily acariciaba mi cabello.

—Entiendo qué sucede, Jimena —dijo en un tono leve—. Pero debes pensar en que ellos te miran desde el cielo y sí tú estás feliz, ellos también lo van a estar.

Separé un poco la cabeza de su hombro, ella se apartó un poco, me levantó el rostro y secó mis lágrimas.

—Mi niña, no llores. Sé que no es lo mismo, pero yo estoy aquí y a partir de hoy no solo seré tu suegra, sino que me gustaría que me vieras también como tu madre. No espero reemplazar a tu madre o a tu abuela, pero si tienes algo que te hubiera gustado compartir con ellas, yo voy a estar aquí para escucharte, aunque sea por el tiempo que me quede. —Sus palabras y su calor maternal me llenaban el corazón con un amor que no podía describir. Mis lágrimas no paraban de salir y la abracé más fuerte.

—Muchas gracias —fue lo único que salió de mi boca. Ella también lloraba.

—Siempre quise tener una hija. —la señora Patricia sonreía entre su llanto—. Agradezco a tus padres porque, aunque ellos no estén aquí, ellos te trajeron a este mundo y el universo, o el destino, te trajo a nosotros.

—Y una hija buena le trajo la vida —respondió Lily que también estaba al borde del llanto—. Pero creo que es tiempo de dejar de ponernos sentimentales y arreglarnos, o el novio subirá y ya saben cómo es. —No pude evitar reír por lo último.

—Lily tiene razón, vamos a dejar que las chicas de abajo hagan su magia en ti, y en nosotras, no creas que solo tú te verás divina hoy. —Ambas reímos.

No esperaba menos de mi suegra. Terminado mi maquillaje y el peinado que decidí, el pelo suelto con unas ondas y una diadema blanca que traía la estilista, me puse el vestido.

—Dios santo, hija, estás hermosa. Mi hijo se volverá loco al verte —dijo la señora Patricia y sentí que mis pómulos empezaron a arder. Aunque sabía que no era posible, que solo era una relación de mentira, me pregunté si Manuel me vería como su madre pensaba.

En ese momento alguien tocó la puerta y entró un hombre vestido de negro.

—Ya estamos listos, señora. El jardín y los invitados están listos, y, como me pidió, la chica de la prensa está aquí también.

«¿La prensa?», pensé y volteé a mirar a la señora Patricia.

—Mi niña, no esperabas que tu boda pasará inadvertida ante los medios. —Cuando dijo eso me paralicé, y ella continuó—. Ahora ve abajo y haz el hombre más feliz del mundo a mi hijo.

Con la presión de tener los ojos de todo el mundo sobre nuestra boda, solo pude sonreír y asentir. Salimos de la habitación, ella me llevaba del brazo para ayudarme a bajar las escaleras hasta que, bajando el último escalón, se acercó a nosotras un hombre alto y de buen porte. Era Samuel Amador, el padre de Guillermo. Verlo me hizo recordar a mi padre e intenté no llorar para no dañar el maquillaje.

—Cuando Guillermo me dijo que te había encontrado, sentí tanta felicidad, Jimena. Supe que te habías ido con tu abuela luego del incidente con tus padres. Y pensar que siempre estuviste tan cerca… —Él era el mejor amigo de mi padre—. Lamento mucho que hayas tenido que pasar dificultad después de la muerte de tus padres. Yo… ya sabía tu ubicación y hasta había hablado con tu abuela, pero ella me pidió no intervenir. No deseaba ir en contra de sus deseos, al igual que los de tus padres. —su comentario me tomó por sorpresa, pero sabía que era cierto.

—Señor Samuel, no tiene de qué preocuparse. Ya no podemos hacer nada para cambiar el pasado y creo en sus palabras porque conociendo a mi abuela no iba a aceptar ayuda de nadie. Sin embargo, usted siempre fue y será como un tío para mí. Es más, se me acaba de ocurrir, ¿le importaría si le pido que me entregue a Manuel? —Él sonrió casi suspirando.

—Sería un honor para mí, Jimena.

El señor Samuel extendió su mano y caminamos hacia el jardín. Más adelante la señora Patricia iba caminando hacia el altar con Manuel de la mano. Se veía tan guapo que me robaba el aliento con su traje azul y sus zapatos miel. Cuando llegó frente al altar, su madre le dio un beso en la mejilla y lo abrazó.

—Llegó la hora, Jimena, espero que seas la esposa más feliz —susurró el señor Samuel, y antes de que empezáramos a hacer el recorrido, Lily se acercó; la abracé, me dio un beso en la mejilla y luego me enseñó la enorme sonrisa que pintaban sus labios.

Caminando hacia el altar vi a Manuel con una sonrisa tan grande que casi parecía realmente feliz de verme. Me pregunté cómo podía actuar tan bien hasta el punto de confundirme con sus expresiones y me hacía preguntarme si para él algo de lo nuestro era real o si era simplemente por el contrato. Tenía que recordarme a cada instante que todo era una simple farsa y que todo era parte del contrato o sabía que saldría lastimada.

El señor Samuel me entregó a Manuel en el altar y este le agradeció antes de voltear a verme.

—Estas más hermosa que una tarde de invierno —dijo y sonrió. Le devolví la sonrisa y le agradecí antes de hacerme a su lado.

La boda fue sencilla. Los votos fueron los comunes y no hubo nada especial durante la ceremonia hasta que, terminando, Guillermo gritó.

—¡Manuel, puedes besar a tu esposa! —al verlo ensimismado, pero con sus ojos sobre mí.

Algunos rieron, otros aplaudieron y, en ese momento, Manuel me besó. Su beso fue tan apasionado que sentí que me iba a derretir ahí mismo. Se escucharon más aplausos de los invitados y ambos volteamos a mirarlos. En el fondo había gente de la textilería, amigos de la señora Patricia, y por mi parte solo estaban la señora Sara, su esposo y Lily.

—Gracias por esto, Jimena. Mira a mi madre, se ve realmente feliz —dijo Manuel señalando a su madre, quien hablaba con unas señoras muy contentas mientras ellas nos miraban en complicidad.

—Es un honor para mí ser tu esposa, aunque sea en estas circunstancias —respondí y le di un casto beso en los labios mientras rodaba la punta de mis dedos en su mano.

—Se ven tan lindos. ¿Podría tomarles una foto? Es para el *blog* de farándula de Tv9. —dijo una joven que se acercó hacia nosotros. Manuel sonrió y asintió antes de darme otro beso desprevenido. Ella tomó la foto. Ambos nos quedamos viendo a los ojos después de ese beso y escuchamos el *flash* otra vez.

—Les agradezco y les deseo que sean muy felices. Gracias por darme la primicia de su boda, señor Galeano. —Manuel le dio la mano y asintió.

Terminada la ceremonia todos los invitados se quedaron hablando, comiendo y disfrutando de todo lo que la señora Patricia había organizado para la celebración de la boda de su hijo. Por otro lado, Manuel me había dicho que saliéramos apenas acabara la ceremonia, pues tenía reservaciones en un hotel. Me pareció un poco extraño pues la idea de todo siempre fue hacer feliz a la señora Patricia y nada hubiera sido mejor que ver a su hijo y su nueva nuera celebrando su boda juntos, pero no lo pensé mucho y acepté su invitación.

—Si nos quedamos aquí, mi madre nos estará observando toda la noche y no le gustará que durmamos en habitaciones separadas.

«Por eso hizo la reservación en un hotel», pensé mientras salíamos hacia mi casa. Me sorprendió un poco, pero sabía que yo no tenía voz ni voto en nada de eso, así que me quedé callada y acepté que iba a ser como su llavero con piernas al haber aceptado ser su esposa.

—Tú eres mi esposa ante todos —recalcó en el camino, como si me leyera la mente—. Lo único diferente son las cláusulas de matrimonio que tenemos que cumplir.

Cuando llegamos, subí a mi habitación, tomé algo de ropa cómoda en un bolso y se lo di a Manuel quien tenía un maletín con él.

—Vamos, esposa. Ya le dije a mi madre que pasaremos la noche fuera de casa —dijo mientras me sonreía.

Salimos casi corriendo de la casa rumbo al hotel, apenas llegamos a la recepción le dieron las llaves de la habitación a Manuel y al llegar nos encontramos con que toda la habitación estaba decorada con rosas. Solo nos habían dado una llave, por lo que pensé en que tal vez Manuel había recapacitado y se había dado cuenta de que dormir juntos no significaba que fuera a pasar algo, por más que yo lo quisiera. Lo que ignoraba era que era una *suite* de dos habitaciones y así, al terminar de recorrer la gran habitación, Manuel se despidió y entró por una puerta enorme, dejándome sentada en la sala. Miré mi maleta en el mueble, la levanté y caminé a la habitación donde me iba a hacer la idea de que así iba a ser siempre. La esposa de un espacio vacío.

10

El beso con Jimena fue… diferente. Ella despertó cosas en mí que hacía mucho había perdido. De momento me vi queriendo estar más tiempo con ella, mantenerla cerca, pero sabía que involucrarme emocionalmente más con ella iba a ser un problema para el cumplimiento de los contratos, así que tuve que poner límites.

Después del espectáculo que montó Sofía en la casa, mi madre despertó un extraño sentido maternal hacia ella y luego de saber que estábamos juntos, se le ocurrió que ella se mudara a la casa. Jimena intentó oponerse, pero mi madre solía ser muy persuasiva. Días después de que la convenciera, Jimena se mudó a la habitación enfrente de la mía, haciendo más difícil la lucha.

Un día antes de la boda fui con los muchachos a un bar.

—Manuel, esto ya te lo he preguntado muchas veces,

pero ¿estás seguro de que quieres casarte así? —Guillermo me miró mientras se rascaba la nuca.

—Estoy seguro. Trataré de mantenerme al margen de ella. Ya vive en la casa, dormimos en habitaciones separadas y no ha pasado nada entre nosotros más que un par de besos y abrazos. —Guillermo me miró esperando que confesara algo—. Si te soy sincero, ella provoca algo en mí que no había sentido nunca, pero no puedo dejar que eso avance. —El me dio una sonrisa.

—Yo solo sé que estás jugando con fuego ahí. Sabes que si algo no sale cómo está establecido, ambas partes salen afectadas.

Sabía que él tenía razón, por eso trataba de mantener mi distancia concentrando mis pensamientos en el trabajo y sin pasar mucho tiempo en casa. Andrés y Miguel llegaron al rato. Platicamos un poco de algunos casos que habían llevado y tomamos solo un par de tragos más, aún era muy temprano para perder la consciencia. Saliendo del bar, tuve que quedarme en el apartamento de Guillermo pues mi madre me había prohibido entrar a la casa para que no viera a Jimena antes de la boda.

Guillermo abrió la puerta y ahí estaba su padre, el señor Samuel. Fue una visita sorpresa y se le veía cansado del viaje desde Zaragoza en auto. Durante la cena, él no hizo más que hablar de la boda y de que estaba muy feliz por mí y por Jimena. Confesó que siempre tuvo miedo de que Jimena se fuera a meter con alguien que jugara con ella, pero que sentía paz al saber que yo iba a ser su esposo. Después de ese comentario la noche se puso tensa; Guillermo y yo nos miramos, luego me despedí de ambos con la excusa de que necesitaba dormir para la boda y fui a la habitación de

Guillermo.

La boda estaba programada para las once de mañana. Mientras me preparaba no podía negar de que estaba un poco ansioso. Una boda seguía siendo una boda, así fuera una arreglada por conveniencia. Al llegar a la casa me dijeron que me dirigiera directo al jardín a saludar a los invitados y a esperar que todo empezara. Mi madre estaba radiante. Volteó a verme desde el otro lado del jardín y sonrió. Le respondí con una sonrisa mientras caminaba hacia mí.

—Estás resplandeciente —comenté luego de saludarla.

—¿De quién crees que heredaste tus dotes, cariño? Y espera a ver a tu novia. Está preciosa.

Después de que todos se acomodaron, era hora de empezar. Mi madre me tomó del brazo y al sonido de la marcha nupcial caminamos al altar. Ella no pudo retener las lágrimas y casi todo el camino estaba limpiándose los ojos hasta llegar al altar.

—Había soñado mucho tiempo con este día, Manuel —dijo una vez me soltó del brazo y me agarró la mano—. Espero y deseo que sean muy felices y que tengan muchos hijos.

Le di un beso en la mejilla y la abracé antes de que se fuera a sentar. Segundos después apareció Jimena junto al padre de Guillermo. A primera vista fue una sorpresa, pero mi mente olvidó el tema al verla. Jimena estaba… bellísima.

La ceremonia no duró mucho, sin embargo, durante todo ese tiempo mis ojos y mi mente estaban hipnotizados por los encantos de Jimena. Mis mejillas ardieron cuando Guillermo llamó mi atención. Estaba perdiendo la cabeza y eso no era bueno. La reunión iba como lo había planeado.

Le comenté a Jimena que tenía reservaciones en un hotel donde pasaríamos la noche para no levantar sospechas y que nos iríamos mientras todos estaban ocupados con la fiesta. Ella asintió y llegada la hora nos despedimos de mi madre para salir rumbo al hotel. Jimena no podía dejar su cara inocente ni, aunque tuviera un vestido que resaltara todos sus atributos y eso me afectaba; «Jimena era un pecado hecho mujer.»

La *suite* que había reservado tenía dos habitaciones para que ella durmiera en una y yo en otra para evitar cualquier tentación, pero apenas entramos mi mente me empezó a jugar una mala pasada. Su cuerpo era como una fuente de agua de la cual estaba sediento, su cuello destapado me incitaba a besarlo y sus labios rojos me robaban los ojos.

Tuve que enseñarle con prisa su recamara y despedirme de ella antes de sucumbir a mis deseos y tirar por la borda todo lo que habíamos logrado avanzar con el contrato. Eso entristeció a Jimena; quizás esperaba que nos quedáramos hablando o comiendo algo, pero no podía arriesgarme a estar más tiempo cerca de ella o no iba a poder controlarme.

Esa noche no pude dormir.

A la mañana siguiente me levanté de la cama y me di un baño rápido antes de salir a la sala donde Jimena ya me esperaba.

—¿Quieres que bajemos a desayunar? —Su voz aún estaba apagada. Eso me roía por dentro, pero también sabía que así tenía que ser nuestra relación.

—Te pido una disculpa si esta situación se torna incómoda a veces. Y sí, vamos a desayunar. Me muero de hambre.

—Manuel, yo sé que nuestro matrimonio es bajo

contrato y que no hay entre nosotros más que afectos físicos en público para evitar cualquier rumor. Me gustaría pedirte que nos tratemos como amigos; no te pido más que una amistad.

Su mirada, aunque triste, se veía sincera, determinada. No había más que una respuesta a su pregunta.

—Estoy de acuerdo… Amiga —le extendí mi mano y ella la tomó.

—Está bien —dijo y sonrió. Sus ojos volvieron a brillar en un segundo—. Ahora vamos a comer que me duele el estómago ya que alguien no me dio de cenar ayer. —Entonces recordé que llegamos temprano al hotel y como tenía la mente ocupada ni pensé en cenar antes de encerrarme.

—Me disculpo por eso —respondí. Jimena me regaló otra sonrisa y me llevó hacia la puerta.

Después del desayuno pasamos a la piscina donde nadamos un poco. Jimena sabía nadar bien, otra cosa que no conocía de ella.

—Veo que sabes nadar —Comenté. Ella salió del agua y tiró su cabello hacia atrás.

—Así es, nado desde los once años. Quise competir en mi escuela, tenían un equipo de natación, pero nunca tuve el valor suficiente para inscribirme.

El comentario de Jimena me recordó algo que había pensado hacía unos días atrás.

—Ya que hablas de la escuela —dije, y ella volteó a mirarme—. Me preguntaba si te gustaría la idea de seguir estudiando a distancia.

—No creo que sea posible —respondió—. Los horarios con la señora Patricia nunca son fijos, tengo que estar pendiente de cualquier cosa. Además, tal vez esté ganando un poco más de dinero, pero…

—Jimena —Interrumpí su balbuceo —la pregunta solo fue retórica. Yo voy a pagar tus estudios y podemos organizar los horarios de cuidado de mi madre con Lilian para que puedas hacerlo una vez volvamos a casa. Solo falta que elijas el lugar.

Jimena sonrió y sus ojos se aguaron.

—Gracias… —susurró. Se acercó, me besó muy suavemente y rodeó mi cuello con sus brazos. Segundos después reaccionó y se alejó.

—Discúlpame, me dejé llevar. Quería decirte que te lo agradezco mucho —dijo entre sonrisas mientras se limpiaba la cara sonrojada. Luego continuó—. Creo que es mejor irnos a la habitación. El sol está muy fuerte y ninguno está usando bloqueador solar. Terminaremos como pedazos de chicharrón.

—De hecho, ya me arde un poco la espalda —respondí y me levanté de la silla.

Salimos hacia la habitación donde nos duchamos, nos cambiamos y nos volvimos a encontrar en la sala de la *suite*. De ahí fuimos a casa de mi madre que nos tenía preparado un pequeño almuerzo. Al abrir la puerta, mi madre nos vio agarrados de las manos.

—Así es como se debe de ver una pareja de recién casados que se aman —comentó.

Ambos sonreímos.

—Hola, mamá —dijo Jimena y volteé a verla. «¿Le dijo mamá?»

—Antes de que digas algo, o que tus celos por compartirme salgan, quiero decirte que ayer le dije a Jimena que yo voy a ser como su madre. Y así lo será hasta el día que me toque reunirme con tu padre.

El comentario de mi madre me recordó su condición. Fue como un balde de agua fría en medio de la celebración de la boda. Jimena también lo notó y apretó mi mano.

—Oh, cariño, lo siento. No quise... —Mi madre se acercó y me abrazó.

—No te preocupes, mamá. Sé que eventualmente eso pasará y tengo que estar preparado. —Mis ojos se nublaron un poco.

—Lo sé, cariño, pero no estarás solo. Jimena estará contigo; ella te cuidará y hará que mi partida sea más llevadera. Por eso tienen que darme nietos pronto —dijo en un tono de reclamo algo gracioso y todos reímos.

—Un paso a la vez, madre.

—Además tú todavía tienes mucho tiempo para estar junto a nosotros. —continuó Jimena.

—Está bien —respondió mi madre—. Entonces mientras llegan mis nietos, quiero que pasemos tiempo los tres. He pensado en darnos unas vacaciones en Egipto.

—Eso puede ser más fácil de cumplir. Me encargaré de los trámites y apenas tenga todo listo, te aviso para irnos.
No esperaba salir de viaje tan rápido con Jimena, pero por lo menos teniendo a mi madre en medio de nosotros sabía que iba a poder controlarme por lo menos un poco. Aunque la sed por Jimena solo aumentaba con el tiempo juntos. El contrato parecía estar destinado a fracasar.

11

Luego de pasar unas semanas increíbles en Egipto y Dubái, volvimos a la casa llenos de anécdotas del viaje y risas, pero todo cambió cuando frente a la puerta de la casa nos encontramos con una molesta Sofía que llevaba un vestido tan corto que si se rascaba la rodilla se le vería hasta el alma.

Manuel fue el primero en bajar del auto para ayudar a su madre a salir. Luego me abrió la puerta, aunque pude notar que no perdió contacto visual con Sofía.

—¿Qué haces aquí, Sofía? —dijo Manuel con su madre del brazo llegando a la puerta.

—Quería ver con mis propios ojos si era cierto lo que dicen las redes, que te casaste con una muerta de hambre. —Sus ojos me escanearon de pies a cabeza.

—Sí, se casaron hace un mes, niñita. Y te pido que midas tus palabras, mi nuera no es ninguna muerta de hambre, ellos están muy felices así que deberías dejarlos en paz e irte.

Sofía la ignoró.

—Manuel, hay cosas que necesito hablar contigo —dijo

y nos vio a la señora Patricia y a mí—. En privado.
—Sofía, tú y yo no tenemos nada de qué hablar. Vete por donde viniste. No quiero nada que ver contigo, estoy casado y no quiero problemas —soltó Manuel con molestia. Su voz salió tan ronca que sonó más como un rugido.
—¡Oh!, querido, puedo hablarlo enfrente de tu madre si quieres —bufó ella.
«¿Que será tan importante? ¿Por qué quiere hablar con él con tanta insistencia?», pensé.
—Jimena, muñeca, ayúdame a llevar a mi madre dentro de la casa, yo iré después de hablar con Sofía —dijo acariciando mi mejilla. Yo tampoco quería, pero la insistencia de Sofía parecía preocupante, así que acepté. Manuel me pasó el brazo a su madre y caminamos hacia adentro de la casa.
—¡Bienvenidas! —dijo Lily al vernos.
—Hola, Lily, te extrañamos —respondí dándole un abrazo.
—¡Ay, niña! no puedo respirar, me estás apretando mucho —dijo con voz entrecortada.
—Me emocioné de más, lo siento.
De ahí, Lily nos ayudó con las maletas y nos sentamos en la sala a esperar a Manuel.
—No estoy tranquila con esa mujer cerca de mi hijo, linda. Sé que tiene malas intenciones; además es muy ambiciosa y eso no me gusta. Mi esposo siempre discutió con Manuel porque él era muy detallista con ella, le compraba regalos carísimos y solo visitaban lugares exclusivos. Esa no es la manera correcta de enamorar a una mujer, eso las hace volverse avariciosas, egoístas, ambiciosas y que no les importe causar daño o dolor con tal de lograr lo que ellas quieren. —la señora Patricia tenía las palabras exactas para describirla.
—Recuerdo que mi padre siempre le mandaba flores a mi madre —dije en frente de la señora Patricia y Lily—. Y

cuando salía temprano siempre le dejaba notitas a ella. Ellos eran tan románticos. Y sí, nunca fueron de los que gastaban dinero en cosas que no se necesitan en una relación. Ojalá algún día pueda llegar a tener ese tipo de relación con Manuel —suspiré y sentí que la señora Patricia puso su mano sobre las mías.

—Y la tendrás, linda. Tú no eres como esa otra mujer, tú conoces el valor de las cosas. Solo te pido que no dejes a Manuel cerca de esa mujer. Es más, por favor ve afuera y párate a la par de tu esposo, le tomas del brazo y escucha lo que tiene que decir esa mujer.

Ambas sonreímos y mi suegra me hizo señas para que fuera. Ya me había dado la confianza que necesitaba para levantarme e ir hacia donde estaba mi esposo, así que lo hice. Esa rubia no tenía ningún derecho de estar con él.

—De qué me estás hablando, Sofía. ¿Por qué dices eso? —Escuché en lo que iba caminando hacia la puerta. Al llegar donde Manuel, acaricié su espalda y le tomé del brazo. Él volteó a verme y en sus ojos supe que estaba alterado.

—¿A qué viniste, Sofía? —le hablé lo más sería que pude.

—Querida, ya descubrí el teatrito que están montando. Sé que firmaron acuerdos de matrimonio y divorcio. Y que todo esto, inclusive tú tomándolo del brazo, es toda una farsa. —Apreté el brazo de Manuel. Estábamos en problemas y ambos lo sabíamos

—Si vieran sus caras en este momento…, esperen, ¿puedo tomar una foto? —dijo jocosa mientras buscaba su teléfono en la cartera.

—¿A qué juegas? ¿Qué es lo que quieres? —respondió Manuel.

—Lo primero que quiero es venirme a vivir a esta casa —dijo con una sonrisa diabólica.

—Estás loca si crees que vamos a acceder a tus chantajes, ¿tienes pruebas de lo que dices? —pregunté.

—Sí que las tengo. Y si no acceden, aquí les van sus opciones: O Le digo a tu madre sobre este engaño que le están haciendo a ella. Lo que la destrozaría y seguramente adelantaría tu inevitable orfandad. O llevo las pruebas a los medios de comunicación y que todo el mundo se entere de su farsa. —Se acercó a Manuel—. ¿Te imaginas qué pensarán los inversionistas de la textilería con este escándalo?

La piel del brazo de Manuel se erizó y él quedó inmóvil, aunque su ira desbordaba por sus ojos.

—Les doy una semana para que piensen lo que harán —terminó diciendo y, sin más, la muy bruja se fue dejándonos hundidos en la preocupación.

—¿Qué haremos, Manuel? —le pregunté muy suave, él me miró con los ojos llenos de rabia.

—Primero tengo que averiguar lo que sabe y cómo consiguió las pruebas que, según ella, tiene. —Manuel se quedó callado un momento y luego reaccionó—. Tengo que pensar, vamos adentro.

—¿Qué quería esa mujer, hijo? —preguntó su madre acercándose a nosotros cuando apenas entramos.

—Nada, madre, venir a molestar y a pedirme que vuelva con ella —dijo lo más tranquilo que pudo.

—Esa mujer hará de todo por volver contigo, hijo, ten cuidado y no caigan en sus provocaciones. —Manuel miró a su mamá y asintió.

—La cena está lista, por si tienen hambre. — Interrumpió Lily.

—Vamos, te ayudo a servir —me ofrecí, pero ella me detuvo.

—Nada de eso niña, ahora eres la esposa del joven Manuel, no es tu trabajo hacerlo.

—Ni que fuera la esposa del presidente para no ayudar en casa —le dije con gracia y Lily y la señora Patricia rieron.

—Ay, linda, nunca cambies tu forma de ser —respondió

la señora Patricia y en ese momento Manuel también rio. Una sonrisa de ese hombre hacía que mis mejillas ardieran, posiblemente volviéndome un tomate. Lily tuvo que darme un codazo para sacarme del trance en que me había metido la sonrisa de Manuel.

—Vamos, Lily —dije empujando a Lily hacia la cocina.

—Si que te traen loca, niña —comentó Lily entre risas.

—¡Shh! Vamos a servir la comida, mejor.

La cena estuvo llena de anécdotas y personas que conocimos en nuestro viaje. Estar con Manuel y su madre se sentía cada vez más como estar en familia, aunque siempre que pensaba en eso, me venía el recuerdo del contrato y tenía que regresar a la realidad.

Después de la cena, la señora Patricia fue la primera en despedirse.

—Buenas noches, hijos, ya me siento algo cansada así que me voy a dormir. —Manuel se levantó para ayudar a su madre, pero ella lo detuvo.

—No te preocupes, hijo. Puedo ir sola. —la señora Patricia caminó hacia él, le agarró de las mejillas y le dio un beso en una de ellas.

—Buenas noches, hija, descansen —dijo viéndome.

—Buenas noches, mamá, que descanses. Si necesitas algo solo llámame. —Me tiró un beso aéreo

—Lo haré, linda

Apenas mi suegra se fue, sabía que la farsa terminaría así que preferí también despedirme.

—Yo también me iré a dormir, Manuel. Buenas noches.

—Sí, subamos que necesito hablar contigo —respondió poniéndose de pie.

Me tomó de la mano y me llevó hasta mi habitación. Al entrar me intenté soltar de Manuel para quitarme los zapatos, pero él apretó su agarre y me empujó hacia la pared. Comenzó a besarme, no como los besos que habías compartido, sino con una ferocidad que parecía querer devorarme. Sus besos golpeaban con enojo, apretaban mis labios con sus dientes y no me gustaba.

—¿Qué te pasa? —dije luego de empujarlo.

—No puedo aguantarlo más, Jimena. Tu cara al momento de desafiar a Sofía me tiene ardiendo por ti; odio haber puesto esa estúpida cláusula de no poder estar contigo.

Sus palabras hicieron que se me calentara todo el rostro, aunque sentir su deseo hizo que mi cuerpo entero se incendiara. Y quería decirle que yo sentía lo mismo hacia él, pero al principio tuve miedo de que todo se echara a perder. Nos habíamos empezado a llevar muy bien y no quería que nada alterara todo nuestro avance, no obstante, yo también empezaba a perder la cordura por sus besos. La noche estaba perfecta, fría, la habitación oscura y no pude resistirme más.

Me lancé a besarlo como un koala encima de él. Mis piernas rodearon su cintura.

—Bésame Manuel, olvidémonos de todo —tomé el valor de decirle. Pero ahora él era quien parecía estar recapacitando.

—Jimena, no sé si sea lo mejor —dijo, aunque no podía parar. Amé la manera en cómo me hablaba mientras besaba mi cuello y me abraza. Caminando hacia la cama; quería besarlo hasta que su cuerpo se fundiera en mi boca.

—Yo quiero esto, Manuel, tanto como tú lo quieres —le dije entre besos.

Cuando llegamos a la cama, me acostó sobre ella y me besó con todo su cuerpo sobre el mío. Éramos dos amantes finalmente amándonos y le empecé a desnudar el pecho.

—Jimena, para, por favor —con su boca me decía que parara, pero seguía besándome, así que hice caso omiso a sus palabras y me quedé con sus actos; quería amarlo por completo. Luego de quitarle la camisa, él me quitó la mía y siguió plantando sus besos por mi cuerpo. Entonces se detuvo.

—¿Jimena, has estado con algún hombre? —Su pregunta era justa, pero algo incomoda. Aunque él estaba en todo su derecho de preguntar.

—No, Manuel. Jamás he estado con nadie. ¿Recuerdas que te dije que tú fuiste mi primer beso? deduce desde ahí.

Manuel me miró con una sonrisa en su rostro y sus movimientos cambiaron. Sus caricias fueron más lentas, aunque más ardientes. Era hermoso sentir sus manos por mi cuerpo y sentir la llamarada de fuego que dejaba en cada lugar donde me iba acariciando.

—Así que solo serás mía, muñeca —dijo antes de volver a besarme. Esta vez con un beso suave, pero intenso… Y como si el destino no hubiera querido que estuviéramos juntos, su teléfono sonó arruinando el momento más lindo que había tenido con mi esposo hasta ese día.

Él se apartó para ver su teléfono y fue como si se hubiera vuelto a transformar en el Manuel de antes.

—Lo siento, muñeca, pero esto no puede volver a suceder —dijo y como si un bloque de hielo me hubiera caído, sus palabras me rompieron en varios pedazos.

Él se levantó de la cama, recogió su camisa y sin verme salió de mi habitación. Apenas salió, fui al baño, tomé una ducha y me permití llorar. Dolía sentirse así por alguien y no ser correspondido, pero no solo eso, sino también ser rechazada. Estaba sola, y el matrimonio con Manuel no hacía más que recordármelo.

Al no poder dormir salí de mi cama para acercarme a ver por la ventana. Era una noche llena de estrellas. Una noche que me hizo recordar algo que mi padre siempre me dijo: "Las estrellas son amigas a las que siempre puedes contarles tus secretos y problemas. Tus secretos jamás serán revelados, tus problemas serán escuchados y su luz te iluminará para tomar la mejor decisión».

—Papá, mamá, abuelita… Los extraño mucho. ¿Por qué

me dejaron sola? —dije viendo al cielo en búsqueda de respuestas y, como si alguien me hubiera escuchado, pasó una hermosa estrella fugaz que alegró mi corazón por un momento, dándome esperanzas para el día siguiente.

—Mañana será un nuevo día, anhelando que sea mejor que hoy.

12

—¿Qué quieres a esta hora? —contesté al teléfono luego de salir de la habitación de Jimena.

—Cuida tu forma de hablarme, Manuel. Te recuerdo que no estás en una muy buena posición, así que más te vale que llevemos la fiesta en paz. —La voz de Sofía se me hacía cada vez más insoportable.

—¿Para qué me llamas?

—Quiero saber qué día me podré mudar a nuestra casa, querido. —Suspiré. Tuve unas ganas inmensas de tirar el teléfono, pero conociendo a Sofía, sabía que era capaz de cumplir sus amenazas.

—No te vas a venir a vivir a esta casa, Sofía. Si ya no quieres vivir en un hotel, puedes alquilar un departamento.

—Ay, querido, ¿y que ustedes sigan jugando a la familia feliz? No, mi amor. Voy a vivir en esa casa; si no, ahorita mismo voy a los medios a revelar tu famoso acuerdo matrimonial. ¿Y no quieres eso verdad, mi amor? Pero bueno, te dejaré pensarlo hasta mañana y luego me dices para cuándo preparar la mudanza, ¿vale?, descansa querido.

Al colgar me quedé pensando un rato en cómo pudo haberse enterado Sofía del contrato, pero no sé me ocurría nada. Luego, antes de quedarme dormido, mi cabeza volvió a Jimena. Necesitaba controlarme, mantener los límites, apegarme al contrato, o todo podía ser un desastre. Cualquier ínfimo despertar de sentimientos era un peligro para ambos.

La mañana llegó más rápido de lo que hubiera deseado. El recuerdo del calor de Jimena fue un tormento toda la noche.

Para evitar la tentación de verla todo el día, decidí ir a la oficina. Me bañé, me alisté lo más rápido posible y bajé a desayunar esperando salir antes de que ella despertara, pero al llegar a la cocina, ahí estaba junto a mi madre. Tenía un vestido color crema ajustado en la cintura y una coleta alta. Mi respiración dio un vuelco y supe que tenía que salir de inmediato.

—Hijo, buenos días, ¿vas a desayunar con nosotras?

—No, madre, yo ya voy de salida. Además, no tengo mucha hambre —mentí, moría de hambre.

—Pero no puedes irte sin desayunar —dijo Jimena viéndome a los ojos.

Sus ojos me inundaron como dos océanos. En ese momento supe que iba a ser difícil decirle que no a ella. Mi madre me miraba con los mismos ojos de Jimena así que me acerqué a la mesa. Había waffles con crema y fresas, bañados con chocolate y un vaso de leche. Volteé hacia mi madre y ella volteó hacia Jimena con una sonrisa.

—Jimena los preparó. Y te aseguro que están deliciosos —dijo luego de sentarse y morder uno de los waffles.

Jimena se sentó a la mesa después de mi madre y, sin poder negarme, la seguí.

—Gracias, están deliciosos —comenté luego de probar uno de los waffles.

Ella sonrió y sus mejillas se pusieron coloradas. Sonreímos y cada uno se enfocó en su comida. Fue un desayuno silencioso, o por lo menos hasta terminar de comer.

—Parece que a Manuel le gustaron los waffles que preparaste —dijo mi madre en un tono pícaro. Y continuó—: Por cierto, Manuel, ¿hay algún problema con que vaya con Jimena al club? ¿Ibas a hacer algo con ella? Tengo una reunión para terminar de preparar la cena de caridad que hacemos todos los años y dos manos más nos vendrían bien.

La oportunidad que esperaba.

—No hay problema. Yo trabajaré en la empresa y volveré en la noche —comenté antes de ponerme de pie y salir hacia la puerta, pero Jimena me agarró la camisa.

—Manuel, ¿podemos hablar un momento?

Volteé a mirar a mi madre y había volteado la mirada. Luego volví a Jimena.

—Sí, acompáñame al auto.

Me despedí de mi madre y Jimena me acompañó.

—Solo quería pedirte que lo que pasó ayer no cambie las cosas entre nosotros. Sé que no fue correcto, pero también es una muestra de que puede que exista algo entre nosotros —susurró.

«Contrato, límites, desastre» fue lo único que pasó por mi cabeza y supe que tenía que matar cualquier pequeña esperanza o nunca iba a poder centrarme en las cláusulas del contrato.

—No, Jimena, no te engañes. Entre nosotros no puede haber nada. Me disculpo por haberme dejado llevar ayer, pero te prometo que esta será la única vez. Me tengo que ir, no sé a qué horas volveré, así que no te preocupes por hacer la cena, así como hiciste con el desayuno.

Sin dejarla responder me subí al auto y arranqué dejándola como una estatua frente a la puerta de la casa. En la oficina me esperaba Joaquín.

—Buenos días, Joaquín.

—Buenos días, joven Manuel, tengo buenas noticias para usted. ¿Recuerda el proveedor de la India que hemos querido conseguir hace un tiempo? Por fin contestó y quiere ver nuestra propuesta. De ser aceptada, podremos empezar a recibir el material en dos semanas.

—¿Es enserio? —Esa fue una de las mejores noticias que había recibido en ese tiempo. Mi padre siempre quiso hacer negocios con ellos y por fin tenerlos de proveedores era un gran avance para la empresa—. Bueno, entonces no perdamos más tiempo; hay que redactar la propuesta. Tráeme los documentos con lo que ofrecimos anteriormente y llama al área de diseño para que empiecen a hacer bosquejos de estilos para las telas.

Joaquín sonrió. Era un empleado muy antiguo que siempre trabajó de la mano con mi padre, por lo que entendía la emoción de la posibilidad del contrato.

Me llevó casi todo el día redactar la nueva propuesta. Estuve tan inmerso en pulir cada detalle que ni siquiera llamé a mi madre en todo el día, aunque ellas tampoco me habían hecho ninguna llamada por lo que supuse que todo estaba bien.

—Ya me voy, joven Manuel. ¿Necesita alguna otra cosa? —dijo Joaquín asomándose por la puerta de la oficina.

—No, no te preocupes. Ya estaba por salir también. Muchas gracias y nos vemos mañana.

Apenas salió Joaquín, arreglé todo para ir rumbo a casa. Cuando llegué, todas las luces estaban apagadas al llegar y solo se escuchaban murmullos en dirección a la habitación de mi madre. Caminé con la luz del teléfono hasta llegar a su puerta y entré.

—Manuel —dijo mi madre. Samuel estaba con ella—. Qué bueno que llegas. Nos encontramos con Samuel y Guillermo en el club y nos invitaron a cenar.

—Manuel —saludó el señor Samuel haciendo un gesto con su cabeza.

Le respondí el saludo y busqué a Jimena por la habitación

—Tu esposa está afuera platicando con Guillermo, querido.

—Iré a saludar —contesté y salí hacia el jardín. Guillermo y Jimena estaban sentados en una de las bancas de afuera dándole la espalda a la casa.

—Pecosa, deberías continuar con tus estudios. Recuerdo que siempre fuiste la mejor en la escuela. Tus padres siempre solían alardear por eso. —El tono de Guillermo me rayaba en el tímpano. De momento me invadió la ira y me vi tentado a interrumpirlos y llevarme a Jimena.

«¿Celos?», pensé.

—Sí, lo recuerdo. Desearía que ellos estuvieran con vida.

¿Sabes?… Siempre tuve la esperanza de que estuvieran vivos considerando que sus cuerpos nunca fueron encontrados dentro del vehículo. Fue extraño porque el auto nunca se hundió en el mar; cayó entre rocas y por un zapato de mi madre y sus pertenencias los de la policía dedujeron que eran ellos, más sus cuerpos nunca aparecieron.

—Ya que lo mencionas, sí, fue muy extraño. Le preguntaré a mi padre si supo algo más. Quizás él fue el único que se interesó por seguir con la investigación. Los demás decidieron cerrar el caso apenas dieron con las cosas de tus padres; y como a las dos semanas te fuiste con tu abuela y jamás volvimos a saber de ti, no había tampoco nadie más que buscara respuestas.

Apenas terminó de hablar, Guillermo levantó su brazo e iba a abrazar a Jimena, pero ella se alejó un poco evitando el abrazo.

—Te lo agradecería muchísimo. No he podido conversar casi nada con el señor Samuel sobre el tema, si sabes algo me lo cuentas, por favor —dijo con una voz algo suplicante.

—Bueno, para eso tendríamos que intercambiar números de teléfono, pero lo que menos quiero es que Manuel piense cosas extrañas así que lo mejor sería hablar con él. —Aunque algunos actos de Guillermo parecían demasiado comprometedores, parecía que no tenía malas intenciones.

—Así es, Guillermo, no creo estar de acuerdo en que hablemos a espaldas de Manuel.

—Jimena, Guillermo —dije del otro lado del jardín y ambos voltearon a verme. Jimena caminó hacia mí y besó mi mejilla.

—¡Hola!, pensé que no estabas en casa. No vi tu carro en la entrada —dijo con una sonrisa.

—Lo estacioné en el garaje, de ahí entré a ver a mi madre y me dijo que estaban aquí. Parecía que hablaban de algo importante, escuché que le decías a Jimena que necesitabas su número de teléfono —dije mirando a Guillermo para ver su reacción.

Ambos se miraron.

—Sí, Jimena me pedía que investigara lo sucedido a sus padres. Le dije que para eso necesitaría su teléfono, o que mejor hablábamos contigo y cualquier cosa podía enviarlo a tu celular y se lo harías saber a ella.

—¿Qué hay con sus padres? —pregunté. No conocía toda la historia, o por lo menos ellos no sabían que no la conocía toda.

—Cuando mis padres murieron en el accidente sus cuerpos no fueron encontrados en el auto, solo sus pertenencias. Yo tengo un recorte del periódico donde salió la noticia y se puede ver que el auto estaba sobre las rocas del acantilado; el auto jamás se hundió. Pero como todo ocurrió de noche, pensaron que la marea subió y se llevó sus cuerpos. No supe mucho más de ellos, pues tuve que irme a vivir con mi abuela, pero Guillermo dice que don Samuel sabe algo más y se ofreció a…

El semblante de Jimena se ensombreció un poco. Verla así fue como un golpe en el pecho así que la abracé y besé su frente.

—Haremos lo posible por saber más —dije sin pensar en que había dejado que los sentimientos salieran de su cárcel. Luego recapacité de lo que acababa de hacer.

«Soy un jodido desastre», pensé. Solté a Jimena, la tomé de la mano y me acerqué a Guillermo.

—Si tu padre te comenta algo, llámame. Sé lo haré saber a Jimena al instante. Ahora deberíamos entrar. Ya es tarde y está empezando a helar. —Ambos movieron su cabeza en afirmación y caminamos hacia la sala. Mi madre ya había salido de la habitación con el señor Samuel y estaban tomando una taza de té.

—Padre, se hace tarde. La señora Patricia necesita descansar —dijo Guillermo.

—Pero si te estaba esperando, Guillermo —dijo su padre y se levantó de la mesa para despedirse de mi madre.

—Muchas gracias por la cena, por habernos traído y la compañía —dijo mi madre.

—Fue un placer, Patricia. Nos estaremos viendo —respondió Samuel y ambos sonrieron.

—Claro que sí, vayan con cuidado. Y Guillermo, no te pierdas, por favor.

—Sí, señora, los visitaré más seguido. Buenas noches. —Y luego de decir eso, se fueron.

—Jimena, linda, ¿podrías ayudarme con esto por favor? —dijo mi madre señalando a las tazas en la mesa. Ella le sonrió, asintió y llevó las tazas a la cocina.

—Madre, ¿qué tal tu día? —pregunté. Ella se puso seria.

—Mira la hora, Manuel, ¿y hasta ahora preguntas? Ni siquiera llamaste a tu esposa en todo el día. No tuvo un día muy agradable por culpa de esa muchachita. Tienes que hacer algo. No quiero a esa mujer rondando como zancudo cerca de nosotros.

—¿Sofía? ¿Y ahora qué pasó? —Ella volteó a ver si Jimena estaba cerca antes de hablar.

—Será mejor que le preguntes a ella. Algo pasó en el baño del club y estoy segura de que fue Sofía porque cuando Jimena no regresó a la mesa, fui hacia los baños y Sofía estaba saliendo muerta de risa junto a su amiga; luego encontré a Jimena llorando. Quise esperar un poco para preguntarle, pero luego nos encontramos con Samuel y Guillermo, y no pude preguntarle qué había pasado.

Mi madre puso su mano sobre la mía.

—Define tus prioridades, hijo. Solo tú puedes hacer algo para evitarle estos malos ratos a Jimena. —Eso lo sabía, pero Sofía me tenía de los gemelos y si antes no podía entrar en ningún escándalo, con el nuevo contrato mucho menos.

—Veré qué puedo hacer, madre, pero primero hablaré con Jimena. Tú ya deberías ir a descansar.

Dejé a mi madre en su habitación y volví a la cocina. No había escuchado que Jimena hubiera subido, por lo que esperé encontrarla allá. Ella estaba picando unos tomates; había preparado un tazón de ensalada y unas pechugas de pollo que había dejado emplazadas sobre la encimera. Sus ojos se posaron en mí apenas crucé la puerta.

—Pensé que no habrías cenado así que preparé algo rápido. Espero que te guste.

La noche estaba densa y Jimena brillaba como la luna llena.

—No tienes que hacerlo, ¿sabes? —comenté entre susurros.

—Lo sé, pero quería hacerlo.

Me acerqué a ella y sus manos estaban frías.

—Mi madre ya se acostó, solo necesitas fingir cuando está ella.

Límites, necesitaba poner límites. Jimena tenía algo que me llamaba a cruzarlos y a dejar salir a viva voz los sentimientos, pero tenía que negarme, necesitaba hacerlo.

—No finjo nada, Manuel. Solo creo que esta es una de las pocas formas en las que puedo tratarte verdaderamente como mi esposo.

13

El calor de sus manos no dejó mi cuerpo ni un segundo de la noche. No podía dejar de pensar en Manuel, sus manos, su boca, hasta que el sol despertó. Sentía algo de culpa por lo que había pasado la noche anterior, yo también me había dejado llevar, así que quise compensarlo. La señora Patricia me había hablado del desayuno favorito de Manuel y bajé a la cocina aprovechando que era temprano y aún estaba dormido. Lily no estaba, pues tenía el día libre y no había quien hiciera el desayuno. Al rato llegó mi suegra.

—Me he despertado gracias al delicioso olor a waffles. Qué delicia, ¿puedo comer uno? —Más que una petición fue un aviso. Ya tenía el waffle casi en la boca.

—Esto está delicioso, Jimena —comentó con la boca llena—. Creo que ni a mí me quedan tan esponjosos y suaves. A Manuel le encantarán ¿En qué te ayudo? —Fue gracioso que, sin decirle nada ya hubiera asumido que hacía todo por Manuel, y no por todos, aunque cualquiera lo hubiera notado.

—Quizás puedas ayudarme a poner la mesa. Gracias.

Cuando todo estuvo terminado, empecé a servir. Solo esperaba que ese desayuno pudiera mejorar nuestra relación. La noche anterior habíamos hecho algo que no debíamos y era posible que eso hubiera arruinado todo, pero, aunque eso lo prohibiera el contrato, nos demostraba que podía existir algo real entre ambos y que quizás pudiéramos darnos la oportunidad de sentirnos realmente como esposos en pequeñas cosas.

—Ven a sentarte, linda. Él ya bajará. —Estaba ansiosa caminando de un lado a otro.

—Hija, quiero que me acompañes hoy al club. Ahora que eres parte de la familia, sería bueno que conocieras cómo es la cena de beneficencia. Para Rafael era muy importante, desde que empezó la textilería, ayudar a los menos afortunados. Su momento favorito siempre fue aquel cuando el dinero recaudado era entregado a los hospitales, ver los pacientes que no podían creer que sus tratamientos costosos eran pagados. Sus rostros y el de sus familias eran el mejor regalo para él; Siempre fue la mejor inversión. —Dio un suspiro.

—Su esposo se escucha como un superhéroe —dije y ella se rio.

—Es posible que muchos lo vieran como uno.

Escuchamos pasos acercarse y bajar por la escalera y de un salto me puse de pie. La señora Patricia también se paró. Manuel estaba listo para salir vestido de traje; impoluto. Bajé mi mirada para que no sintiera que estaba perdida en su belleza.

—Hijo, buenos días, ¿Vas a desayunar con nosotras? —Preguntó su madre.

—No, madre, yo ya voy de salida. Además, no tengo mucha hambre —respondió.

Supe que su respuesta era por lo que había pasado el día

anterior. «No querrá ni verme», pensé. Sin embargo, no podía negar que algo había pasado entre ambos, así que insistí.

—Pero no puedes irte sin desayunar —dije. Teníamos que arreglar nuestra relación y no podía quedarme sentada esperando a que él hiciera algo.

Entonces aceptó. La señora Patricia se sentó primero, luego yo y finalmente Manuel. El desayuno fue más lóbrego y silencioso de lo que había pensado. Manuel terminó los waffles en tres mordiscos y se dispuso a salir corriendo para la oficina, pero alcancé a detenerlo antes de irse.

—Manuel, ¿podemos hablar un momento?

—Sí, acompáñame al auto —dijo, se despidió de su madre y salió hacia el auto.

—Solo quería pedirte que lo que pasó ayer no cambie las cosas entre nosotros. Sé que no fue correcto, pero también es la muestra de que puede que exista algo entre nosotros —susurré.

Manuel suspiró, volteó al carro y luego volvió a mí.

—No, Jimena, no te engañes. Entre nosotros no puede haber nada. Me disculpo por haberme dejado llevar ayer, pero te prometo que esta será la única vez. Me tengo que ir, no sé a qué horas volveré, así que no te preocupes por hacer la cena, así como hiciste con el desayuno.

Sus palabras fueron como un golpe en el pecho. Me quedé viendo cómo el auto se iba y reaccioné por un momento. Entré nuevamente a la casa con el corazón en la garganta y la señora Patricia ya me esperaba para alistarnos e irnos. La ayudé a llegar a su habitación y subí a ponerme un vestido muy lindo que ella me había regalado en nuestro viaje; dejé mi cabello suelto, pero le hice unas cuantas ondas y una vez estuve lista, bajé. Afuera ya nos esperaba el auto que nos iba a llevar.

El trayecto al lugar fue muy pintoresco. Había varios árboles de varios frutos y a la entrada del club había un sinfín de flores amarillas. Bajamos del auto y en la puerta nos esperaba un joven que nos guio hacia donde iba a ser la reunión. La sala de conferencias se encontraba en uno de los restaurantes del club y estaba rodeada por ventanales. Podía ver desde afuera a las señoras observándonos, algunas sonreían y otras me veían de pies a cabeza. Al entrar vi a una joven que ya había visto antes, pero no recordaba de dónde y me quedé buscando en mi memoria su imagen.

—Buenos días, señoras, señoritas —dijo mi suegra antes de sentarse—. Algunas de ustedes ya la conocen, otras tal vez no la habían visto en persona, ella es mi bellísima nuera Jimena; ella también formará parte de este comité de ahora en adelante. Así que, si ya estamos todas, pues que lluevan las ideas.

La reunión pasó bastante rápido y sin darnos cuenta llegó la hora del almuerzo, el cual estuvo delicioso y mientras comíamos no detuvimos la reunión, todas seguimos hablando y aportando ideas mientras comíamos hasta que solo quedó pendiente la temática de la cena.

—Podría ser una mascarada —pensé en voz alta.

—¡Sí! Es perfecto. ¿Cómo no se nos ocurrió antes? —dijo una señora muy emocionada. No sabía que me habían escuchado—. Tienes una nuera muy linda y creativa, Patricia —continuó.

—Sé que Jimena será de mucha ayuda para este grupo —respondió mi suegra en un tono un poco afligido.

Al parecer me estaba conectando con su grupo de planificación para alistarme cuando ella ya no esté. Era un poco cargoso pues sentí que tenía demasiada responsabilidad en mis manos y apenas me había casado con Manuel hacía poco más de un mes, pero la señora Patricia no podía darse cuenta de eso o se iba a sentir mal. La reunión terminó a media tarde y la señora Patricia se quedó hablando con una señora. Al parecer era la mamá de la amiga de Sofía, la joven que no había distinguido apenas llegué, a la que vi por primera vez en el incidente con Manuel en la montaña.

—Hija, ve a pasear un poco. Conoce el club. Estoy segura de que ya has de sentirte algo aburrida —dijo. Me negué.

—Estoy bien —respondí, pero ella no quería un no por respuesta.

—Ve, hija, conoce un poco el lugar.

La señora Patricia era una mujer a la que era difícil decirle que no. Esa segunda vez solo asentí y salí del pequeño salón. Caminé por un pasillo que me llevó a una fuente con ángeles en el centro, recordé a mis padres y me pregunté por qué mi vida siempre había estado rodeada de muertes y tristeza, ¿será que estoy maldita o no merezco ser amada?

—Pero mira a quién tenemos aquí —dijo una molesta voz que reconocía. Sofía estaba con su amiga y solo las vi, más no respondí nada. Tal vez si las ignoraba se irían.

—Ni con ropa cara y maquillaje dejarás de ser la asquerosa sirvienta —escupió.

Me puse de pie al instante y me dirigí al salón. No iba a hacer una escena como las que Sofía sabía provocar. Camino al salón tuve que ir al baño, revisé que nadie me siguiera y cuando vi todo despejado, entré. Al cerrar la puerta, se volvió a abrir bruscamente y Sofía entró sulfurada, se dirigió hacia donde estaba e intentó darme una cachetada, pero detuve su brazo.

—Mira, mujerzuela, conmigo no te vas a meter. Si todavía estás ardida porque Manuel te rechazó, eso es entre él y tú, no conmigo. Él me pidió ser su esposa, no al revés. Si no te gusta, no puedo hacer nada al respecto. Pero me vuelves a intentar poner una mano encima y lo lamentarás. Deberías tener algo de dignidad y amor propio, aceptar que te rechazaron y avanzar.

—Maldita sirvienta, ¿quién te crees para insultarme?

Recuerda que tú estás bajo un contrato con Manuel, su supuesto matrimonio no es más que una farsa. Pronto viviré en casa de los Galeano y te aconsejo que te vayas lo más lejos de la habitación de Manuel, o de la mía; de lo contrario vas a necesitar unos tapones para los oídos, porque yo iré a su cama o el vendrá a la mía y no será a hablar o a rezar un rosario.

Cuando terminó de escupir su veneno, se soltó de mi mano y salió del baño tan rápido que no me dio tiempo para responderle. Una parte de mi creyó varias de las cosas que ella dijo, no era muy difícil pensar que Manuel pudiera caer en las garras de Sofía y me sentí lastimada. Odié que las palabras de esa mujer me afectaran. Fui al lavamanos y mojé mi rostro para ocultar las pocas lágrimas que me hizo derramar Sofía.

La puerta se abrió de nuevo. Era la señora Patricia. En su mirada vi que sabía que algo había pasado, pero no dijo nada y agradecí que así fuera. No quería que supiera que había pasado algo con Sofía, ya tenía bastantes cosas en la cabeza como para agregarle una más.

De regreso al salón nos encontramos a Guillermo y al señor Samuel. Como estaba por anochecer nos invitaron a cenar y dijeron que de una vez nos podían llevar a la casa. Fuimos a un hermoso restaurante en el centro de la ciudad, don Samuel le contó a la señora Patricia algunas historias de cuando Guillermo y yo éramos pequeños y la amistad que tuvo con mi padre hasta que llegó la hora de irnos. Al llegar a la casa, vi que el auto de Manuel no estaba fuera, no había llegado del trabajo. «¿Estará con ella?», fue la única pregunta que invadió mi cabeza. Don Samuel acompañó a mi suegra hasta la habitación y Guillermo se quedó conmigo.

—¿Caminamos por el jardín un momento? —dije en medio de la oscuridad de la casa.

Caminamos, nos sentamos, hablamos de mis padres hasta que llegó Manuel y la situación se puso un poco tensa.

Era obvio que intentaba controlar sus celos, pero no lograba ocultarlos. Caminamos con Manuel hasta la casa y la señora Patricia me pidió que le ayudará a limpiar las tazas de té que había tomado con el padre de Guillermo.

Estando en la cocina caí en cuenta de que seguramente Manuel no había cenado. Apenas llegaba del trabajo. Saqué algo de pollo y estaba preparando la ensalada cuando Manuel entró a la cocina.

—Pensé que no habrías cenado así que preparé algo rápido. Espero que te guste.

Manuel se veía algo tenso y confundido.

—No tienes que hacerlo, ¿sabes?

—Lo sé, pero quería hacerlo.

Se acercó y puso su mano sobre las mías.

—Mi madre ya se acostó, solo necesitas fingir cuando está ella.

«El contrato», pensé. Manuel no pensaba más que en el estúpido contrato. No podía ni siquiera darse la oportunidad de imaginar que lo que ocurrió la otra noche no fue coincidencia, cuyos celos no eran porque sí, que de verdad algo empezaba a nacer entre ambos. Estaba empecinado en negarlo todo.

—No finjo nada, Manuel. Solo creo que esta es una de las pocas formas en las que puedo tratarte verdaderamente como mi esposo.

Manuel se me quedó viendo a los ojos… dos, tres segundos. Se acercó, tomó mi rostro entre sus manos y juntó sus labios a los míos.

—¿Qué es lo que haces? —dije luego de empujarlo. Sus confusiones me sacaban de quicio—. En la mañana me dices una cosa y en la noche vienes y me besas, ¿a qué juegas Manuel? Soy un ser humano que siente, no un juguete con el que puedes jugar cuando quieras. Decide qué es lo que quieres antes de volverte a acercar a mí de nuevo. Aquí está tu cena, la hice por si no habías cenado. Yo me retiro. Buenas noches.

«No seré tu juguete, Manuel».

14

—¿Qué crees que debemos hacer para que esto mejore? —le pregunté a Samuel.

—No lo sé, Patricia. El único que puede hacer algo es tu hijo. Si Sofía lo anda acosando y aun sabiendo que está casado sigue insistiendo, eso no traerá nada bueno. Tienes que hablar con Manuel.

—Lo he hecho, pero no me escucha. Hoy le contaré lo que vi en el club a ver qué dice, pero ya conoces a Manuel. Es muy probable que no le de importancia.

—Se me ocurre algo, pero no sé si eso genere más problemas —dijo dudando si continuar o no.

—Dímelo. Tal vez no es tan mala idea.

—El hombre es visceral. Nunca se siente tan amenazado como cuando cree que le van a quitar algo que es suyo. Debes provocarle celos a tu hijo. Jimena es una joven hermosa y cualquiera podría fijarse en ella, eso es lo que hay que hacerle ver a Manuel.

Como si respondiera mis dudas acerca del plan de

Samuel, apenas terminó de hablar, Manuel entró por la puerta del jardín con cara de pocos amigos, junto a Jimena, y Guillermo entró tras ellos.

—Padre, se hace tarde. La señora Patricia necesita descansar —dijo.

—Pcro si te estaba esperando, Guillermo —dijo Samuel y se levantó de la mesa.

—Muchas gracias por la cena, por habernos traído y la compañía.

—Fue un placer, Patricia. Nos estaremos viendo

—Claro que sí, vayan con cuidado. Y Guillermo, no te pierdas, por favor.

—Sí, señora, los visitaré más seguido. Buenas noches.

Apenas se fueron le pedí el favor a Jimena de que me ayudara con los platos. Necesitaba quedarme un momento a solas con Manuel. Le conté lo que había pasado con Sofía mientras caminábamos hacia mi habitación y antes de salir me prometió que por lo menos hablaría con Jimena. Entré al baño para arreglarme para dormir cuando me atacó una tos estruendosa; cada día se hacía más frecuente y agresiva. Me tapé la boca queriendo evitar que me escuchara Manuel o Jimena por si no habían subido al segundo piso y, al quitarme las manos, tenía pequeñas gotas de sangre. Hacía varios días que pasaba lo mismo. Mi tiempo era cada vez más corto y aún había cosas que tenía que arreglar antes de partir.

Me lavé las manos, el rostro, y, esperando despertar al día siguiente, me fui a dormir.

Al despertarme a la mañana siguiente me arreglé rápido y me dirigí a la cocina. Lily estaba activa desde temprano.

—Hola, Lily, buenos días.

—Buenos días, Señora Patricia. Todo bien. Muchas gracias por darme libre el día de ayer —dijo mientras ponía una taza de café sobre el mesón frente a mí.

—Lily, necesito que me acompañes a un lugar más tarde.

Luego te diré a dónde porque sé que los demás habitantes de esta casa están dormidos y no quiero que se enteren.

—Está bien, señora. Usted me avisa. —Asentí.

Mientras tomaba un sorbo de café, escuché a Manuel bajar por las escaleras. Era más temprano de lo normal y ya estaba listo para salir a la oficina.

—Buenos días, Madre. Lilian, hoy saldré temprano, pero me llevo esto antes —dijo agarrando un bizcocho azucarado.

—¿Todo bien, hijo? Nunca sales de la casa a esta hora —pregunté.

—Todo está bien, madre. Solo debo tener todo listo para la reunión con el nuevo proveedor. —respondió y se dirigió hacia el garaje, pero antes de llegar se detuvo un momento y volteó hacia las escaleras. Jimena estaba bajando.

—El joven Manuel ha estado trabajando mucho últimamente —dijo Lily.

Era verdad. El contrato con ese proveedor era algo que estaba buscando desde hacía tiempo, pero no me gustó que ignorara a Jimena como si hubiera pasado algo entre ellos.

—Buenos días, Lily. Me hizo falta verte ayer, ¿qué tal todos por la casa? —le preguntó Jimena a Lily.

—Todos están bien por allá, siempre preguntan por ti. Deberías ir a visitarlos cuando puedas. Todos quedaron preocupados cuando te mudaste después del fallecimiento de tu abuela y nadie supo más de ti —contestó Lily.

—Sí, tuve que dejar varias cosas mientras me acomodaba aquí —terminó Jimena con una cara entre alegre y triste.

—Jimena, acabo de recordar que Manuel me dijo que querías volver a estudiar y que él se encargaría de todo. —Sus ojos brillaron.

—Así es, él me lo había dicho, aunque…

—¿Y quisieras estudiar de manera virtual o presencial? —interrumpí. El hecho de que estuvieran peleados no quería decir que no fuera a cumplir su palabra. Y si no lo hacía, yo la cumpliría por él.

—Creo que a mi edad lo mejor serían clases virtuales. Así podría estar aquí para lo que necesite.

—Muy bien. Entonces hoy iremos con Lily a inscribirte en la universidad serás la mejor empresaria, ya lo veras. Necesitaremos tus documentos para llenar la inscripción. —Jimena casi se me tiró encima para abrazarme.

—Muchas Gracias, mamá. Les estoy muy agradecida por todo lo que han hecho por mí. —Por poco y se me salen unas lágrimas.

—De nada, hija. Salimos después de desayunar. Pero tú irás a comprar las cosas que vas a necesitar y nosotras iremos hasta la universidad. Sabes que no puedo caminar mucho.

—Está bien —respondió. Jimena tenía una sonrisa de oreja a oreja. Fue una profunda alegría brindarle algo de felicidad.

Todas estábamos igual de emocionadas que Jimena y el desayuno no demoró mucho. Nos alistamos y nos volvimos a encontrar en el carro.

—Compra una computadora, cuadernos y demás cosas esenciales —le dije a Jimena luego de entregarle una de mis tarjetas—. Compra lo que quieras sin importar el precio, ¿está bien?, todo lo que necesites. Cuando termines me llamas para mandar a alguien por ti, o venir nosotras si ya hemos terminado nuestras diligencias. —Jimena se quedó viendo la tarjeta. Dudaba. Entonces puse la tarjeta bien en su mano y la cerré.

—Este también es tu dinero, así que no te sientas mal.

Jimena bajó del auto un poco a regañadientes, un poco apenada, y nosotras seguimos hacia la universidad.

—Señora, no ha pasado ni una hora desde que dejamos a Jimena. No creo que esté lista para que la llame. —dijo Lily una vez terminamos de inscribir a Jimena y volvimos al auto.

Llegamos a la universidad y una amable señora nos atendió de inmediato, nos mencionó con el rector de la institución y él se encargó de agilizar todo eso junto con el departamento de admisiones. El buen récord de Jimena ayudó mucho para que no todo tuvieran duda en aceptarla en su programa en línea.

—Sí, también lo creo, pero también necesito saber si terminará rápido porque tenemos que hacer algo súper importante. Debo hacer esto antes de partir.

—No, señora, ni lo diga. Usted no nos va a dejar todavía.

—Es un decir, Lily. Aunque si necesito hacer lo que te digo que tenemos que hacer.

Saqué mi teléfono y le marqué a Samuel.

—Hola, Samuel. Disculpa la molestia, ¿crees que tienes un tiempo?, necesito un favor.

—Claro, Patricia. Estoy en la oficina de Guillermo. —No podría ser más perfecto.

—¿Me regalas la dirección? Creo que Guillermo también puede ser de ayuda.

Samuel le preguntó a Guillermo al otro lado del teléfono.

—Mi hijo te la escribirá por mensaje.

—Está bien. Gracias.

Luego de colgar me llegó el mensaje de Guillermo. No estábamos lejos.

Cuando llegamos a la oficina, Samuel y Guillermo ya nos esperaban. Guillermo estaba muy elegante y Samuel vestía uno de los trajes que acostumbraba a usar.

—Hola, Patricia, Lilian, ¿cómo están? —preguntó Samuel mientras nos saludábamos.

—Disculpen si está enferma los molesta con mi visita.

—Para nada, doña Patricia. Lo que necesite. Estábamos solo platicando.

—Está bien —dije y me senté en una de las sillas de la oficina. Todos estaban atentos a lo que iba a decir—. Guillermo, quiero que me ayudes a redactar mi testamento y quiero que lo que esté ahí no salga de esta habitación. —Todos me miraron como si estuviera bromeando. Luego entendieron que era real.

—E… está bien —respondió Guillermo. Se ubicó frente a su computador y comenzó a pedirme los detalles del testamento.

—Como saben, mi esposo me dejó el 50% de la compañía y el otro 50% a Manuel. Una cosa antes de continuar, Guillermo. Por razones personales quiero que mi testamento sea leído un año después de mi fallecimiento. —Todos hicieron muecas y se miraron entre ellos—. Ahora sí, quiero que Jimena reciba todo el dinero de mis cuentas bancarias junto con el 25% de la compañía.

Me detuve un segundo a tomar aire y fuerza para pronunciar por primera vez en voz alta las palabras que son parte de mi mayor secreto. Sentí que el pecho me ardía. Samuel notó que algo pasaba y me acercó un vaso de agua; tomé un sorbo y continué:

—De haber un nieto involucrado, Jimena recibirá todos mis bienes. Joyas, dinero y las acciones de la compañía que le correspondan. Además, quiero que mi amiga Lily sea testigo junto con alguno de ustedes para firmar el testamento y proseguir con su autenticación.

Las caras de todos eran muy graciosas. Entre preocupados y serios, como si hubiera estado diciendo que en ese momento iba a morir. Quise reírme al terminar de hablar y ver que todos estaban tan serios, pero el dolor en mi pecho empeoró y empezó la tos violenta. Tomé el pañuelo de mi bolso y no lo separé de mi boca hasta que la tos cesó. Lily tenía un vaso de agua listo para que hidratara la garganta y al dejar el pañuelo a un lado todos vieron la sangre que quedó en él.

—No le digan nada de esto a Manuel. —Samuel iba a decir algo, pero lo interrumpí—. En este momento tiene cosas más importantes en las que pensar.

—Nada puede ser más importante que usted, doña Patricia —dijo Lily.

—Yo me iré, Lily, y él tiene que enfocarse en las cosas que seguirán cuando ya no esté. —Todos tenían cara de querer decir muchas cosas, pero nadie dijo nada—. Quisiera pedirles una última cosa, pero esta es personal.

—Lo que necesites, Patricia.

—Si ven a mi hijo equivocarse cuando ya no esté, no lo juzguen. Ayúdenlo a encontrar de nuevo el camino. Yo sé que Jimena lo ama, y sé que él siente lo mismo por ella. Si ella se llega a alejar de él, Manuel sufrirá mucho, aunque su orgullo no le permita aceptarlo.

—Haremos lo que esté a nuestro alcance, Patricia. Puedes estar tranquila —respondió Samuel.

Guillermo terminó de redactar el documento, le puso los sellos, los testigos firmaron y cuando el testamento quedó completo volteé a mirar a Lily.

—Vamos que mi hija nos espera en el centro comercial. Pronto empezará la universidad en línea y necesitará tener sus libros.

Al llegar al auto Lily me miró y tomó mis manos.

—Es un ángel, señora. —Negué su afirmación con la cabeza.

—Siempre cuidaré de todos, Lily. Es mi responsabilidad.

15

Cuando me dejaron en el centro comercial no supe por dónde empezar, así que decidí comenzar por lo básico: un par de cuadernos, lápices, entre otros materiales. Luego fui a buscar la computadora.

—Jimena, ¡hola!, ¿cómo estás? —dijo Felipe con una enorme sonrisa. Era uno de los trabajadores de la tienda.

—Felipe, qué gusto verte. Hace mucho que no te veía. —Él suspiró un poco desganado.

—Ya no te acuerdas de los pobres, Jimena. Nunca más volviste a darnos una visita después de tu boda. Aunque, con todo respeto, te ves tan hermosa como siempre —dijo arqueando la ceja junto a su cara llena de picardía.

—Muchas gracias. Disculpa por no volver a visitarte, pero es que la madre de Manuel está enferma y le pidió a Manuel un viaje antes de que su condición empeorara. —Él asintió.

—Sí, se lo escuché mencionar a Lily mientras le decía a mi mamá que andaban de viaje. No te preocupes, siempre es un gusto verte. Dime, ¿en qué te puedo ayudar?

—Decidí volver a retomar mis estudios y vine a buscar una computadora que pueda utilizar para tomar mis clases en línea. Tú sabes que la tecnología no es mi fuerte. —Felipe sonrió.

—No te preocupes, yo te ayudo. Te enseñaré las mejores opciones que tengo, tú decides cuál te gusta más.

Había muchas opciones buenas por elegir, pero me decidí por una HP de catorce pulgadas. Felipe me acompañó a la caja para pagarla, le agradecí y una vez fuera del establecimiento, Felipe gritó mi nombre.

—¡Jimena! ¿Ya te vas o vas a estar un tiempo más por el centro comercial?

—La verdad no lo sé, ¿por qué?

—Porque ya es mi hora de almuerzo y, si quieres, te puedo invitar algo de comer. Además, no creo que sea muy seguro que andes por la calle, o en el centro comercial, con una computadora en tu mano.

Volteé a ver la gran caja que tenía en mis manos. Tenía razón.

—Puedes acompañarme al área de comidas y pedir lo que quieras. Yo invito —dijo y guiñó el ojo.

Al llegar a la plaza un delicioso aroma inundó mi nariz: comida oriental. Le dije a Felipe lo que quería y ambos pedimos lo mismo. Platicamos un buen rato y me contó qué tal iba su vida hasta que sonó mi teléfono.

—Jimena, ¿has terminado con tus compras? Ya vamos de regreso. En un par de horas empiezan tus clases.

—¡Sí, ya estoy lista! —respondí emocionada.

No me di cuenta de que Felipe ya había terminado de comer cuando se acercó a despedirse.

—Pasa de vez en cuando por el barrio, ¿eh? Dame tu número para quedar algún día y tomar un café —le di mi número, nos despedimos de nuevo y casi corrí hasta la entrada del centro comercial.

El auto ya estaba esperándome...

—Vamos a ir por algo de comer, ¿se te antoja algo? —preguntó la señora Patricia apenas entraba al carro.

—Ya he comido. Después de comprar la computadora me encontré con mi amigo Felipe y me invitó a comer.

Ella volteó a ver a Lily.

—Felipe, señora, es un amigo del vecindario. Siempre le ayudó a Jimena en lo que necesitara y por lo que escuché trabaja en una tienda de electrodomésticos aquí en el centro comercial. —mi suegra solo asintió.

—¿Nos acompañas entonces con un postre? Nosotras sí morimos de hambre. —dijo agarrándose el estómago con una mano y ambas reímos.

Tiempo después llegamos a un restaurante muy refinado. Nos sentamos en la mesa que nos indicó una amable mesera y de inmediato tomó nuestra orden. Lily se le acercó al oído a la señora Patricia y de momento su cara se transformó. Ambas estaban viendo algo que ocurría a mis espaldas.

—No es nada importante, Jime. Cuéntanos, ¿estás emocionada por empezar tus estudios?

Lily intentó distraerme, pero mi suegra no podía controlar su cara; estaba quieta, callada y con la mirada fija en lo que estaba a mis espaldas. La curiosidad no me dejó disimular en lo más mínimo y volteé. Manuel estaba comiendo con Sofía a unas mesas de diferencia. «No comprendo a este hombre. Un día está revolcándose con ella, al otro le grita como si fuera a golpearla y luego están teniendo un almuerzo como si fueran buenos amigos», pensé. Volteé a ver a Lily y a la señora Patricia y me obligué a sonreír.

—No se preocupen, no haré un espectáculo. Déjenlos comer tranquilos. Han de tener asuntos que resolver para poder cerrar capítulos y avanzar —dije tragándome mis sentimientos junto a una cucharada del pastel que me había llevado la mesera.

El almuerzo no duró casi nada. Mi suegra no dijo mucho más, ni tampoco Lily. Fue como si una nube negra se hubiera posado encima de la mesa y parecía que todas teníamos las mismas ganas de irnos, aunque ninguna decía nada.

—Bueno, creo que es hora de ir a la casa. Tengo que prepararme para la clase de hoy —dije interrumpiendo el denso silencio en la mesa.

—Tienes razón. No quieres llegar tarde a tu primer día —dijo Lily y ambas reímos—. Doña Patricia, ¿nos vamos?

La señora Patricia estaba un poco distraída. Perdida en sus pensamientos y solo movió la cabeza antes de ponerse de pie. Caminamos a la salida, pasamos cerca a la mesa donde estaba Manuel y sentí su mirada sobre nosotras. Volteé un poco y vi de soslayo que se levantaba para saludarnos. Me dio un beso en la mejilla, saludó a Lily y luego a su madre quien evitó todo contacto con su hijo y solo levantó su mano a la altura del pecho antes de voltearse y seguir camino a la puerta. Lily y yo caminamos detrás de ella. Manuel quedó pasmado ante la acción de su madre.

Llegamos a la casa y Lily me entregó todo lo necesario para mis clases. La primera iba a ser dentro de una hora. La señora Patricia me dijo que no me preocupara por nada mientras cumplía con mis estudios, así que me encerré en la habitación y preparé todo. Las clases estuvieron muy bien, me agradaron los maestros y pude ver en las fotos de perfil de mis compañeros que había personas de diferentes edades. Moría de hambre así que bajé a la cocina a preparar algo, pero antes de hacer cualquier cosa vi que Lily nos había dejado la cena hecha a mi suegra y a mí antes de irse para su casa. Llamé a mi madre de la vida y ambas nos sentamos a cenar en el comedor.

Una vez terminada la cena, ella se retiró a descansar y yo lavé los platos antes de subir a dormir. En la habitación alisté lo que iba a necesitar para el día siguiente, me preparé para dormir y me acosté en la cama con el celular en la mano. Manuel aún no aparecía; no tenía ni una llamada, ni un mensaje de él. Mi mente comenzó a imaginar cosas, pero antes de darle rienda suelta a mis pensamientos, puse música en el teléfono y me obligué a dormir.

Los días siguientes fueron similares. Manuel salió temprano de la casa y llegaba demasiado tarde. A veces, mientras hacía mis tareas de noche, podía escuchar los pasos en las escaleras y la manija de su puerta moviéndose. Me pregunté si le huía a su madre o a mí, pero, a quien fuera, Manuel no era capaz de dar la cara.

—Jimena, este me encanta para ti —dijo mi suegra. Había invitado a una amiga suya dueña de una *boutique* para que nos mostrará vestidos para la mascarada.

Los días para la señora Patricia pasaban cada vez con

mayor dificultad y se veía un poco más pálida y cansada. No sabía si era la situación con Manuel, pero desde el almuerzo de ese día ella se veía más apagada. «Tengo que hablar con Manuel, su madre necesita de él, y él ya no está pasando tiempo con ella», pensé. «Por más que yo trate de estar para ella, sé que no es lo mismo».

—¡Sí! está precioso, aunque en rojo y con este escote, ¿no es muy provocativo? —respondí.

—Para nada, querida. Pruébatelo. Se te verá hermoso.

Tomé el vestido y fui a mi habitación a probarlo. Me encantó. El vestido dejaba ver más piel de la que me gustaba mostrar, pero no podía negar que me gustaba lo que veía. Era un escote en V, acentuando la cintura, con una abertura desde el muslo hasta mis pies. Bajé para mostrárselo a las demás y todas quedaron en *shock*.

—¡Hermosa! Definitivamente es el vestido ganador. Yo ya elegí el mío. Lily, ven y busca un vestido para ti, nos acompañaras hoy. —Casi se le salieron los ojos a Lily de la sorpresa.

—¿Señora, está hablando en serio?

—Claro que sí, y dile a Carlos que también puede venir con nosotros. Ve a mi habitación y busca entre la ropa de Rafael algo que le pueda quedar. Nos veremos a las seis aquí para irnos. —Lily salió emocionada a buscar un vestido.

—Gracias por ayudarnos y traer los vestidos hasta aquí, amiga. Nos veremos en la fiesta.

—De nada, querida, nos vemos más tarde.

La amiga de la señora Patricia esperó a que Lily eligiera un vestido y después se fue. Las tres nos fuimos para la habitación de mi suegra.

—Hija, este collar irá perfecto con ese vestido, y este

antifaz también —dijo. Me probé ambos y me encantaron. El collar y el antifaz hacían un juego perfecto con el vestido.

—Jimena, te quiero pedir algo —continuó la señora Patricia. Volteé a verla y asentí—. Prométeme que, aunque las cosas se pongan difíciles, no dejarás solo a mi hijo. Él te ama a su manera. No lo dejes solo, Jimena, lucha por el amor. Sé que mi hijo puede ser terco y obstinado, pero tenle paciencia —las palabras que dijo salieron como una despedida. Me conmovió tanto que la abracé y sentí que las lágrimas salían de mis ojos.

—No llores, mi niña, sabes que mi enfermedad empeora y no sé si tendré tiempo más adelante para pedirte esto. ¿Puedo contar contigo? —Ella lo dijo tranquila. Me separé un poco del abrazo y antes de responderle, la vi a los ojos.

—Se lo prometo. Yo cuidaré de Manuel y jamás lo dejaré solo.

La señora Patricia sonrió y me dio un beso en la mejilla.

—Gracias, Jimena. Ahora ve a terminar de arreglarte. Yo te pondré primero el maquillaje y el peinado, y luego tú me lo pondrás a mí.

Subí rápido a terminar de arreglarme y bajé. No quedaba mucho tiempo para que tuviéramos que salir así que corrí a buscar a mi suegra, pero cuando llegué a su habitación estaba sentada en uno de los bordes de la cama.

—¿Mamá, estás bien? —pregunté.

—Sí, solo algo agotada. Ven te maquillo; tráeme el maquillaje y siéntate aquí.

Una vez listas fuimos a la sala donde esperamos a Lily y a su esposo Carlos que se habían retrasado un poco. Apenas llegaron, salimos en el carro para ir al club. El lugar estaba lleno de luces en los árboles y los alrededores. Se veía hermoso.

—Entraré primero yo, luego entrarán ustedes, Lily y Carlos, y tú, querida, entras después.

Todos asentimos y así fue. La señora Patricia salió del auto, luego Lily y Carlos, y al final yo. Cuando estaba dispuesta a entrar, sentí un brazo rodear mi cintura y una mano agarró mi mano.

—Mi esposa no puede presentarse sola en estos eventos —dijo Manuel en tono superficial. Quise enojarme con él, pero recordé el contrato: tenía que aparentar en público, así que sonreí para que nadie notara mi disgusto.

—Disculpa, ¿tu esposa? Ah, sí. Eso creo que dice el papel que firmamos, pero no sé cómo se le puede llamar a esto matrimonio o amistad si mi esposo o amigo no aparece.

Me solté de su mano, me puse el antifaz y me acerqué a la entrada.

—¿Jimena Galeano? —dijo el guarda. Me tensé al escuchar ese apellido junto a mi nombre, y seguí.

Luego de cruzar la entrada tenía que bajar unas escaleras, pero antes de poner el pie en el primer escalón, Manuel tomó mi cintura y me besó en la mejilla.

—¿Está celosa, señora Galeano? —dijo en mi oído. Me separé un poco para bajar las escaleras, pero estaban demasiado empinadas así que dejé que me ayudara a bajar tomando su mano.

«Manuel Galeano, eres un idiota. Crees que jugaré tu juego y no será así. Se jugará a mí manera desde ahora».

16

Al terminar de bajar las escaleras, volvió a poner su brazo en mi cintura y me acercó hacia él hasta quedar frente a frente. Manuel me veía con picardía mientras sonreía, como si estuviera demostrando que tenía algún control sobre mí, así que me aventé a darle un beso en los labios demandante y rudo; él me siguió el beso y lo devolvió con mayor agresividad. Incluso cuando quise separarme del beso, él mordió mi labio inferior. Se escucharon murmullos de las personas que están viéndonos. Me separé un poco de él para tomar aire y al fondo del salón alcancé a ver a la señora Patricia con una sonrisa en el rostro. Intenté caminar hacia ella, pero nuevamente Manuel me tomó del brazo y ambos caminamos hacia ella.

—Madre. Te ves hermosa —dijo Manuel y se acercó a abrazarla, pero ella lo ignoró y salió hacia otro lado.

«Quizás es el mejor momento para hablar con él sobre su madre», pensé.

—Manuel, ¿tienes un minuto? Necesito hablar contigo, urgente. —Él frunció el ceño, pero asintió.

—Vamos afuera. Así podremos hablar con más tranquilidad —respondió.

Manuel me tomó de la mano y atravesamos todo el salón hasta llegar a unas bancas cercanas donde nos sentamos.

—Estás deslumbrante. Te lo digo enserio. ¿Nos sentamos aquí? —Sus cambios de humor me daban alergia.

—Gracias. Manuel, te pedí que habláramos, pero no es sobre nosotros, porque sé que no hay un nosotros y eso lo tengo claro. Te pedí hablar porque me preocupa tu madre. Estos días la he visto más pálida y decaída, y creo que se debe a que no has aparecido por la casa. No sé si es evitándome a mí, pero…

—He estado muy ocupado con algo en la compañía y por eso llego tarde y salgo muy temprano —me interrumpió y se vio las manos.

—Está bien, Manuel. Pero ella no te ha visto desde que nos encontramos en el restaurante y estabas con Sofía. Yo solo te digo, recuerda la situación de tu madre; te has alejado mucho de ella y si no pasas tiempo a su lado, eso te carcomerá por el resto de tus días. Si mi presencia es lo que te incomoda, ve a buscarla ahora y llévala a pasear o lo que tú quieras, pero disfrútala antes de que ya no esté. Yo estoy teniendo clases en línea durante toda la tarde así que no me verás. Piensa bien en lo que te dije y recuerda que el casarnos fue para hacerla feliz a ella.

Manuel no dijo nada. Me paré y cuando iba entrando al salón vi un tumulto de gente moviéndose de manera extraña, luego empecé a escuchar gritos hasta que finalmente me encontré con Lily, estaba muy preocupada.

—Jimena. ¿Dónde está el Joven Manuel? —dijo Lily.

—¿Qué pasó?

—Es la señora Patricia. Estaba normal y de un momento a otro se desplomó y cayó al suelo.

Todo mi cuerpo sintió un fuerte corrientazo.

—Manuel está en las bancas de allá —le señalé el lugar a Lily y salí corriendo hacia el salón—. ¡Alguien llame a una ambulancia! —grité desesperada hasta llegar donde estaba Carlos junto a la señora Patricia.

Tomé su mano en búsqueda de pulso y estaba muy débil. Lucía cada vez más pálida y su respiración era leve. No pude evitar que mis lágrimas salieran. Toda la gente se empezó a amontonar alrededor.

—¡Apártense, déjenla respirar! —Grité y levanté la cabeza buscando a Manuel, pero no llegaba— Carlos, llama a la ambulancia.

—Estoy en eso. —Lily llegó.

—¿Y Manuel?

—No lo encontré, así que vine a ver si podía ayudar en algo.

—Lily, acércate. Necesito llamar a Manuel.

Dejé a Lily a cargo de la señora Patricia y salí corriendo hacia donde estaba con Manuel. No podía parar de llorar mientras mis ojos lo buscaban con desesperación, pero no aparecía por ningún lado. Entonces escuché el sonido de la ambulancia y Manuel apareció frente a mí. Sus ojos se conectaron con los míos y no tuve que decirle nada. Ambos salimos corriendo hacia la fiesta. Al llegar, los paramédicos ya estaban llegando donde mi suegra y Manuel tomó su mano.

—No puedes irte, mamá. —Puse mi mano en su hombro.

—Ella va a estar bien. Vamos, los paramédicos necesitan tratarla.

Tomé su mano para alejarlo un poco y que los paramédicos pudieran subir a su madre a la camilla. Apenas la levantaron, Manuel me sujetó con más fuerza y caminamos detrás de ellos.

—Ve con tu madre, yo me iré con Lily y Carlos. Te veo allá. Ella va a estar bien. —Puse mi mano sobre su mejilla y le di un beso. Él puso su mano sobre la mía, asintió y nos separamos.

Salimos casi al tiempo que la ambulancia y la seguimos. Una vez en el hospital dejaron a Manuel junto a nosotros en la sala de espera y entraron a la señora Patricia a una sección restringida.

Pasó una hora y no supimos nada de ella. Manuel estaba sentado lo más cerca posible a la puerta y Lily lo acompañaba. Entonces salió una doctora.

—Familiares de la señora Galeano.

Todos nos pusimos de pie y al instante Manuel la abordó.

—Soy su hijo, ¿cómo está?

La doctora nos miró a todos y supe lo que decían sus ojos.

—La enfermedad de su madre está muy avanzada —sus palabras me helaron la sangre—. La metástasis pulmonar ya le ha provocado erupciones internas. Ella ya debió haber tenido síntomas como tos acompañada con sangrado ¿notaron algo de eso?

—Sí, desde hace unos días—respondió Lily.

—Bueno, lo que pasó fue que sus pulmones colapsaron. Hemos logrado estabilizarla, pero creo que lo mejor es que se despidan de ella. Lo lamento mucho.

—¿Entonces mi madre solo tiene un par de horas? —preguntó Manuel. La doctora no quiso contestar.

—¿Podemos verla ahora? —pregunté. Esta vez asintió con la cabeza.

—Ella está muy débil, así que no va a poder moverse mucho. —Manuel caminó hacia las sillas de la sala, se sentó y cubrió su rostro con sus manos. Yo lo seguí.

—Manuel, tienes que entrar, por favor. No la dejes sola ahora —le dije poniendo mi mano en su pierna.

Sus piernas no dejaban de moverse.

—Manuel… —insistí.

—No puedo hacerlo, Jimena. ¿Como me despido de ella después de haberla dejado sola todo este tiempo? —Manuel bajó las manos de su cara y apretó los puños—. Tú misma viste que no permitió ni que me acercara a ella.

Una lágrima cayó de sus ojos.

—Yo iré contigo. Si no lo haces, nunca podrás perdonarte.

Nos quedamos en silencio un momento. Lily y Carlos se adelantaron para ver a la señora Patricia. Segundos después tomé la mano de Manuel y volví a decirle.

—Vamos…

Me puse de pie agarrada de su mano y él se levantó. Caminamos hasta la habitación y vimos que ella tenía los ojos cerrados. Su rostro no tenía color y sus labios estaban pálidos. No pude evitar derramar un par de lágrimas. Manuel se sentó en la silla al lado de la cama y agarró la mano de su madre. Ella, al sentir la mano de su hijo entreabrió sus ojos y sentí que debía dejarlos solos. Le di un beso en la frente a mi suegra y ella me brindó una sonrisa.

—No olvides nuestra promesa —dijo como un susurro y con algo de dificultad.

—Así será, no se preocupe —respondí—. Ahora los dejaré solos.

Al salir de la habitación cerré la puerta, me recargué sobre la pared contigua y me senté pensando en qué les hubiera dicho a mis padres si hubiera tenido la oportunidad de despedirme.

Esa noche Lily y el señor Carlos se quedaron acompañándonos en el hospital. Manuel seguía adentro con su madre y los tres nos quedamos esperando afuera. Lily había llamado al señor Samuel, Guillermo y a los demás amigos de Manuel; quería que Manuel estuviera lo más rodeado de gente posible al llegar el momento.

Llegadas las cuatro de la mañana, el señor Samuel y Guillermo entraron un momento a ver a Manuel y a mi suegra, y cinco minutos después volvieron a salir. Una hora después empezamos a escuchar gritos desde adentro de la habitación.

—¡Madre! ¡Ayuda! ¡Doctora, enfermera! —Manuel abrió la puerta de la habitación y volvió a gritar—. ¡Ayuda! ¡Algo le pasó a mi madre!

Al instante, varios doctores salieron corriendo hacia la habitación con diferentes máquinas. Dejaron a Manuel afuera y cerraron la puerta.

Veinte minutos después salió el doctor principal con aires de derrota. En ese momento todos los que estábamos ahí lo supimos. Mi suegra, mi consejera y mi mamá se había ido. Todos volteamos a ver a Manuel, pero él no tenía expresión alguna. Lily comenzó a llorar y yo la seguí. Samuel, Guillermo y los amigos de Manuel lo rodearon y uno a uno lo abrazaron. Después de la ronda de abrazos ya estaba más quebrado y lloraba, entonces lo abracé.

—Ya está ajena de todo dolor, Manuel.

Él afirmó con la cabeza. No supe qué más decirle, uno nunca está preparado para momentos así, entonces se me vinieron a la cabeza un par de palabras que mi abuela me dijo cuando murieron mis padres.

—Dios no te dará una prueba que no seas capaz de enfrentar. Esta frase siempre me impulsó a sobrellevar la muerte de mis padres y a esforzarme a mejorar siempre. Que este sea tu lema también. Eres un hombre fuerte y te sobre pondrás. El tiempo te irá curando, lo juro.

Nadie se movía, todos estábamos pendientes de Manuel, hasta que el padre de Guillermo habló.

—Nosotros nos encargaremos de preparar todo para darle el último adiós a tu madre, Manuel. No te preocupes por eso. —Manuel le agradeció.

El doctor nos pidió que nos retiráramos para poder llevarse a Patricia a prepararla para cuando llegasen los de la funeraria y así hicimos.

—¿Quieres que vayamos a casa? —le pregunté a Manuel.

—No. Me voy a quedar aquí hasta que lleguen los de la funeraria.

—Señor, estos procedimientos tardan mucho tiempo. Es mejor que vaya a su casa y en un par de horas vuelva. De igual forma su madre irá a un área donde no se le permitirá el paso. No tendrá nada que hacer aquí —dijo una enfermera que salía de la habitación.

—Vamos a la casa —insistí—. Así te cambias de ropa y volvemos.

Sabía que Manuel estaba sensible, así que cuidé y seleccioné mis palabras para no alterarlo. Él suavemente asintió y salimos del hospital rumbo a la casa alrededor de las diez de la mañana. Apenas llegamos a la casa y no podía creer lo que veían mis ojos. Me volví a ver a Manuel para que me explicara qué significaba eso, pero él estaba tan sorprendido como yo.

Sin decir nada caminamos hacia la sala y vi cómo la mandíbula de Manuel se tensó. Estaba a punto de explotar. ¿Qué rayos hacía Sofía tomando café en la sala?

17

Con un poco de culpa me senté en la mesa de la cocina a comer lo que Jimena me había preparado. Había intentado poner límites entre ambos y centrarme en el contrato, pero ella parecía empeñada en ir más allá de él. «Una de las pocas formas en las que puedo tratarte verdaderamente como mi esposo». Esas palabras no dejaron mi cabeza por un buen rato. Jimena no entendía que quién más salía perdiendo era ella.

Al subir me quedé pensando en el arreglo. Viéndolo en retrospectiva no parecía haber sido una muy buena idea. Había pensado mantenerme al margen con la nueva pretendienta que mi madre había preparado, ella ganaba una buena suma de dinero y mi madre era feliz, pero Jimena era diferente a cualquier otra mujer. Además, estaba el problema de Sofía. Estuve pensando todo el día en una propuesta para calmar su acoso, pero, siendo Sofía, sabía que tenía que pensar bien las palabras para que aceptara.

Entre los pensamientos que no me dejaron dormir, recordé lo que me contó mi madre sobre lo que pasó con Jimena en el club. Olvidé preguntarle a Jimena por eso. Si hubiera sido como dijo mi madre, tenía que hablar con Sofía antes de que se le ocurriera hacerle alguna estupidez a Jimena, así como lo había hecho con Miguel. Agarré el celular y vi la hora. Ya era tarde, pero sabía que aun así iba a contestar, así que la llamé.

—Hola, cariño. Sabía que no me habías olvidado, ¿no te está atendiendo bien tú esposita? —escupió como serpiente.

—Mañana en el Sebas Bistró a la una y treinta —dije y colgué.

Sin darme cuenta llegaron las cinco de la mañana. Me levanté de la cama donde descansaba mi cuerpo, más no mi mente, hice una sesión de ejercicio en mi habitación, necesitaba despejarme, y luego salí temprano hacia la oficina. Abajo estaba mi madre junto a Lilian cocinando bizcochos azucarados. Jimena no estaba por ningún lado. Agarré un bizcocho y salí casi corriendo.

La mañana se fue revisando diseños y cuadrando detalles con el nuevo proveedor hasta que vi la hora en mi computador y recordé que había quedado en verme con Sofía. Terminé rápido los últimos ajustes y salí hacia el Sebas Bistró. Al llegar, Sofía se veía desde donde había parqueado. Tomé aire, me acomodé la ropa y entré al restaurante.

—Bienvenido, cariño —dijo en lo que llegué a su mesa. Luego se levantó y me besó la mejilla.

—¿Qué es lo que en verdad quieres con todo esto? —

respondí y me senté.

—No, Manuel, primero vamos a comer. No desayuné para aprovechar el almuerzo y no me lo vas a arruinar. Así que vamos a disfrutar un poco de esta comida antes de hablar —dijo y puso su mano sobre la mía.

Un mesero se acercó a tomar nuestra orden y apenas pude quité mi mano de la suya. La comida no demoró en llegar. Comí rápido, Sofía se había convertido en una presencia insoportable y quería terminar todo lo más pronto posible.

—Ahora sí, ¿qué sabes del acuerdo? —dije una vez terminé el último bocado. Ella sonrió.

—Sé que tú madre te insistía en casarte y le propusiste matrimonio a la primera mujer que le pareció bien a ella. Y qué esa sirvienta pobretona fue la suertuda.

Parecía como si en realidad no supiera mucho del contrato, solo lo superficial. Aunque con eso tenía suficiente para armar un escándalo si quería.

—¿Qué quieres para que te alejes de mí y de mi familia? ¿Cuánto quieres? —Su sonrisa se hizo más grande y puso su mano en mi mejilla.

—Ay, Manuel. Te quiero a ti.

Apenas dijo eso, distinguí detrás de ella a mi madre, Jimena y Lilian que se levantaban de una mesa cercana a la nuestra. Maldije en voz baja y me levanté para acercarme a ellas que caminaban hacia la salida. Saludé a Jimena, luego a Lilian e iba a saludar a mi madre, pero solo levantó su mano y se mantuvo a distancia antes de seguir su camino. Tras ella salieron Jimena y Lilian. Jimena volteó a verme un momento, pero siguió caminando hacia afuera. El tema con Sofía ya había demorado bastante.

—Supongo que estás satisfecha —dije una vez volví a la mesa. Sofía estaba por reírse.

—No, Manuel, yo no tuve nada que ver con eso. Te recuerdo que fuiste tú quien me citó aquí, no al revés. Y, volviendo a mi petición, ya pasaron los días que te di y no me diste mi respuesta. Pero entiendo que quizás necesites pensarlo un poco más. Así que, si no quieres que las cosas se pongan feas, tienes que solucionar un problemita que tengo y te daré unas semanas más. Después de eso no hay más prórroga. Aunque sí tienes dos opciones: o haces público tu acuerdo de divorcio y te divorcias de Jimena, o me voy a vivir a tu casa y yo hago público el acuerdo, dejando en claro que siempre estuviste conmigo mientras estabas casado. Quizás no son muy buenas opciones para ti, aunque una puede ser peor que la otra. Pero, como dije, te daré algo de tiempo. Así que por ahora necesito… —Se quedó pensando un momento—. Medio millón de dólares. Sé que no es nada para alguien con tu fortuna, pero eso calmará las aguas por ahora. Hazme llegar el dinero y no sabrás de mí en unas semanas.

Luego de toda su perorata se puso de pie, recogió su bolso y esperó mi respuesta.

—Tendrás el dinero. Te quiero lejos de mi familia.

Sofía sonrió, me lanzó un beso con la mano y se fue. Tiempo después volvió el mesero y luego de cancelar la cena me retiré al carro. Citar a Sofía en un lugar público había sido otra de mis decisiones estúpidas. Ahora tenía que darle la cara a mi madre y a Jimena, y tendría que dar explicaciones que posiblemente no creerían, así que preferí dejar pasar unos días para que Patricia se calmara.

Los días siguientes al desafortunado encuentro con Sofía

me centré únicamente en el trabajo. Salía de la casa antes de que todos se despertaran y llegaba cuando todos ya estaban dormidos. Me sentía como un delincuente.

Pasó una semana y no había hablado con ninguna de las dos. Sofía tampoco había vuelto a aparecer una vez le hice llegar el dinero. Ese sábado en la tarde, Joaquín me recordó la mascarada de recaudación. Lo había olvidado por completo. Era tarde y no tenía tiempo para ir a la casa a cambiarme, así que le pedí que mandara a alguien a comprar un traje de gala para el evento. «Aprovecharé la ocasión para hacer las paces con mi madre y Jimena».

Apenas llegó el traje, me alisté, salí rumbo a la mascarada y me quedé en el auto a esperar a que mi madre y Jimena aparecieran. Una vez salió mi madre del auto, salí del mío y apenas salió Jimena me acerqué. Jimena destacaba entre todas las mujeres como una luz que me llamaba a ella, y antes de que llegara a la entrara la tomé de la cintura.

—Mi esposa no puede presentarse sola en estos eventos —dije.

Jimena no se veía nada alegre, su mirada fue como una maldición, pero luego intentó calmarse y empezamos a caminar.

—Disculpa, ¿tu esposa? Ah, sí. Eso creo que dice el papel que firmamos, pero no sé cómo se le puede llamar a esto matrimonio, o amistad, si mi esposo, o amigo, no aparece.

De un empujón se soltó de mi mano, se puso su antifaz, yo me puse el mío y la vi acercarse a la entrada.

—¿Jimena Galeano? —dijo el guarda. Ella asintió y entró. Luego el guarda volteó hacia mí—. Bienvenido, Señor Galeano.

Le hice una seña con la cabeza y seguí. Luego de la entrada sabía que había unas escaleras algo empinadas, así que me acerqué de nuevo a Jimena, la tomé de la cintura y le besé la mejilla.

—¿Está celosa, señora Galeano?

Jimena no dijo nada mientras bajamos, pero al llegar al piso inferior se aventó a darme un beso intenso. No entendí qué pasaba, pero su deseo encendió el mío y le devolví un beso mucho más dominante y feroz. Como si hubiera recordado algo, se separó y empezó a buscar a alguien. Patricia nos veía desde el otro lado del salón. Caminé junto a Jimena hacia ella para saludarla.

—Madre. Te ves hermosa —comenté. Ella me ignoró y caminó hacia otro lado.

Luego Jimena me tomó del brazo.

—Manuel, ¿tienes un minuto? Necesito hablar contigo urgente.

—Vamos afuera. Así podremos hablar con más tranquilidad —respondí. La tomé de la mano y nos dirigimos hacia la zona verde afuera del salón.

—Estas deslumbrante. Te lo digo enserio. ¿Nos sentamos aquí? —Señalé una de las bancas.

—Gracias. Manuel, te pedí que habláramos, pero no es sobre nosotros, porque sé que no hay un nosotros y eso lo tengo claro. Te pedí hablar porque me preocupa tu madre. Estos días la he visto más pálida y decaída, y creo que se debe a que no has aparecido por la casa. No sé si es evitándome a mí, pero…

—He estado muy ocupado con algo en la compañía y por eso llego tarde y salgo muy temprano —interrumpí.

—Está bien, Manuel. Pero ella no te ha visto desde que

nos encontramos en el restaurante y estabas con Sofía. Yo solo te digo, recuerda la situación de tu madre; te has alejado mucho de ella y si no pasas tiempo a su lado, eso te carcomerá por el resto de tus días. Si mi presencia es lo que te incomoda, ve a buscarla ahora y llévala a pasear o lo que tú quieras, pero disfrútala antes de que ya no esté. Yo estoy teniendo clases en línea durante toda la tarde así que no me verás. Piensa bien en lo que te dije y recuerda que el casarnos fue para hacerla feliz a ella.

Cuando terminó de hablar, Jimena se levantó y salió hacia la fiesta sin dejarme responder a su demanda. Tenía razón. Me había dejado intimidar por Sofía y había olvidado por completo el motivo principal por el que había empezado todo. Tenía que hablar pronto con Patricia y aclarar las cosas, pero en ese momento me llamó Joaquín y me alejé un poco más del salón para hablar por teléfono, pero me vi interrumpido por las sirenas de una ambulancia. Mi sangre se congeló. «Mamá», fue lo único que me vino a la mente.

Colgué con Joaquín y volví hacia el salón. Al llegar a la banca, Jimena estaba en frente confirmando mi temor. Estaba agitada y sus ojos desprendían pequeñas lágrimas. Corrí hacia donde se encontraba y al llegar Patricia estaba en el suelo, siendo sostenida por Lilian. «Patricia no estaba así hace una semana, ¿qué le pasó?» Nadie pudo contestar nada y me arrodillé para sostenerla mientras le pedía perdón.

Tenía los ojos y los sentidos enfocados en Patricia hasta que Jimena me hizo entrar en razón y di espacio para dejar a los paramédicos hacer su trabajo. Al terminar de revisar y ponerla en una camilla, la subieron a la ambulancia y yo subí con ellos. La culpa de haberla dejado sola me ensordece y mis manos no dejaban de sudar.

Dentro del hospital se llevaron a Patricia por una puerta donde solo podían entrar médicos y enfermeros y tuve que quedarme en una sala de espera. Al rato llegaron Jimena, Lilian y su esposo. Pasó un buen tiempo y nadie salió a decirnos nada de mi madre. Jimena intentó acercarse unas cuantas veces, pero no le hice caso y se mantuvo alejada. Pasadas unas horas, una doctora salió preguntando por sus familiares. Todos nos paramos y nos explicó la situación. Había llegado la hora.

La doctora dijo que era mejor aprovechar que estaba estable para despedirse de ella, pero ¿cómo te despides de tus padres a los 24 y 25 años?

—¿Podemos verla ahora? —preguntó Jimena. La doctora asintió con la cabeza.

—Ella está muy débil, así que no va a poder moverse mucho —respondió.

El dolor y la desesperanza me invadieron. ¿Como entraba? ¿qué le decía? ¿Quién te prepara para algo como esto? Necesitaba alejarme así que los dejé con la doctora y me senté. Jimena me siguió.

—Manuel, tienes que entrar, por favor. No la dejes sola ahora.

No podía dejar de mover las piernas y la culpa subía como volcán ardiente.

—Manuel… —insistió.

—No puedo hacerlo, Jimena. ¿Como me despido de ella después de haberla dejado sola todo este tiempo? —Tenía ganas de golpear algo, hasta hacerme daño—. Tú misma viste que no permitió ni que me acercara a ella.

Una lágrima cayó de mis ojos.

—Yo iré contigo —respondió—. Si no lo haces, nunca podrás perdonarte.

Nos quedamos en silencio un momento. Lilian y Carlos se habían adelantado para ver a mi madre. Entonces Jimena cogió mi mano y me llevó. Al llegar a la habitación, Lilian y Carlos salieron para que ambos entráramos. Ver a mi madre en esa cama de hospital con su ojos cerrados, se veía frágil. Me senté en la silla al lado de su cama y tomé su mano. Ella abrió un poco sus ojos y me vio, luego vio a Jimena y le dijo algo sobre una promesa que no entendí muy bien antes de que nos dejara solos.

La habitación se sintió estrecha una vez Jimena cerró la puerta. No tenía las palabras adecuadas para ese momento; nada de lo que me llegaba a la mente era suficiente, así que la habitación se empezó a llenar de un silencio tenso.

—No tienes buena cara, hijo —dijo mi madre.

—Busco la manera de pedirte perdón.

Una pequeña risa iluminó su boca.

—Nunca hay buenas formas de hacerlo, hijo. Además, ya te perdoné. El amor siempre otorgará el perdón así este no se pida, y cómo yo te amo, te perdono.

Las lágrimas se derramaron de mis ojos antes de darme cuenta.

—Lo único que siempre quise para ti, hijo, era que el amor llegara a tu vida, no forzarte a casarte. Jimena es una buena muchacha, ella te quiere, pero si tú corazón en realidad ama a Sofía no me opondré… —La tos interrumpió sus palabras y un poco de sangre quedó en la comisura de sus labios.

—Ya no hables, mamá. Entendí. Yo también te amo. —

Dije besando su rostro, intentando calmarla. Pegué mi frente a la suya y le di un beso en su frente.

En ese momento, mi madre volvió a cerrar sus ojos y el pitido intermitente de la máquina se volvió un sonido constante. Vi la pantalla que tenía a su lado y solo había una línea horizontal.

—Mamá, por favor, no me dejes solo. —Apreté su mano, pero no respondió.

—¡Madre! ¡Ayuda! ¡Doctor, enfermera! —Corrí, abrí la puerta de la habitación y volví a gritar—. ¡Ayuda! ¡Algo le pasó a mi madre!

Al instante, varios doctores entraron corriendo a la habitación con diferentes máquinas, comenzaron a quitarle la ropa del pecho, una enfermera me pidió que saliera y una vez afuera cerró la puerta. Esa fue la última vez que hablé y vi a mi madre.

No estaba preparado para despedirme de ella, pero si esta era la vida que me tocaba vivir. Tenía que aceptar que mis padres me habían dejado solo.

Al rato salió un doctor para decirnos que ya había muerto. Mis amigos me rodearon y don Samuel, el papá de Guillermo, se ofreció para organizar todo lo del funeral. Quise quedarme a que terminaran de hacer todo el proceso con ella, pero el doctor dijo que lo mejor era que fuera para la casa y descansara. Todos estuvieron de acuerdo. Estaba exhausto. Destrozado. Solo quería llegar a la casa y acostarme. Mi mente era un embrollo y necesitaba tiempo a solas.

Lilian y Carlos nos llevaron a la casa. Jimena no me quitaba los ojos de encima como si estuviera esperando que algo me pasara. Era cargoso. Invasivo.

Llegamos a la casa a las diez de la mañana, el sol estaba casi en su máximo esplendor, pero yo solo quería subir a la habitación a dormir. Abrí la puerta de la casa y de momento sentí que la ira estalló en mi cabeza. Sofía estaba con Francis tomando café y comiendo pastel en la sala como si fuera su casa. Caminé hacia ellas y me pregunté si realmente golpearía a una mujer. Mi puño deseaba hacerlo, aunque algo me decía que no lo hiciera. Caminé furioso hacia ellas, agarré la bandeja donde estaban las tazas y los pedazos de pastel y los tiré al suelo.

—¡Lárgate de mi casa! —rugí. Sofía debió haber visto algo en mi cara que jamás había visto, pues no intentó chantajear ni negociar y simplemente se levantó indignada y ambas se fueron.

18

Al salir las mujeres de la casa, Manuel se fue a acostar en la habitación de su madre. Me aseguré de que se durmiera para luego ir a descansar un momento.

Llegada la tarde noche me levanté, cambié y bajé. El señor Samuel, Guillermo, Andrés y Miguel ya estaban en la casa.

—Hola, Jimena, ¿cómo está Manuel? —preguntó Guillermo.

—Está más tranquilo. Apenas llegamos estalló por un momento, pero después de eso se encerró en la habitación de su madre y no lo volví a escuchar.

—Pero ¿qué pasó aquí? —preguntó Lily viendo la charola tirada en el suelo.

—Una persona no invitada estaba dentro de la casa tomando y comiendo en la sala.

Todos sabían a quién me refería y se miraron entre ellos asombrados.

—No me digas que la sinvergüenza de Sofía estuvo aquí sin que ustedes estuvieran —quiso confirmar Andrés.

—Así fue. Ella estaba comiendo con su amiga mientras no había nadie en la casa. Cuando entramos, Manuel casi se fue encima de ella; creí que la iba a golpear. Luego tomó la charola y la arrojó al suelo. Hasta yo sentí miedo.

Los amigos de Manuel se vieron entre ellos e hicieron varios gestos afirmativos refiriéndose a la reacción de su amigo. Luego llegó el señor Samuel que estaba hablando por teléfono.

—Ya está todo listo. Tenemos que ir al hospital y luego camino a la funeraria.

Caminé despacio hacia la habitación para despertar a Manuel, pensando en cómo decirle que ya teníamos que salir hacia la funeraria, pero al entrar él estaba terminando de arreglarse. Llevaba su mejor traje y se había bañado en loción. Volteó a verme cuando sintió que se abría la puerta. Su cara aún estaba un poco rasgada, aún se le notaba que había llorado y no había dormido mucho.

—Manuel, ya es hora de irnos —dije. Su mirada era intensa.

Cuando terminó de arreglarse se dirigió hacia mí y terminó de abrir la puerta.

—Gracias por apoyarme en estos momentos, muñeca. —Me dio un beso en la frente y siguió por el pasillo, dejándome ahí clavada.

Manuel estaba algo diferente. «¿Será que ahora todo irá para mejor?», pensé, aunque tampoco había podido dejar de pensar en que legalmente nuestro contrato ya no era válido, pues Patricia ya había muerto. Al bajar vi a Manuel siendo abrazado por sus amigos y a don Samuel dándole las condolencias. Después Lily salió de la cocina y fue a abrazarlo.

—Quiero que sepas que no estás solo, Manuel —dijo—. Todos los que estamos aquí, estamos para lo que necesites. Sé que será difícil acostumbrarse a su ausencia, pero eres fuerte, lo sé.

El asintió.

—¿Cómo van los preparativos? ¿hay algo que se deba de hacer? —preguntó a todos y todos negaron.

—No, tu madre ya había dejado todo listo con la funeraria. Lo único que falta es notificar y confirmar su fallecimiento a la prensa. Hay algunos reporteros afuera esperando a recibir una confirmación, pero todos creímos que esa noticia te correspondía darla a ti —respondió Andrés.

—Está bien, vamos. No podemos intentar evadir la prensa cuando ayer ya vieron en qué situación estaba mi madre —dijo Manuel y salió de la casa rumbo al portón. Todos estábamos atrás de él.

Los reporteros se amontonaron frente a la puerta una vez empezamos a salir. Sus preguntas se perdían entre sus propios murmullos y no se entendía nada de lo que querían decir, así que Manuel empezó a hablar sin responderle a nadie.

—Sé para qué están todos ustedes aquí y sé que ya saben lo que voy a decir, pero para evitar los rumores les confirmo que mi madre, la señora Patricia de Galeano, falleció esta madrugada. Ella fue diagnosticada hace unos años con cáncer pulmonar, lo que luego se esparció a ambos pulmones hasta que su cuerpo no pudo resistir más. Les agradecería que respeten nuestra privacidad en estos momentos difíciles.

Apenas acabó de hablar, caminó en medio de los reporteros hasta llegar al auto. El cuerpo de mi suegra ya se encontraba en la funeraria y rodeando el féretro había muchas flores; en la pared del fondo había fotografías de ella con Manuel y su padre en la playa, en la montaña, todas recordando diferentes etapas de la vida de la fallecida. En otra de las paredes había un cuadro de un cisne con sus alas desplegadas y debajo de él se leía:

"El Cisne antes cantaba sólo para morir. Cuando se oyó el acento del cisne wagneriano. Fue en medio de una aurora, fue para revivir", Rubén Darío.

No le quité los ojos de encima a Manuel. Él estaba distraído en las fotos y todo alrededor de la funeraria había sido preparado para él. La señora Patricia se había encargado de organizar algo hermoso y especial para decirle a su hijo que siempre iba a estar con él. Manuel dio unas palabras ante los presentes, un par de amistades y algunos empleados de la empresa, además de familiares, y el velorio tomó toda la noche y madrugada.

Al día siguiente, a media mañana, nos dispusimos a salir hacia el cementerio. Lily y yo llevábamos varios ramos para dejar lleno de flores el lugar donde descansaría la señora Patricia. Entonces apareció Sofía en el entierro. Me pareció insólito, increíble, y aun así, ahí estaba. Como yo la vi primero, me acerqué a ella para evitar que hiciera alguna de sus acrobacias monumentales.

—¿Qué haces aquí? No eres bienvenida, así que puedes largarte por donde viniste.

—Tú no eres nadie para pedirme que me vaya, pequeña muerta de hambre. Te recuerdo que, si antes no eras nada, ahora mucho menos porque ya no hay nada ni nadie que pueda evitar que Manuel se divorcie de ti. Ahora suéltame o ¿quieres hacer un escándalo aquí?

Sus palabras me dejaron helada. Tenía razón. Sofía me miró, sonrió y siguió derecho hacia Manuel sin que la pudiera detener. «Seguro Manuel la sacará de aquí», pensé. Apenas llegó donde Manuel, le agarró la cara y pareció que ella le dijo algo en el oído. Manuel tensó su mandíbula y ella le dio un beso en la mejilla. Pocos se percataron de la presencia de Sofía.

Intenté hacer que su comentario no me afectara, ya me había amenazado una vez y no había pasado nada, pero el temor hormigueaba en mis piernas. Sofía seguía agarrada del brazo de Manuel, quien no tenía ninguna expresión en su rostro. Incluso nuestros ojos chocaron por un momento, pero al segundo bajó la mirada.

El atardecer estaba en su mejor punto cuando volvimos a casa. En el auto solo fuimos Lily y yo, pues Manuel se había ido más temprano sin haberle dicho a nadie. Al llegar a la casa, cada una se fue a su habitación y se encerró. Caída la noche salí a comer algo. La puerta de la oficina de Manuel aún estaba cerrada, así que preferí no tocar para no interrumpirlo. Hacía calor así que tomé un baño, me vestí de nuevo de negro y bajé a ayudar a Lily con la cena, hasta que, llegando al primer piso, la vi en la entrada.

Sofía estaba con maletas en la puerta de la casa. Volteé a ver a Manuel pidiéndole una explicación con la mirada, pero solo abrió la boca para lo que nunca esperé.

—A partir de ahora ella vivirá en esta casa.

No sabía si se trataba de una broma, pero no había dejado nada de eso en su expresión. Manuel estaba serio. Entonces sentí que mi cuerpo perdía toda su fuerza y acto seguido sentí un duro golpe en mi cabeza antes de perder la conciencia.

19

La noche acaricio mi espalda y me desperté. Agarré el celular para apreciar la hora y ya marcaba las seis y media de la tarde.

Seguía sin poder aceptar que mi madre murió por la mañana. Me levanté y me vi al espejo. Aún tenía los ojos rojos. Por las rendijas de la puerta se escuchaban murmullos de la conversación que estaban teniendo seguramente en la sala. Me bañé y saqué el traje azul turquí. Mi madre me había regalado ese traje. Siempre dijo que combinaba mejor con una camisa blanca, los zapatos caoba y la corbata del mismo color del traje. Para terminar, me coloqué frente al espejo y me puse el blazer. La puerta se abrió dejando ver a Jimena.

—Manuel, ya es hora de irnos —dijo Jimena.

Volteé a verla. Jimena también había llorado. Caminé

hacia ella y abrí un poco la puerta.

—Gracias por apoyarme en estos momentos, muñeca.

Acaricié su cabello y le di un beso en la frente antes de seguir caminando. Al bajar las escaleras me encontré con todos: Miguel, Guillermo, Andrés y Samuel. Uno a uno se acercó para abrazarme. Jimena ya estaba bajando por las escaleras.

—Lo siento mucho, Manuel —dijo Guillermo.

—Siento mucho tú pérdida, hermano. Estamos aquí lo que necesites —siguió Miguel.

—Manuel… no estás solo —continuó Andrés.

Y de último se acercó Samuel.

—Gracias a todos —respondí a sus palabras y apenas terminé de hablar, Lilian salió de la cocina a abrazarme. Tenía aún los ojos hinchados y se le escapaban algunas lágrimas.

—Quiero que sepas que no estás solo, Manuel —dijo—. Todos los que estamos aquí, estamos para lo que necesites. Sé que será difícil acostumbrarse a su ausencia, pero la sabrás llevar, estoy segura.

Hice un gesto con la cabeza y Lilian me soltó.

—¿Cómo van los preparativos? ¿hay algo que se deba hacer? —pregunté.

—No, tu madre ya había dejado todo listo con la funeraria. Lo único que falta es notificar y confirmar su fallecimiento a la prensa. Hay algunos reporteros afuera esperando a recibir una confirmación, pero todos creímos que esa noticia te correspondía darla a ti —respondió Andrés.

—Está bien, vamos. No podemos intentar evadir la prensa cuando ayer ya vieron en qué situación estaba mi madre.

Al abrir la puerta los reporteros que estaban afuera se amontonaron contra nosotros y nos apuntaron con sus cámaras y micrófonos, hablando todos a la vez. No entendía nada, por lo que en el momento en que bajaron un poco la voz, empecé a hablar.

Al concluir, caminé en medio de los reporteros y subí al carro. Jimena se fue conmigo y el resto se fueron en el auto del señor Samuel para la funeraria.

El ataúd ocupaba el medio del salón y estaba rodeado por adornos florales. Las paredes estaban llenas de fotos. En la playa con mi papá, en la casa, en el trabajo… la sala se empezó a llenar mientras me distraje con las fotos. A uno de los lados estaba el cuadro de un cisne con una cita a sus pies de uno de sus autores favoritos: Rubén Darío.

La esencia de mi madre bañaba todo el lugar. Muchas personas fueron a su velorio, mi madre siempre fue una mujer muy respetada y querida entre la sociedad. Dije unas pocas palabras agradeciendo por la presencia de las personas y luego se dijeron algunas anécdotas vividas con ella.

Al día siguiente salimos hacia el cementerio a medio día. Jimena y el señor Samuel se estaban encargando de casi todo, por lo que no tuve que estar pendiente de nada del entierro. Mi única función era recibir a todo aquel que llegara a darme el pésame. Algo que es horrible, especialmente cuando dicen esa frase de "te acompaño en tu dolor." Por supuesto que muchos no saben lo que se siente. Por lo que no encuentro sentido a expresar dicha frase. Caminé de un lado a otro mientras las personas llegaban hasta que vi a Jimena hablando con Sofía y me acerqué un poco. Sofía me vio, empujó a Jimena hacia un lado y se acercó con prisa a mi oído.

—Si no quieres que arme un escándalo aquí, vas a dejar que esté cerca de ti en todo momento.

Jimena se acercaba lista para devolverla a su casa, pero la detuve. El entierro de mi madre no iba a ser ridiculizado con uno de los *shows* de Sofía. Jimena se detuvo, me miró con desaprobación y se fue con Lilian. La ceremonia estaba por iniciar así que le hice señas a Sofía y caminamos hacia el féretro.

—¿Qué es lo que quieres, Sofía?

—Mira, Manuel, es sencillo lo que quiero. Quiero convertirme en la dueña y señora de la casa Galeano, como tuvo que haber sido desde hace un año —bufé.

—Eso no va a pasar, Sofía. Te recuerdo que estoy casado y no pienso divorciarme por complacer tu capricho frustrado.

—Ya no, querido. Te recuerdo que estás en el funeral de tu matrimonio falso. —Había olvidado que Sofía sabía todo—. Además, tengo información que te va a interesar y quizás te haga cambiar un poco de parecer. ¿Recuerdas a mi prima Gisela? Ella vino conmigo un par de veces cuando venía a verte. Pues hace unos meses dio a luz a un bebé y, adivina, ¿quién es el padre?

—No sé y no me interesa ¿qué tengo que ver yo con eso, Sofía?

Sofía miró al sacerdote que aún estaba dando la misa. Volteó a ver a Jimena, a Miguel y volvió a mí. Tenía la cara asquerosamente extasiada y en ella una sonrisa que irradiaba problemas.

—Manuel, ese bebé es tu hermano. Es hijo de tu padre y

Gisela.

—¿Qu… —casi grité, pero me contuve. Algunos de los invitados voltearon a vernos y continué más suave—. ¿Cómo sabes que es de mi padre ese niño? —le pregunté.

—Mi prima dice que tu padre lo sabía y por eso la mandó a otro país. Le compró una casa modesta y le dio dinero cada cierto tiempo, con la condición de no volver aquí, o decir la verdad sobre quién era el padre de su hijo. Pero unos meses después del trato, ella dejó de recibir dinero y se vio obligada a buscar un empleo porque no tenía cómo sustentarse. No fue hasta hace un poco que se enteró de la muerte de Rafael y, cuando nos vimos, le pedí que viniera, que ese niño también tenía derecho a la mansión de los Galeano y a su herencia.

Toda su historia parecía falsa, pero algo en ella, quizás su satisfacción al contarlo, quizás su morbo por contar las cosas, no me dejaban creer que fuera del todo mentira lo que decía.

—Ahora, contestando a qué es lo que quiero —continuó—. Quiero vivir en tu casa y que me des dinero cada cierto tiempo. Quiero tener la vida que soñé una vez contigo y tu fortuna. A cambio, guardaré este secreto. No creo que quieras que el hermoso y respetado apellido Galeano se vea manchado por esto ¿o sí? El señor infiel que engañó a su esposa moribunda y tuvo un hijo por fuera del matrimonio. No te conviene, Manuel, así que dejaré que lo pienses hasta después de enterrar a tu madre.

No podía creerlo, no quería creerlo. Necesitaba información, Guillermo tendría que ayudarme a verificar lo que Sofía decía. El sacerdote continuó con la misa y no dijimos una palabra más. Lilian y Jimena no me quitaban los ojos de encima, así como Guillermo, Andrés y Miguel. Sofía fue la sensación del entierro.

Terminada la ceremonia salí al baño con rapidez. Me lavé las manos, la cara, no podía dejar de pensar en lo que Sofía había dicho. Ahora sí que tenía todas las de perder, no solo con Jimena o mis amigos, sino también con la empresa. Hasta Sofía sabía lo determinante que podía ser un escándalo para una empresa, y mucho más si lo de Rafael resultaba ser cierto. Al salir, Sofía me esperaba en la puerta.

—¿Ya tomaste tu decisión? —preguntó.

Había perdido esa batalla y ambos lo sabíamos.

—Está bien. Puedes irte a vivir a la casa hasta que confirme lo que me acabas de decir. Pero si me has engañado, Sofía, no habrá lugar donde no te encuentre y te haga pagar.

Ella sonrió.

—Buena decisión, cariño. Te veré en casa entonces —dijo y se fue.

Todo el tema con Sofía me había hecho doler la cabeza y quise irme rápido. El sacerdote terminó de dar las palabras y me acerque a dejar una rosa sobre el féretro de mi madre y cuando comenzó el descenso del féretro. Caminé hacia el auto sin despedirme de nadie y salí rumbo a la casa. En el carro llamé a Joaquín, la mano derecha de mi padre.

—Hola, Manuel.

—Joaquín, seré directo.

—Si, Manuel, ¿qué pasa?

—¿Es cierto que mi padre iba a tener un hijo?

El silencio llenó la llamada, luego escuché un suspiro del otro lado.

—Si, Manuel, es cierto.

«Quizás si iba a esperar un hijo, pero con alguien más. No tiene por qué ser con la prima de Sofía», pensé.

—¿Y cómo se llama la muchacha? Quiero saberlo todo.

Joaquín volvió a suspirar.

—La mujer se llama Gisela. Ella se enamoró de tu padre. Él me confesó del error que cometió al meterse con ella, pero dijo que se había encargado de que nadie más lo supiera. La mandó a Estados Unidos, le compró una casa y le depositaba dinero. Pero al morir Rafael no supe si debía seguir haciendo los pagos, así que seguí haciéndolo por tres meses más después de su muerte. Pero luego lo suspendí.

Sofía había dicho la verdad.

—¿Y estás seguro de que es su hijo? ¿No habrán engañado a mi padre? —pregunté instintivamente.

—La única manera de saberlo, Manuel, es buscar a la mujer y hacerle una prueba de ADN a ese bebé.

—Entiendo. Muchas gracias, Joaquín. ¿Me podrías investigar el dato de alguna clínica confiable en la que podamos hacer esta prueba de la manera más prudente posible? Al parecer la mamá y el bebé están en la ciudad, quisiera aprovechar eso.

—Está bien, Manuel. Mañana me pongo en eso.

—Gracias, Joaquín, buenas noches.

Sin esperar a que Joaquín se despidiera terminé la llamada. Llegué a la casa y me recosté un rato. Al rato sentí llegar a Jimena y a Lilian, y escuché la puerta de Jimena cerrarse. Como no pude dormir, bajé al estudio y me puse a pensar en qué iba a hacer para explicarle a Jimena y a Lilian sobre Gisela y el bebé, además de en dónde iba a dormir Sofía cuando llegara. Entonces escuché que alguien tocó la puerta de la casa. Caminé hacia la entrada, abrí y ahí estaba ella. La peor de mis más horribles decisiones.

Apenas abrí la puerta, Sofía entró como si la casa le perteneciera y dejó su maleta frente a la puerta.

—¿Y cuál va a ser nuestra habitación? —preguntó.

Escuché un chillido en el barandal de la escalera. Era Jimena esperando una explicación.

—A partir de ahora ella vivirá en esta casa —dije.

En ese momento, Jimena se desmayó y cayó por las escaleras.

—¡Jimena! —grité y corrí hacia ella. Luego apareció Lilian.

—¡Jimena! ¿Qué le pasó? —dijo y la dejé en sus manos mientras llamaba a la ambulancia. Luego Lilian volteó hacia la puerta y se puso roja al ver a Sofía—. Acabas de enterrar a tu madre hace unas horas Manuel ¿y ya la trajiste a vivir aquí? ¡No tienes vergüenza!

No dije nada, sus palabras eran más que merecidas. Nadie podía enterarse del contrato, mucho menos de lo de Rafael. Segundos después llegó la ambulancia y me levanté para abrir la puerta. Sofía no se movía, ni le interesaba lo que le pasaba a Jimena. Los paramédicos la levantaron con sumo cuidado, le inmovilizaron el cuello y la llevaron a la ambulancia. Quise ir tras ella y sujetar su mano, pero Lilian me detuvo.

—Le recuerdo que tiene una invitada que tiene que atender, joven Manuel. Yo me encargaré de Jimena.

Luché un momento con la idea de irme y dejar a Sofía. Luego volteé a verla y ella estaba tan sonriente que, aunque odiaba la idea, Lilian tenía razón. No me atrevía a dejar a Sofía sola en la casa.

—Está bien. Me estás avisando.

Lilian seguía roja de la ira, pero tenía razón en estarlo. Jimena estaba siendo llevada a urgencias y yo, su esposo, tenía que quedarme con un problema mayor.

20

Una vez se fue la ambulancia, me quedé observándola hasta que desapareció de mi vista. Mi vida era un desastre y Jimena era quien estaba saliendo perjudicada. «Si amas algo, déjalo libre». Esa frase retumbó en mi cabeza. Si, estaba enamorado de esa pequeña de ojos azules. Tenía que alejarme de ella. Nuestro contrato ya había terminado una vez murió mi madre, no tenía por qué seguirla atando a una relación que no hacía más que lastimarla.

Sofía me tocó la espalda.

—Manuel ¿mi habitación?

Su toque fue un detonador y sus palabras la explosión. Volteé, agarré a Sofía del cuello y la empujé hacia adentro de la casa. Azoté la puerta tan fuerte que hasta las ventanas temblaron y golpeé a Sofía contra una pared.

—Ma.… Manuel… Manuel, suéltame —dijo con dificultad.

En ese momento reaccioné y la solté.

—El área de la servidumbre está cerca de la cocina. La segunda puerta. Esa será tu habitación —dije.

—No, yo quiero una habitación en la segunda planta —respondió aun sobándose el cuello.

—Pediste vivir en mi casa y aquí mando yo. Si no te gusta, te aguantas. Y tienes prohibido ir a las habitaciones de arriba, ¿te quedó claro? —Su cara estaba roja de ira, pero no se atrevió a responder.

Caminamos hasta su habitación, tiré su maleta adentro y me dirigí hacia la mía. Una vez cerré la puerta me desplomé en la cama. Me sentía exhausto, pero no podía conciliar el sueño. Necesitaba saber qué estaba pasando con Jimena, así que llamé a Lilian.

—¿Cómo está? —pregunté. Ella sollozó al otro lado del teléfono y me preocupé—. ¿Qué pasa? ¿por qué estás llorando? ¿Qué le pasó a Jimena?

—¡Lilian...!

—¡Lilian!

Al no contestar me preocupé aún más. Colgué la llamada, agarré mi billetera, las llaves y salí rumbo al hospital, pero una mano me agarró antes de llegar a la salida.

—Te prohíbo ir donde esa mujer. —Era Sofía. Me quedé estupefacto por su demanda tan ilógica.

—¿Quién rayos eres tú para prohibirme ver a mi esposa? Te recuerdo que aquí las amantes no son bien vistas y no querrás que alguien se entere de tu historia con Miguel.

La advertencia le cayó como un balde de agua y su cara cambió. No esperaba eso. Su agarre se soltó un poco y de un tirón recuperé mi brazo. La dejé ahí y salí hacia el hospital. Pregunté en la recepción por Jimena y me dijeron que estaba en el cuarto piso. El ascensor estaba demorado así que corrí por las escaleras hasta encontrarme en la sala de espera con Lilian, su esposo y Felipe, el amigo de Jimena.

—¿Qué han dicho los doctores? —dije jadeando apenas terminé el último escalón.

Nadie quiso decir nada.

—Lilian, dime qué pasa, por favor. —Ella no pudo decir nada.

—El golpe que recibió en la cabeza fue muy fuerte —contestó su esposo—. El doctor dijo que los exámenes mostraron una pequeña inflamación en el cerebro, por lo que tuvieron que llevarla a cirugía e iba a necesitar entre veinticuatro a cuarenta y ocho horas de descanso.

—¿Pero se va a recuperar? —Carlos hizo una mueca.

—El doctor dijo que lo único que se puede hacer es esperar a que ella se levante —contestó.

—Yo voy a estar aquí esperando a que digan algo de ella, así que, si estás ocupado, puedes irte —dijo Lilian.

—No, aquí me voy a quedar hasta que despierte. Ustedes pueden irse a descansar. —Ninguno de los presentes se movió.

—Somos la única familia de Jimena, no nos iremos —respondió Lilian.

La espera duró toda la noche. Al amanecer, el doctor se acercó a la sala para avisarnos que Jimena ya estaba descansando en una habitación. Todos quisimos verla, pero el doctor solo me permitió entrar a mí por ser el esposo. Jimena estaba acostada en una camilla, con la cobija hasta el abdomen y la cabeza envuelta en vendas, durmiendo. Era como revivir la última vez que vi a mi madre, tan marcado que me heló la sangre. Me acerqué a su lado y se veía tan frágil.

—Perdóname, Jimena. Ahora no puedo darte la vida que mereces —murmuré y tomé su mano—. Necesito organizar el caos en mi vida. Espero que lo entiendas. Discúlpame si esto te causa dolor, pero es lo mejor para ti.

—¿Por qué dices eso, Manuel? —dijo y volteé a ver su rostro. Sus grandes ojos apenas se despertaban y me veían.

Me pregunté si decirle lo que estaba pensando. Parecía algo cruel mencionarle el divorcio en su situación, pero no había mejor momento. Jimena tenía que alejarse lo más pronto o las cosas se podían poner peor. Además, solo tenía que informarle; la firma ya la tenía una vez ella había firmado ambos contratos.

—Lo que quiero decir, Jimena, es que vine a recordarte que, con la muerte de mi madre, nuestro contrato matrimonial finalizó y se hizo efectivo nuestro contrato de divorcio que ya firmaste. Así que no es necesario que sigamos fingiendo ser esposos. Por supuesto, te daré un buen pago y continuaré pagando tus estudios en honor a la memoria de mi madre. —Solté su mano y sus ojos se cristalizaron.

—No, Manuel, no te acepto el divorcio. No voy a dejar que me alejes ahora —dijo intentando sentarse, pero no tenía la suficiente fuerza.

—No necesito que lo aceptes, Jimena. Ya firmaste el contrato. Así que nos vemos.

—No, Manuel —dijo una vez caminé hacia la salida—. Manuel, espera…

Mientras salía me encontré al doctor en la entrada.

—¿Hace cuánto despertó?

—Acaba de despertar, doctor.

Jimena se había logrado sentar e intentaba ponerse de pie, pero estaba demasiado débil por lo que volvió a caer sentada.

—Muy bien. Vamos a hacerle una tomografía más para ver si la inflamación ha disminuido —comentó el doctor al verla—. Le indicaré unos medicamentos para que tome en casa y podrán irse una vez la inflamación haya cedido.

—Manuel, espera, hablemos de esto —dijo Jimena. Volteé a verla y estaba hecha un mar de lágrimas.

—Está bien, doctor. Lo que necesite.

El doctor me pasó unas fórmulas y me hizo firmar unos papeles antes de salir. El llamado de Jimena me desgarraba la piel así que salí con prisa. Pasé en frente de Lilian y los otros dos sin dirigirles la palabra y seguí hasta salir del hospital. Me monté al carro y salí rumbo a casa. Al llegar a la casa, Sofía estaba en traje de baño a punto de meterse a la piscina. Tenía que confirmar lo que me había dicho sobre Rafael, necesitaba saber si era otro de sus inventos desesperados, y me acerqué a ella.

—¿Dónde puedo encontrar a tu prima?

—Aquí está su número. Se está quedando en el hotel donde yo me hospedaba —Sofía me entregó su celular y me mostró el número. Agradecí que al menos no había tenido que darle dinero para que me diera la información y llamé.

—Hola —contestó una joven.

—Gisela. Soy Manuel Galeano. Necesitamos hablar.

Del otro lado del teléfono sonó un fuerte golpe seguido del llanto de un bebé.

—¿Hola? ¿Gisela?

Nadie respondió, solo escuchaba el llanto del bebé.

—¿Gisela…?

Luego de la tercera llamada me preocupé. «Tengo que ir al hotel», pensé. Dejé el celular de Sofía, salí de la casa y Julián me llevó. En la recepción pregunté por Gisela.

—¿Gisela? —preguntó el guarda.

—Sí, Gisela. Ella se está quedando en el apartamento de Sofía. Tiene un bebé.

—Ah… la prima de la señorita Sofía.

El guarda la llamó por el citófono, pero nadie contestó.

—Creo que no hay nadie, Señor.

—Su prima dijo que estaba en el apartamento, intente otra vez.

—Lo siento, señor, pero parece que se fue.

Empezaba a perder la paciencia. Miré a los lados y la recepción estaba vacía. Saqué la billetera y le extendí unos billetes.

—Estoy seguro de que ella está arriba. ¿Podría ir a verla?

El guarda me miró y alzó una ceja. Vio los billetes, vio hacia los lados y los tomó.

—Muy bien, aquí tengo una copia de la llave de ese departamento —dijo metiéndose los billetes al bolsillo y luego me pasó la llave.

Al subir pude escuchar el llanto del bebé desde el pasillo.

—¡Gisela!, ¡Gisela!, ¿estás ahí? —grité golpeando la puerta varias veces—. ¡Gisela!

Una vez pude abrir, la vi. Gisela estaba tirada en el suelo y su bebé en la cuna de al lado de la cama llorando. Me acerqué al bebé para ver que no le hubiera pasado nada y luego intenté despertar a Gisela. Como no despertaba llamé a la ambulancia y fui hacia el bebé. Al verlo bien, de cerca, entendí que no iba a necesitar una prueba de ADN, se le notaba que era hijo de mi padre.

Al llegar los paramédicos me preguntaron qué había pasado y por qué se había desmayado. Yo no sabía nada. La examinaron, le tomaron el pulso, uno de ellos sacó un algodón, lo llenó de alcohol y se lo pasó por la nariz. Al instante la joven reaccionó.

—¿Qué me pasó?, ¿mi bebé?

—Tranquila, señorita, su bebé está bien. Usted al parecer se desmayó, ¿ya le había pasado? —preguntó el paramédico.

—No, creo que es la primera vez.

—Bueno, pudo haber sido una descompensación —respondió y recogió sus cosas.

—Muchas gracias —dije a los paramédicos—. Ella parece que ya está bien. Cualquier cosa la llevaré a un hospital.

Ambos asintieron, dejaron un par de fórmulas y se retiraron de la habitación. Cerré la puerta y volví donde Gisela.

—¿Ese es el niño del que habla Sofía?

Ella abrazó a su hijo y se alejó un poco

—Manuel, te juro que no quiero nada de ti. Solo quería venir a despedirme de tu padre. Déjanos tranquilos a mí y a mi bebé, no seremos una molestia. En unos días regresaré a California.

—Quiero saber que pasó entre tú y mi padre. Y quiero la verdad.

En ese momento Gisela me contó toda la historia entre ella y mi padre y no era muy diferente a lo que Joaquín ya me había dicho.

—Y eso es todo —finalizó—. No te pido dinero, ni nada, ahorita estoy trabajando y me va bien. Quería viajar antes, pero no tenía suficiente para los pasajes y no podía pedir permiso en mi otro trabajo. Y, pues, viajar con un bebé tampoco es fácil.

—¿Como se llama? —le pregunté señalando al niño.

—Se llama Jaime.

—Jaime… ¿Te importaría si nos hacemos una prueba de ADN?

—No tengo ningún problema, pero no sé qué ganarías con eso.

—Si de verdad es mi hermano, yo te ayudaré a brindarle lo que necesite. Vivirás en mi casa. Si quieres trabajar, trabajarás en la empresa, aunque no lo vas a necesitar. —Ella se sentó en una silla cercana y me miró con sus ojos abiertos.

—No puedo quedarme aquí, Manuel. Ya tengo una vida en California, pero, si quieres, en un futuro, puedes viajar a visitar a tu hermano.

21

Toda esta situación me estaba sobre pasando; la muerte de mi madre, un supuesto hermano, lo que Jimena me hacía sentir y esta angustia de saber que estaba en el hospital por mi culpa, la empresa, y como cereza a todos mis problemas; Sofia. Necesitaba desahogarme y entre mis amigos solo confiaba en uno para guardar mis secretos.

—Manuel, ¿cómo vas? —me preguntó al otro lado del teléfono.

—Estoy del asco. ¿Cuándo tienes un tiempo y nos tomamos algo?

—¿Qué te parece en una hora? —preguntó.

—¿Dónde siempre?

—Está bien —confirmó y terminó la llamada.

Miguel siempre había sido bueno para escuchar y dar buenos consejos. Lograba desenmarañar todos los problemas que tenía en la cabeza y darme una salida. O por lo menos eso podía hacer antes de todo el incidente con Sofía, pero el recuerdo de los consejos de Miguel me era suficiente para buscar su ayuda.

El bar estaba casi vacío, como siempre a la hora del almuerzo. Solo uno que otro comensal que buscaba relajarse de un arduo trabajo o comer algo ligero para el almuerzo.

—Tienes que estar muy jodido como para llamarme a mí —dijo Miguel a mis espaldas apenas llegó a la barra.

—Y no te equivocas. Mi vida está de cabeza en este momento. Pero pidamos primero los tragos. ¿*Whisky*?

—No, Manuel, yo ya no volví a tomar.

—Claro, Claro. Entonces déjame pedir uno para mí y tu pide otra cosa.

Luego de pedir las bebidas, comencé a actualizar a Miguel de toda la historia. Mi hermano, Jimena, Sofía… A Miguel le costaba un poco lo que estaba oyendo, pero en sus ojos podía saber que creía cada palabra.

—Vaya año te has tragado. Pero déjame entonces recapitular. –Tomó un trago de gaseosa y suspiró—. Te casaste por contrato con Jimena para hacer feliz a tu madre, pero no pasaste sus últimos días junto a ella por andar enredado en un problema con Sofía. Por otro lado, Sofía te está manipulando a su antojo con revelar secretos de tu padre y tu supuesto hermano el cual no tiene ni un año, y ahora, muerta tu mamá, ya no hay nada que ate a Jimena a tu lado pues el contrato dejó de estar vigente. Pero Jimena no se va de tu casa y tampoco quieres correrla, entre otras cosas, porque sabes que no tiene a nadie más. Sin embargo, estás tratándola como una cualquiera, mientras aparentas tener una buena relación con Sofía para que Jimena se aburra y se vaya. ¡Ah!, y ahora Sofía vive en tu casa porque te amenazó con lo que ya dijimos. ¿Se me pasó algo?

—No, nada.

—Bien. Empecemos por Jimena, ¿qué te impide estar con ella? —suspiré.

—Bueno, creo que ya la he embarrado bastante con ella. La he ofendido, humillado, quizás ella esté mejor lejos de mí, de todo este problema de los Galeano. Además, está la psicótica de Sofía haciéndole creer que ella y yo volvimos y tratándola mal también.

—Y Jimena ya sabe que el contrato ya no está vigente, que no tiene por qué quedarse ahí.

—Sí, se lo dejé claro cuando empezó todo lo de Sofía, pensé que así iba a poder ser más fácil para ella el irse.

—Y sin embargo se ha quedado.

—Ajá.

—¿No se te hace raro que se quede aún después de todo lo que le has hecho, de todo lo que Sofía le ha hecho? ¿No será que busca algo? Yo qué sé, una buena indemnización, una herencia, y solo se queda lo suficiente hasta encontrar cómo ganarla.

—¿Jimena? No, Jimena no es así. Sofía es el parásito. Jimena ni siquiera quiso recibir dinero por el contrato, tuve que decirle que de igual forma se lo iba a pagar. Ella no está buscando nada de eso.

—Entonces, si Jimena no tiene ninguna segunda intención, según dices. ¿No será que se enamoró? Y de alguna forma sabe que lo de Sofía es una farsa, y solo espera a que te canses de estar fingiendo para volver a estar contigo.

Miguel dio el último sorbo y pidió otro vaso.

—Puede ser, pero yo lo que quiero es que ella se aleje, porque yo no soy capaz de alejarla y el que se quede sola la va a lastimar más.

—Pero ¿estás dispuesto a dejarla ir? Porque el día en que

ella decida irse, no podrás hacer nada.

El silencio llegó a la conversación y ambos nos quedamos dando sorbos a nuestras bebidas mientras pensábamos. Luego Miguel interrumpió.

—Manuel, ¿por qué no le cuentas a Jimena todo lo que está haciendo Sofía? Que ella se dio cuenta del contrato y te está chantajeando con hacer un escándalo si no haces lo que ella diga, pero que entre ustedes no hay nada. Así Jimena podría entender y entre los dos buscar alguna solución. Te estás negando a aceptar que estás enamorado de ella con la excusa de que no quieres que ella salga lastimada, pero deberías confesarlo antes de que sea tarde. Creo que es el mejor consejo que te puedo dar. Con respecto a lo otro, deja a Sofía cómoda un poco más de tiempo. Mi abogado quiere juntar unas cosas más para poder demandarla.

«¿Demandarla?», pensé.

—No sabía que estabas buscando demandarla.

—Dicen que los resultados de las pruebas pueden salir en unos días, así que vamos a ver si se puede. Por ahora, lo que deberías hacer es enfocarte en recuperar a tu exesposa. —Miguel vio su reloj—. Y bueno, no es que no quiera seguir hablando, pero tengo algo que hacer con mi madre y ya sabes cómo se pone.

Miguel dio un último sorbo a su segundo vaso de gaseosa, lo dejó en la mesa y, mientras recogía el maletín, respondí:

—No te preocupes, te agradezco el tiempo.

—No lo olvides, una cosa a la vez. Cualquier cosa me llamas. Nos vemos. —Apenas terminó de hablar Miguel, casi que salió corriendo hacia la puerta.

—Sí, nos vemos.

Al tiempo que se fue Miguel, Sofía me llamó para decir que se tenía que ir de viaje a Estados Unidos. El que Sofía se fuera me servía; era mi oportunidad para poner mi cabeza en orden. Le dije que el vuelo debía ser en la tarde, pues en la mañana tenía un compromiso y ella aceptó con tal que nos fuéramos.

A la mañana siguiente me levanté temprano para ir a hacer la prueba de ADN. Llegué a la clínica antes que Gisela y el pequeño. La prueba no duró casi nada, ahora solo toca esperar los resultados.

—¿Entonces qué haremos si Jaime es mi hermano? —pregunté a Gisela antes de separarnos.

—No sé qué piensas, Manuel —respondió—. Pero el niño y yo nos vamos. Ya te dije que puedes visitarlo, pero su vida no va a ser como la tuya.

Gisela, aunque aún tenía cara de niña, hablaba con mucha seriedad, por lo que supe que no iba a poder hacer más que esperar que cumpliera su palabra si la prueba salía positiva. Mientras Gisela se despedía, llamaron de la clínica para avisar que Jimena ya iba a ser dada de alta, por lo que salí hacia allá. Al entrar, seguí derecho hacia la habitación de Jimena y ella ya se estaba alistando para irse.

—¿Nos vamos? —pregunté y ella volteó.

Frotó sus ojos, sonrió y entonces respondió:

—Vamos.

Salimos de la habitación, de la clínica y nos montamos en el auto en completo silencio.

—Quiero decirte que Sofía está instalada a una habitación de la tuya, en la casa —comenté antes de que arrancáramos. Así iba a tener más tiempo para asimilarlo—. No quiero problemas entre las dos, y Sofía no se va a ir, así que, si no te sientes cómoda, te puedes ir cuando quieras.

Apenas llegamos a la casa, le ayudé a bajar la maleta, la dejé en la sala y fui donde Sofía para cuadrar el vuelo del día siguiente. Necesitaba ese viaje para poder aclarar mis ideas y volver con la cabeza más despejada. Fui rumbo a la habitación de Jimena. Lilian se encontraba en el lugar por lo que aproveché a decirle indirectamente que me iría de viaje con Sofia, ella se me quedó viendo, pero no le di oportunidad a decir nada ya que solo salí de ahí.

«Ahora si Manuel a poner tu cabeza en orden.»

22

Después de escuchar las palabras de Manuel al despertar, mi corazón se achicó.

«No me voy a rendir tan fácil, Manuel», dije para mí misma al día siguiente que Manuel me dejó.

—Tienes que comer, niña, para que te mejores más rápido.

—Es que no tengo apetito, Lily, gracias —le dije con una sonrisa triste.

—Disculpa que me meta, Jimena, pero ¿ahora qué harás? —preguntó Lily.

—Tengo una promesa que cumplir. No puedo solo aceptar divorciarme o separarme sin dar pelea. Créeme que no me voy a rendir sin tratar de conquistar a mi esposo.

Lily sonrió.

—Esa es la actitud, niña. Ahora come para que te mejores más rápido —insistió y esa vez sí comí.

Pasaron dos días más. La inflamación ya había disminuido y el dolor de cabeza era más llevadero así que me dieron el alta. Manuel no volvió a aparecer en el hospital, aunque sí llamaba a Lily a preguntar cómo seguía. Sentir que se preocupaba por mí me daba esperanza. Ese día Lily se había ido con el doctor a firmar los papeles de mi salida y yo me quedé en la habitación guardando mis cosas en la maleta. Entonces escuché su voz.

—¿Nos vamos? —dijo y volteé al instante.

Manuel vestía elegante como siempre. Tenía su pantalón negro preferido, blazer negro y camisa blanca abotonada hasta el penúltimo de los botones antes de llegar al cuello. «Ha venido por mí», pensé y me froté los ojos pensando en que estaba viendo mal. Era él, aunque algo más serio. Agarré mi maleta, la puse en mi espalda y me acerqué a Manuel con sonrisa de quinceañera.

—Vamos.

Él no respondió a mi sonrisa. Su mirada era fría. Parecía el Manuel de antes, el Manuel del contrato. Caminamos por el pasillo de salida hasta el carro que nos esperaba afuera sin decir una palabra. Manuel ni siquiera me determinaba, pero no podía estar más contenta al volverlo a ver.

—Quiero decirte que Sofía está instalada en una habitación a lado de la tuya —dijo una vez entramos al carro—. No quiero problemas entre las dos, y Sofía no se va a ir, así que, si no te sientes cómoda, te puedes ir cuando quieras.

Al llegar a la casa vi a Sofía tomando el sol en el jardín. No sabía cómo iba a soportar vivir en la misma casa con esa mujerzuela, pero tenía que hacerlo por mi matrimonio, por la promesa que le había hecho a la señora Patricia, por Manuel. Mi batalla por el corazón de Manuel apenas empezaba. Entré a mi habitación y vi que mis cosas estaban tiradas en el suelo, algunos de mis vestidos estaban rotos y la habitación estaba hecha un desastre. Luego llegó Lily.

—Jimena, pero ¿qué es todo esto? —Lily me miró y movió la cabeza. Ambas sabíamos quién había sido.

—Esto no me va a intimidar, Lily —le dije mientras empezaba a recoger lo que estaba tirado en el closet.

Me pareció extraño que lo que me había regalado Patricia estaba intacto. Las únicas cosas que estaban dañadas o cortadas eran las cosas que me había regalado Manuel o me había comprado durante el viaje y me pregunté si Sofía en realidad había sido quien había dañado todo. «¿Habrá sido Manuel?»

—Esto es extraño —dije en voz alta.

—¿Qué pasa? —preguntó Lily.

—No, nada, Lily. Es que este vestido es carísimo y está arruinado. Además, me parece extraño que solo dañaron lo más caro. La verdad es que no entendía de que me extrañaba si ya sabía lo loca que estaba esa mujer.

—Solo lo hizo para molestarte. No le hagas caso.

—No te preocupes, no pensaba hacerlo. Me voy a recostar un momento, me duele un poco la cabeza.

—Está bien. Te dejaré algunas golosinas y algo de fruta aquí en la mesa por si no quieres bajar; te entendería si no lo haces.

Alguien tocó la puerta y luego abrió sin esperar respuesta. Era Manuel.

—Lilian, te estuve buscando por toda la casa, ¿estás sorda? —dijo una vez entró y cerró la puerta—. Vine a informarte que Sofía y yo nos vamos de viaje. No sé por cuánto tiempo nos iremos, pero quedarás al mando de todo mientras no estemos. —Manuel ni siquiera me determinó. Era como si no existiera para él, ni siquiera se le escapó una mirada. Manuel Galeano se había convertido por completo en el mismo hombre frío y duro de unos meses atrás.

Dos semanas después llegó Manuel a la casa, pero solo. Luego apareció Sofía a los cuatro días.

—¿No habían viajado juntos? —le pregunté a Lily a escondidas.

Ella me respondió con una mueca.

Mis días en la mansión Galeano se habían vuelto monótonos. Me había dedicado a mi estudio, así que pasaba la mayor parte del tiempo encerrada en la habitación, salvo una que otra vez que salía a ayudarle a Lily con algo de la casa. Para Manuel mi existencia era nula, era como si fuera otro mueble de la mansión, y para Sofía era solo una mugre. Ni siquiera parecía haber algún tipo de relación entre ellos. Éramos tres extraños viviendo en la misma casa, pero no me iba a ir. Tenía una promesa que cumplir.

El cumpleaños de Manuel llegó y le hice un álbum de fotos con una pequeña dedicatoria al final. Manuel había salido casi de madrugada al trabajo, así que decidí ir a dejarlo a su oficina rápido antes de que terminara sus reuniones matutinas, además de que tenía trabajos pendientes y no podía demorarme fuera.

Lily había pedido el día libre así que, al volver, la casa estaba en completa paz. Me encerré en mi habitación, me puse los audífonos y me dediqué a lo mío. A eso de las 10:30 bajé y al parecer no había nadie en casa todavía. Me hice algo ligero de comer y aproveché el hecho de estar sola para poder quedarme en la cocina antes de volver a encerrarme. Cuando estaba por subir, escuché unos murmullos entrando por la puerta principal. Abrí la puerta y los tres se me quedaron viendo como si los hubiera pillado en algo malo. Guillermo y Andrés cargaban a Manuel en brazos que estaba borracho. Manuel sonrió, se separó de sus amigos para abrazarme y casi me tumba al suelo.

—Manuel, te vas a caer. Sostente de mí. —Envolví su brazo en mis hombros y lo agarré mejor.

—Jimena, nos vamos —dijo Guillermo—. Ya cumplimos con traerlo sano y salvo a casa. —Y sin decir otra palabra, salieron.

Manuel pesaba demasiado y no podía moverme bien. Subirlo por las escaleras iba a ser imposible. Caminé por la casa hasta la sala, pero pensé que después iba a ser un problema si alguien lo encontraba ahí tirado, así que lo llevé a rastras hasta el cuarto de Patricia. Lo senté en la cama y al momento cayó de espaldas acostado. «Voy a tener que quitarle algo de ropa para que pueda dormir bien», pensé. Le quité los zapatos, las medias, y cuando iba a sentarlo para quitarle el saco y la corbata, sus manos rodearon mi cintura y me hizo caer sobre él.

Quedamos cara a cara. Él tenía los ojos cerrados. Movió sus manos acariciando mi espalda y subió hacia mi cabello. Intenté soltarme de sus brazos, pero me apretó hacia él y abrió los ojos. Esos hermosos ojos. Se mojó los labios e involuntariamente lo imité. Sus manos bajaban hasta mi cintura y subían hasta mi cabello como olas que me empezaban a llevar. Tragué saliva. Cuando menos lo esperé, Manuel agarró mi nuca y me apretó hacia sus labios. Olía demasiado al alcohol. Me intenté levantar de nuevo, pero me agarró la cola y aunque me levanté de sus labios, seguí con su cuerpo junto al mío.

Manuel se levantó un poco junto a mí y comenzó a besarme el cuello. Las olas fueron más intensas y comencé a dudar en si debía quitarme de encima de él. Aprovechando que empezaba a atraparme, Manuel dio un tirón y nos dio vuelta; ahora él estaba encima mío y al parecer se le había quitado todo el sueño. «¿De verdad estará borracho?… Qué cosas pienso, de no estarlo, no estaríamos en esto» Manuel dejó de besarme el cuello y volvió a mis labios. Esa vez no me importó el aroma y le respondí el beso. Me sentó, se corrió un poco, me quitó el camisón y me volvió a besar hasta quedar acostada de nuevo. Luego se levantó a verme.

—Eres hermosa.

Sus palabras estallaron en mi cuerpo y me volvió a besar. Comencé a levantarle la camisa, pero dudé si debía dejarme llevar. Él estaba borracho. Hacía tiempo que ni siquiera hablábamos. Él había dejado claro que ya no quería que pasara nada entre los dos…, de pronto un pensamiento me invadió:

«Quizás esta es la oportunidad que estabas esperando». «¿Y si después de esto todo vuelve a ser como antes, pero mejor?», no divagué mucho más y me dejé llevar: «Tu muñeca es toda tuya».

Manuel siguió besándome entre tierno y rudo por ratos. Luego bajó hacia mi cuerpo y las olas se convirtieron en destellos de luz. Sus besos dejaron mis labios para ir a mis pechos y, dejando ligeras caricias en ellos, siguió bajando por mi abdomen hasta que llegó a mi vientre y se detuvo. Lo miré y sus ojos parecían pedir permiso para continuar, así que asentí y poco a poco fue quitando mis pantis hasta que las tiró hacia algún lado de la habitación y quedé completamente desnuda. Él se desabotonó su pantalón y dejó ver lo excitado que estaba. Su cuerpo era esbelto, hermoso. Volvió a besarme todo el cuerpo y el contacto de su piel ardía sobre el mío.

En un momento inesperado, Manuel bajó su cabeza hacia mi centro y besó cada uno de mis pliegues. Cada descarga de placer que me enviaban sus besos me hacía gemir más duro, hasta que el calor se apoderó de mí y dejé salir un pequeño grito, seguido de un temblor que dominaba mi cuerpo. Cuando terminé, él volvió a subir y seguimos besándonos y tocándonos hasta que nuestros cuerpos se fundieron.

—Sabes delicioso—me dijo al oído y se deslizó dentro de mí.

—¡Duele! —me quejé, pero Manuel no me escuchaba.

—No me hagas parar, Muñeca, que estoy en el paraíso.

Cuando logró entrar, se quedó quieto unos segundos antes de moverse lentamente en forma de círculos. Al principio había dolido un poco, pero con el tiempo el dolor se transformó en placer. Sus caderas se empezaron a mover cada vez más rápido mientras yo me convertía en una máquina de gemidos. Manuel me besaba suave, pero entraba rudo. Apretaba mis nalgas y las hacía chocar con su pelvis cada vez más rápido. Su respiración era cada vez más agitada y el calor volvió a llenar mi cuerpo.

—Eres un paraíso. Estás tan suave y caliente. Dime, ¿de quién eres? —dijo entre jadeos, agarrándome fuerte y con una voz dominante—. ¿De quién eres? —repitió.

El orgasmo llegó tan fuerte que me hizo gritar la respuesta.

—¡Soy tuya!

Se detuvo por un momento y ambos jadeamos. Manuel estaba sonriendo.

—Eres exquisita. Pero aún no hemos terminado —dijo—. Ahora ponte sobre tus rodillas.

Manuel me embistió rápido y sentí sus caderas golpear mis nalgas con tanto gusto que nuevamente empecé a sentir el orgasmo formarse en mí. Apenas sintió que me volvía a dominar el deseo, aumentó el ritmo, chocando con más fuerza, pero esta vez gruñía mucho más fuerte que la primera vez y, de una última estocada, terminamos ambos y caímos juntos en la cama.

Luego de que Manuel salió de mí, sentí todo mi cuerpo temblar y palpitar.

Al terminar Manuel se volteó hacia el lado contrario a mí, dándome la espalda, y de pronto una sensación agridulce recorrió mi cuerpo. Manuel no había dicho mi nombre en toda la noche. «¿Y si cree que soy Sofía?», con lo borracho que estaba era una posibilidad. Pero con su cuerpo devorando todo de mí, ese pensamiento pasó a un segundo plano. Manuel también era delicioso.

Nos quedamos acostados uno al lado del otro sin decirnos nada. Mi mente divagaba en todo lo que acababa de pasar. «Está tan borracho que a duras penas creo que recuerde lo que acabamos de hacer», pensé y me levanté a bañarme. Cuando regresé a la habitación, Manuel ya estaba bien acomodado en la cama. «Despertar junto a él podría

ser un escándalo», pensé, así que tomé mis cosas y me subí.
«Sea lo que sea que pase después de esto, te pido, Señor,
que sea algo bueno».

23

Me vine unos días a un pequeño apartamento cerca de la montaña. Necesitaba este tiempo solo para poder vivir mi duelo y aclarar qué hacer con mi vida.

Solo hablaba con Joaquín para saber de la compañía. Jimena formó gran parte de mis pensamientos durante días, pero ya llegó el momento de volver a casa. No he llamado ni hablado con Sofía, espero que ya esté por llegar a la casa y que Jimena no vaya a sospechar que no llegamos juntos.

Al llegar dominó el silencio, la casa estaba impecable como siempre, escuché voces y ella estaba en su pequeño estudio recibiendo sus clases. No dije nada, solo me fui a mi habitación, creo que me mantendré lejos por unos días más.

Tome la decisión de que si ella hace algo por esta relación yo también haré lo mismo.

Quiero saber qué hará ella para mantener a flote este matrimonio, por ahora no ha hecho nada en especial más que decirme que no se quiere separar de mí.

Hace unos días recibí los resultados del examen de ADN y era positivo, tengo un pequeño hermano de meses, quiero saber de su vida y compartir con él. Gisela y yo acordamos una mensualidad para los gastos de Jaime. Yo podré ir a verlo cuando pueda o ella vendrá cuando obtenga días libres en su trabajo.

Al salir de la ducha y cambiarme bajé hasta la cocina donde ahí ya se encontraba Jimena haciendo la cena. Ella al verme me saludo con una sonrisa. No le devolví gesto, solo la vi serio. Ella no me preguntó si quería comer o si tenía hambre, solo dejó un plato enfrente de mí, ella se sirvió el suyo, se dio la media vuelta y se fue. «Como se atreve a dejarme solo» pensé. «¿Y qué esperabas que te recibiera con amor y cariño cuando le dijiste que te fuiste de viaje con Sofía?» golpeo mi conciencia. Si, es cierto bueno eso sirve para poner distancia entre nosotros.

Los días pasaron y la monotonía también, salía temprano a la empresa y llegaba a la casa tarde solo a dormir.

Llegó mi cumpleaños, ya van 26 años, mi segundo cumpleaños sin mi padre y el primero sin mi madre. He quedado con mis amigos de salir a un bar nuevo en la ciudad. El día en la oficina estuvo igual que siempre, muy pocos sabían que era cumpleaños. Al salir rumbo a mi asunto, Joaquín me detuvo.

—Manuel, una señorita dejó esto para ti —Yo analice el pequeño sobre de manila que tenía escrito feliz cumpleaños, Manuel. Al tocarlo puedo sentir como si fuera un cuaderno.

—Gracias, si quieres tomate el resto de la tarde libre, yo ya no volveré.

—Está bien Manuel, nos vemos mañana y, ¡feliz cumpleaños! —dijo mientras se acercó a palmar mi hombro yo le regalé una sonrisa y asiento. Sali a mi auto donde al llegar abrí el sobre. Vi que se trataba de álbum de fotos, al sacarlos cayó una pequeña nota que decidí leerla primero.

No pude evitar poner una gran sonrisa en mi rostro ante sus palabras, ella quiere hacerme feliz y yo he sido un idiota con ella. Mi teléfono sonó en ese momento lo que me sacó de mi alegría.

—Hermano, ya estamos aquí ¿ya vienes? —preguntó Guillermo.

—Si, ya voy para allá. — y terminé la llamada.

Comencé a ver las fotos, ambos salimos sonriendo especialmente yo. Ella se ve tan hermosa en cada una de ellas. Según la nota ella esperará por mí, así que espere que su esposo llegará tarde esta noche. Llegué al bar y todos gritaron sorpresa, pero ya sabía. Andrés se acercó junto a Miguel con un trago en mano.

—Hoy te vamos a hacer tomar hasta que pierdas la consciencia. Claro, pero te vamos a cuidar y llevar a casa después. —Entre música y pláticas los tragos fueron uno tras otro, ya no podía estar de pie sin marearme, me costaba llegar al baño donde siempre iba con chaperón por si acaso.

Por un momento perdí la conciencia porque de la nada sentí los brazos de Guillermo y Andrés sostenerme y al tiempo después vi a mi hermosa esposa lo que significaba que estábamos en mi casa.

Ella me sostuvo ya que yo me aventé encima y su olor era una delicia. Me llevó hasta las escaleras, pero luego caminamos hasta la habitación que era de mi madre. Caímos en la cama, ella sobre mí, no pude evitar sentir tanto deseo que me invitó a besarla y acariciarla espero no arrepentirme, pero dudé un poco al recordar que ella no había tenido ninguna experiencia sexual y para mí sería la primera vez estando con una virgen.

La lujuria se apoderó de mí, quería hacerla sentir placer en todas las maneras posibles. Besé y acaricié cada parte de su cuerpo hasta pedir permiso para quitar su ropa, al dármelo bajé a besar, disfrutar de su aroma y sabor el cual era delicioso. Cuando la sentí agitarse, moví mi lengua con más rapidez hasta sentir que temblaban sus piernas y ella me alejó un poco, subí a sus labios sin dejar de acariciar su cuerpo.

Ella se asustó al momento que libere mi miembro de su encierro, pero la calme dándole besos. Posicioné mi miembro en su entrada y lentamente voy haciéndome paso. Gemí y gruñí al sentir la resistencia que no me deja pasar, empujé con más fuerza y ella se quejó de dolor y la calmó con besos y caricias, para estas alturas de la borrachera no quedó nada, quiero disfrutar de ella y que ella disfrute de mí. Voy aumentando la rapidez de mis embestidas y la profundidad de ellas.

Ella llegó al orgasmo el cual sentí ya que sus pliegues me aprietan más y yo también me dejó ir en ella. Vuelvo a besarla para que sienta esta misma sensación tan exquisita que sentía yo. Esto claramente no era sexo, era algo mucho más fuerte. Le pedí que me dijera a quien pertenecía.

—Soy tuya, tu muñeca es solo tuya. —respondió hasta que ella suelta un grito el cual hace que llegue a mi clímax también. Y me desplomé encima de ella y me quedé dormido casi de inmediato.

La mañana siguiente a la borrachera me despertaron los gritos de Sofía. Ella estaba acostada al lado mío, desnuda, y yo estaba semidesnudo. «Pero ¿qué hace Sofía desnuda a mi lado? Si anoche estuve con Jimena. ¿O no fue así?». Sofía estaba fúrica, histérica. Sentí que la cabeza se me iba a estallar. Vi al frente y en la puerta estaba Jimena llorando.

—¿¡Puedes largarte de una vez!? ¿No ves que no estamos disponibles?

Jimena dejó la habitación, pero Sofía siguió gritando. No entendía qué estaba pasando y el chirrido de Sofía no me dejaba pensar. Jimena estaba llorando, eso era lo único fijo. ¿Por qué estaba llorando? ¿Había estado con Sofía imaginándome a Jimena? El recuerdo del regalo que me había hecho llegó a mi mente y me sentí miserable al despertar con Sofía a mi lado.

—¿Qué haces aquí Sofía? —le pregunté molesto.

—¿No te acuerdas de lo bien que la pasamos a noche? Si no lo recuerdas, ve al baño y ve las marcas en tu espalda.

Ella salió de la cama desnuda y en su cuerpo no había ninguna señal de que hubiéramos tenido relaciones, mucho menos del tipo de relaciones que ella dice que tuvimos. Se puso una bata y antes de salir se volteó a lanzarme un beso. Removí las sábanas para ver si había alguna señal de que hubiera estado con Jimena y encontré unas pequeñas gotas de sangre, pero eran tan pocas que no estaba del todo seguro.

Tomé un baño. Decidí esperar a que Jimena se calmara para hablar con ella y confirmar discretamente que estuve fue con ella y decirle que no sabía cómo Sofía había llegado a la cama. Quizás no sonaba muy convincente después de que ella misma la vio desnuda en la misma cama, pero debía hacer algo. Subí a mi habitación para buscar ropa limpia, ella estaba en su habitación, pero antes de ir donde Jimena me entró una llamada.

—Hola, Manuel, tenemos serios problemas. —Era Joaquín—. ¿Recuerdas el proveedor nuevo?

—Sí, ¿qué sucede?

—Manuel, su nombre está por todas las noticias. Aparentemente este hombre lava dinero en algunas empresas con las que trabaja y la nuestra, por ser su socio más reciente, también está entre las nombradas en la lista. Toda la investigación la están llevando en Estados Unidos. Tendrás que viajar urgentemente para allá. Ya tengo los papeles listos y tengo dos pasajes de avión reservados para hoy en la tarde. Tenemos que movernos rápido, sino cerrarán la empresa hasta que terminen de investigar.

—Ya mismo salgo para allá —respondí.

No tenía tiempo para quedarme esperando, por lo que escribí una pequeña nota diciendo que teníamos que hablar y la pasé por debajo de la puerta antes de salir corriendo.

Al llegar a la oficina todo era un caos. Llamé a Guillermo, le conté la situación y le dije que iba a necesitar su ayuda urgente. Luego de colgar la llamada me puse a buscar varios documentos que Guillermo me sugirió presentarle apenas llegara y le dejé una nota pidiéndole que estuviera pendiente de Jimena, pues no sabía cuánto iba a demorarme y ella no se encontraba del todo bien.

Tres semanas tardé en limpiar el nombre de la empresa en Estados Unidos. Tres semanas en las que, aunque no podía desviar la mente de abogados, fiscales, audiencias, no pude dejar de pensar en Jimena y los recuerdos de nuestra noche juntos. Por lo que, luego de terminar victorioso en Estados Unidos, anhelé volver a Bellavista para encontrarme con Jimena, explicarle lo que estaba pasando para poder darle una oportunidad a lo nuestro y correr en definitiva a Sofía. Volé lo más temprano posible, me recogieron en el aeropuerto y con cada centímetro más cerca a la casa, estaba más decidido. Era de mañana, llegaba apenas para el desayuno y para hablar con Jimena, pero, al llegar, Jimena estaba en la puerta con unas maletas.

—¿Qué está pasando aquí? —dije apenas me bajé del auto. Ella volteó. Su mirada parecía triste.

—Me voy, Manuel. Ya no tienes que preocuparte por que te estorbe, puedes hacer tu vida con Sofía tranquilo.

Apenas dijo eso, su transporte llegó y caminó hacia él, pero la tomé de la mano.

—Prometiste que no me dejarías solo, ¿por qué te vas?

—No puedo seguir en esta casa, Manuel. Ni siquiera sé qué hago aquí. Me he convertido en un adorno más de este lugar. Tú estás con Sofía, o dándote unas buenas vacaciones por Estados Unidos. Le prometí a tu madre que jamás te dejaría solo y trataría de hacerte feliz, pero ya no puedo seguir así. Te pedí una oportunidad y mira lo que hiciste con ella. He perdido hasta mi dignidad en esta casa aguantando que trajeras a Sofía, pero ya no más, Manuel. Hace más de tres semanas que te fuiste. No te importó llamarme ni una sola vez a preguntar cómo estaba, ni nada por el estilo. Así que ahora soy yo la que se va. —Agarró con fuerza su maleta y me haló su brazo—. Guillermo me hizo el favor de volverme a mostrar los papeles del divorcio y sé que tengo que irme sin nada, no volver a esta casa y mucho menos acercarme a ti. No voy a incumplir ninguna de esas cláusulas así que te agradezco por todo lo que tú y tu madre hicieron por mí, jamás lo voy a olvidar, pero adiós.

Apenas terminó de hablar, se limpió con la mano un par de lágrimas qué rodaban por sus mejillas, se volteó y siguió caminando.

«Jimena se fue. Se fue». Mi mente se inundó con esas tres

palabras y me sentí como si hubiera estado parado en un piso de cemento fresco que me absorbía desde los pies. «La he   perdido».

24

Después de dejar a Manuel en la habitación y subir a la mía decidí bañarme y acostarme. Mi cabeza no dejaba de decir que lo que había pasado fue entre dos personas libres de condiciones o cláusulas. Habíamos violado uno de los puntos del acuerdo, aunque en realidad ya no había acuerdo. Ya no había contrato. Me pregunté si algo había cambiado entre nosotros, así que me dormí esperando hablar con Manuel la mañana siguiente.

Cuando me desperté, me arreglé y bajé a la cocina a buscar agua, cortar fruta y alguna pastilla, pues me imaginaba que mi esposo se iba a levantar con dolor de cabeza. Llevé las cosas en un pequeño plato para dejarlos a su lado cuando despierte, pero me llevé una gran sorpresa al abrir alguien más estaba con él; Sofía. Estaba desnuda con su brazo y pierna encima de Manuel. No pude evitar sentirme molesta, decepcionada y celosa.

—¿Qué diablos haces aquí, Sofía? —grité. Ella se

acomodó en la cama y me sonrió.

—¿Que no ves, linda? disfruto de tu esposo.

Manuel se removió entre las sábanas a su lado y se sentó, sujetándose la cabeza. Me vio a mí, luego a Sofía y no dijo nada. «Le entregué mi primera vez a un borracho», pensé. La idea de que ni siquiera recordará que estuvo conmigo inundó mis ojos de ira. Además, Sofía no paraba de gritar e insultarme para que me fuera, hasta que no aguanté más y me subí a mi habitación.

¿Por qué todo debía ser dolor y sufrimiento?, nunca había pedido nada para mí, más que buscar un poco de felicidad. Cuando me casé y aparentábamos estar felices, aunque fuera un espejismo fue lindo.

Tiempo después alguien tocó la puerta. Era Manuel. Dijo que tenía que irse, pero que iba a dejar algo y pasó un papel por debajo de la puerta.

> *"Jimena, lamentó que tuvieras que ver eso, de verdad. Quería decirte que tengo que viajar a Estados Unidos ahorita para solucionar un problema legal, pero tenemos que hablar, y tiene que ser de frente. Espérame. Trataré de volver lo más rápido posible.*
> *Manuel".*

No supe si debía creer lo que decía ese papel. Manuel siempre encontraba la manera perfecta de huir de las cosas, aunque esa vez se leía algo más sincero.

Los días fueron pasando, convirtiéndose en algunas semanas y no sabía nada de Manuel. Sofía iba y venía, pero siempre sin decirme nada y con su cara horrible de creída. Guillermo me visitó un par de veces, pero solo era para ver si todo estaba bien y si no necesitaba nada.

—Niña, ¿podemos ir a tu habitación? Estás algo cansada y quiero preguntarte algo —me preguntó Lily. Me levanté del sillón, me mareé un poco, pero se me pasó rápido y subimos. Antes de hablar nos sentamos en la cama, pues todo me había empezado a dar vueltas de nuevo y ella comenzó a hablar.

—Jimena, sé que este tema no debe de importarme, pero has estado comiendo mucho más de lo normal, desde hace 3 días te duermes en todos lados y te han dado bastantes mareos… —Parecía que Lily quería decir algo, aunque no lo preguntaba directamente. Luego continuó—: ¿Tu periodo te ha venido este mes?

En ese momento me puse de pie de un impulso. «No, eso no puede ser». Saqué mi celular del bolsillo y vi la fecha. Solo tenía cinco días de retraso, aunque podía ser cualquier otra cosa, o eso quería pensar. «Manuel va a matarme».

—¿Lily, te molestaría ir por una prueba de embarazo a la farmacia? —Ella sonrió, pero al ver mi cara de preocupación se tapó la boca.

—Dios, niña. Dudé que fueran íntimos con Manuel, pero veo que me equivoqué —dijo dándome una mirada acusadora y luego otra sonrisa—. He comprado una esta mañana. Pasé a buscarla antes de venir, ya me lo sospechaba. Toma.

Lily sacó una pequeña caja de la bolsa de su delantal. Me la entregó y me quedé viendo ese empaque un rato. Dudaba si debía hacerlo, aunque necesitaba hacerlo. Lily había perturbado mi mente con la duda. Caminé hacia el baño, me hice la prueba y lo dejé sobre el lavado. No quería enterarme del resultado por mí misma, así que salí.

—¿Y entonces? —preguntó Lily apenas salí del baño—. ¿Hay o no hay bebé?

Levanté los hombros.

—Puedes verla tú. La dejé en el lavado.

Lily no esperó a que terminara de hablar y ya había

entrado al baño. Luego la vi dando brincos como una niña. Salió positivo.

—Vas a ser mamá, Jimena —dijo con lágrimas en los ojos y esas palabras me tumbaron a la cama a llorar. No podía creerlo.

—Jimena, todo va a estar bien. Cuando venga Manuel tienes que decirle que es su bebé. Él tiene que saberlo.

—No, por favor, Lily. No le digas a nadie. Mantengamos este secreto entre nosotras por ahora.

—¿Pero por qué, Jimena?, ¿qué pasa?

—Juro que te lo diré, Lily, pero por ahora hazme este favor.

Lily me miró con cara de desacuerdo, pero no insistió más.

—Prometo que te lo diré, pero ahora tengo que ir a buscar mi computadora para hacer unos deberes pendientes —dije. Necesitaba estar un tiempo sola. Ella asintió y ambas bajamos las escaleras. Sofía estaba en la sala con su amiga. Las ignoré y seguí derecho hacia el estudio donde había dejado el computador. Al entrar sentí que alguien entró después de mí y cerró la puerta.

—¿Te puedo ayudar en algo? —le pregunté a Sofía.

—Mira, hay cosas que tú no sabes, empleaducha, pero ya es tiempo de que lo sepas para que no vivas engañada. —Sofía estaba más seria de lo normal—. Para no hacer larga la historia, descubrí que hace un tiempo Manuel me fue infiel con mi prima, la cual hace unos meses tuvo un bebé. Él la mandó lejos y la amenazó con arruinar su carrera y quitarle a su niño si le decía a alguien. Pero hace unas semanas mi prima estuvo aquí en Bellavista y trajo al bebé. Manuel se dio cuenta y habló con ella, pero se negó a que ese bebé fuera de él y la obligó a hacerse una prueba de ADN, y así, si salía negativo, no le daría un solo peso más.

Sofía sonreía mientras veía mi cara. Sabía que no le estaba creyendo nada, entonces sacó su celular.

—Sé que eres un poco bruta y por eso no me crees nada de lo que te he dicho, pero para eso tengo esto —dijo y me mostró una foto en su celular. Estaban los tres saliendo del laboratorio—. Además, mira al bebé, ¿crees que necesita una prueba de ADN?

Sofía cambió la foto y en la otra estaba solo el pequeño. Era idéntico a Manuel, casi una copia. La prueba de ADN no era más que una falsa esperanza porque el bebé no fuera de él, porque a simple vista se podía ver el parecido tan grande. Mi corazón comenzó a doler. Manuel me había escondido que tenía un hijo. No solo eso, Manuel había negado que tenía un hijo. «¿Y mi hijo? ¿Lo va a negar también?»

—Pero la historia no termina ahí —continuó Sofía—. Mi prima vino a pedirle ayuda y él se enamoró de su hijo. Por eso se fue a Estados Unidos esas dos semanas, y es ahí donde está ahora. Cada que me llama me dice que me ama, pero que ahora no puede dejar a su hijo. Hasta me preguntó si estaba de acuerdo con traerlos a vivir a esta casa; a mi prima y a Jaime, así se llama el niño. Yo le dije que primero tenía que hablar contigo, aunque al parecer no le importa lo que opines. Yo estoy dispuesta a perdonar su falta y a su hijo, pero no sé qué harás tú, Jimena, cuando veas que hay mucha gente en esta casa. Te cuento esto porque soy mujer y no me gustaría que te humillen más. Ya haces mucho con aceptar que tu esposo tenga sexo y ame a otra mujer en la misma casa que vive contigo, pero creo que todo tiene un límite. Igual, te dejo que lo pienses y tomes tus decisiones. Creo que no eres una mala persona y por eso te digo todo esto, porque entre mujeres tenemos que cuidarnos.

Cuando terminó de hablar, Sofía salió del estudio y quedé estupefacta con la noticia. Cómo alguien podía ser tan ruin. «¿Quién eres, Manuel?» Quité violentamente las lágrimas que bajaban por mis mejillas, «ese hombre no merece ni una lagrima». Tomé el computador, lo subí a mi habitación y me encerré a ver la clase, aunque mi mente seguía pensando en lo que había dicho Sofía. Cuando terminó la clase me recosté en la cama acariciando mi vientre.

—Pequeño, perdóname por traerte a este mundo tan complicado —dije y liberé todo mi dolor.

Sentí golpes en la puerta de mi habitación, al abrirla, un furioso Manuel me agarró muy fuerte de la mano, bajándome por las escaleras, estaba siendo muy brusco. Llegamos a su estudio y lo primero que salió de sus labios fue:

—Quiero que te largues de mi casa, sabes que te casaste conmigo porque te lo pedí y tú de ilusa aceptaste como una idiota. —Yo estoy en shock con sus palabras. Ya sabía que esto iba a pasar, pero no de esta manera. Vi a una mujer con un bebé y a Sofía entrar al estudio, esta se acercó a él y le dio un beso en los labios. Yo estaba indignada quise ir a darle una bofetada, pero Manuel me tomó de los brazos—. Te vas a mantener alejada de todos ellos, ya te dije que quiero el divorcio y que te largues de mi casa. — Él les hizo una señal para que salieran y ellas lo hicieron. Yo no sé cómo evitar que me aleje de él y ahora mucho menos.

—¡Estoy embarazada, Manuel!, ¡no puedes hacerme esto! —Grité con lágrimas acumulándose en mis ojos. Ya no sabía qué hacer para evitar el divorcio. No se lo quería decir en un momento así pero no tenía otra alternativa, no quería romper la promesa que le hice a su madre antes de morir. Sin embargo, no creí que se riera en mi cara.

—No me hagas reír, ¿cómo vas a estar embarazada si tú y yo nunca hemos estado juntos? —dijo, sus palabras me lastimaron y mucho más porque estaba claro que no recordaba que estuvimos juntos.

—Tú no lo recuerdas porque estabas borracho, pero ya que importa ¿no? Dime cuándo y dónde es mejor que terminemos con esto. —dije muy segura de mí misma, aunque por dentro era un sinfín de dolorosas emociones.

—Que bajo has caído Jimena ve y busca al padre de tu hijo que sea él quien te ayude. Tenía pensado darte una manutención, pero ya que estás embarazada de otro hombre. No recibirás nada. ¡Mañana a las tres de la tarde en el Sebas Bistró! —dijo con una sonrisa en su rostro, mientras yo me estaba muriendo por dentro.

Sin ganas de decir más salí de esa casa rumbo a la pequeña casa que dejó mi abuela. Al llegar empecé a pensar que iba hacer ahora. Estaba sola en el mundo con un bebé en camino, sin trabajo, sin familia, sin dinero y sin el padre de mi hijo.

—Seremos solamente tú y yo pequeño —dije mientras tocaba mi vientre aún plano.

Desperté super exaltada después de ese sueño. Fue tan frustrante, me sentí tan impotente, que me levanté sin ganas de esperar a que Manuel pudiera llegar cualquier día a hacer eso. Fue como una señal de que ya no podía seguir en esa casa.

Al no poder volver a dormir, pensé en qué podía hacer y a dónde iba a ir, pero al rato el sueño volvió a mí y no pude evitar sucumbir ante él. En la mañana llamé a Guillermo y le dije que necesitaba verlo en su oficina. Vi la dirección de su *buffete* en internet y apenas desayuné salí para allá.

—¿Qué pasó, Jimena? Te ves alterada —dijo Guillermo apenas me recibió en su oficina y me indicó que me sentara.

—Guillermo, tú eres uno de los mejores amigos de Manuel. Además, eres abogado, por lo que seguramente de que puedes ayudarme.

Guillermo abrió los ojos y se puso blanco. En otras circunstancias hubiera aprovechado esa oportunidad para molestarlo un poco, al fin y al cabo, fui yo quien había aceptado los contratos, pero, aunque su reacción no dejaba de causarme gracia, mi mente estaba enfocada en una sola cosa. El contrato.

—Jime… Emm… Yo… Yo soy el abogado de Manuel. Yo fui quien hizo los acuerdos, creo que soy la persona menos indicada para ayudarte. —Sentí que no podía respirar, «¿Guillermo hizo eso tan brutal y humillante?», y yo pensaba contar con él para salir de aquí, pero no, desde ese momento dejaba de ser mi amigo. Más lágrimas salieron de mis ojos, la decepción que sentía me mataba.

—No creí que fueras igual que Manuel, pero no te preocupes —lo interrumpí—, no estoy 'aquí para recriminarte por el contrato, ni nada, decepciona muchísimo. Sí, pero solo quiero ver el contrato de divorcio para recordar las cláusulas. El mío se me perdió hace mucho. —Guillermo respiró profundo e intentó recomponerse.

—¿Y para qué quieres verlo?

—Quiero irme y no tener ya nada que ver con Manuel, ni con los Galeano. Quiero ir a un lugar lejos de todos ustedes. —Miró hacia el suelo y luego caminó hacia su computadora, lo vi imprimir algo y dejar esos papeles en frente de mí. Leí el título y luego busqué mi nombre donde tenía que ir firmado. Tomé un papel que estaba sobre su escritorio y lo firmé. Me levanté de la silla y cuando iba a salir me tomó de la mano.

—Juro que no sabía que eras tú la persona con la que Manuel se iba a casar. De haberlo sabido... —no lo deje terminar.

—¿Que hubieras hecho Guillermo? ¿A quién hubieras elegido a Manuel o a mí? —bajó nuevamente su mirada y no dijo nada lo que contestaba mi pregunta.

—Tu silencio respondió mi pregunta. Gracias por ayudarme, ya no quiero estar en este lugar. Mucho menos rodeada de personas como ustedes; egoístas y entre otras palabras, pero no las diré. Salvaré la poca dignidad que me queda. Despídeme de tu padre, les agradezco por todo.

Luego de decir eso, salí directamente a la casa. Empaqué

mis cosas, me llevaría solo algunas que recibí de la señora Patricia, más nada de lo recibido por parte de Manuel. Al bajar con las maletas

Lily se me acercó, ya le había pedido que llamara a su esposo. No le había dicho nada, pero sabía que estaba de acuerdo con mi decisión. Además, Lily era la única familia que me quedaba, ambas sabíamos que, aunque estuviéramos lejos, nunca nos apartaríamos de la otra.

Sofía estaba atrás, disfrutando de su nueva casa. No pude evitar sentir algo de ira, de celos, por haber perdido la que pudo haber sido mi casa ante una bruja como ella, pero estaba también tranquila porque sabía que mi bebé merecía un lugar mejor. Me detuve en una foto que había colocado cerca de la entrada, suspiré al verla. Agradecí que no estuviera Manuel para no tener que hacer una salida más dramática.

—¿Qué está pasando aquí? —dijo alguien a mi espalda.

—Me voy, Manuel. Ya no tienes que preocuparte por que te estorbe, puedes hacer tu vida con Sofía tranquilo.

Vi el auto llegar detrás de él y empecé a caminar. No quería hacer una despedida larga y difícil, pero Manuel me agarró del brazo.

—Prometiste que no me dejarías solo, ¿por qué te vas?

Sus palabras fueron como puñales en mi pecho. Mis ojos se aguaron. Alguna vez le había prometido a Manuel que no lo dejaría solo, le había prometido a la señora Patricia que tampoco lo dejaría solo, pero eran promesas que ya no podía cumplir. Me partía el corazón tener que romper esas promesas, pero debía irme. Me limpié el rostro con la mano que aún tenía libre y miré a Manuel a los ojos.

Mis palabras hacia él fueron duras, pero muy reales y liberadoras. Omití el hecho de saber que tiene un hijo con la prima de Sofía.

Volví a ver el taxi del señor Carlos y no dudé en caminar hasta él. Lily salió para ayudarme a subir mis maletas y no fue hasta dentro de ese taxi que me desplomé en brazos de Lily.

—Llévame a la estación de buses por favor. —le pedí al señor Carlos.

—¿A dónde irás? —preguntó Lily, limpiando las lágrimas de mi rostro.

—Iré a Zaragoza.

—Pero ¿cómo te vas a ir si no tienes a nadie allí? —dijo Lily con preocupación.

—Lily, Julia vive allá. Puede recibir a Jimena y ayudarla a adaptarse, le podemos llamar. —dijo el señor Carlos.

—Sí, te vas a ir con Julia, es la sobrina de Carlos. Ella es muy responsable y honrada.

—Lo único que quiero es irme lejos de aquí, por favor. —Ellos asintieron.

Llegamos a la estación, compré un boleto y me fui hacia el bus. Ellos iban a avisarle a su sobrina para que me esperara en la estación de buses. El bus sale de la estación y no puedo evitar pensar.

«Aquí comienza mi nueva vida contigo, mi pequeño».

25

Jimena se acababa de ir y me dejó plantado en la puerta de la casa. Tomé la foto que miraba Jimena, era una donde mi madre salía con ambos. No sabía que mi madre le había hecho prometer eso. ¿En qué momento todo se volteó, si venía a la casa era a hablar con ella para arreglarnos? Entré a la casa aún absorto en pensamientos y sonó el teléfono. Era Miguel.

—Jimena se fue —dije.

—¿Cómo así que se fue, Manuel? —preguntó.

—La embarré. Jimena se fue de la casa. —dije y pude sentir como algo comenzaba a trabarse en mi garganta.

Hubo silencio en la llamada unos segundos.

—Vamos a tomar algo y hablamos. Estoy con Andrés y con Guillermo. ¿Dónde te recogemos?

—Estoy en casa.

—Ya vamos para allá.

Al colgar la llamada me senté en el mueble de la sala, me

recosté contra el espaldar y cerré los ojos. Al abrirlos de nuevo, pude ver a lo lejos una fotografía del día de nuestra boda. La culpa comenzaba a brotar internamente y ya no podía controlar mis emociones. Jimena hizo todo lo posible por llegar a mi corazón y yo solo la rechacé.

Tenía tanto que decirle a Jimena, pero se fue sin haberle podido decir una palabra. Por mi mente pasaron las últimas semanas donde la había olvidado, especialmente después de que se entregará a mí. Porque estaba seguro de que había estado con ella la noche de mi cumpleaños y no con Sofia. Llegué a la conclusión de que se había demorado para irse. Jimena tenía razón.

—¡Soy una basura! —grité antes de cubrir mi rostro con mis manos y aguantarme sobre mis rodillas. Los sonidos de los tacones acercarse me hicieron levantar la mirada.

—Manuel, qué bueno que llegaste. Ya extrañaba tenerte cerca. —dijo Sofía apenas me vio y se acercó a mi brazo.

—Sofía, no estoy de humor para tus estupideces —respondí y le quité el brazo.

—¿Entonces ahora te vas a poner así porque ya no tienes tu obra de caridad? Mejor que se haya ido, ella no era más que un parásito. Además, ella tenía que saber que, si pasabas tiempo con ella, le quitabas tiempo al bebé.

Apenas Sofía dijo eso, un viento helado me recorrió la espalda.

—Sofía, ¿qué hiciste? ¿Qué rayos le dijiste a Jimena?

—La verdad, Manuel. No pensabas ocultarle el bebé a tu esposa. ¿O sí?...

La sangre me empezó a burbujear por las venas y el calor se me subió a la cabeza. Estaba seguro de que Sofía había dicho algo de más y eso había hecho que Jimena se fuera. Sofía también había sido la culpable de que me alejara de Jimena en primera instancia; Sofía, quien había drogado y violado a Miguel; Sofía… Sofía… «Si tan solo Sofía no existiera» De momento sentí que me invadió una ira profunda hacia ella y, mientras seguía cacareando alguna de sus estupideces, la tomé del cuello anhelando que se callara. Ella intentó quitar mis manos, patalear, pero la agarraba cada vez más fuerte hasta que la tumbé al suelo y en medio del trance seguí ahorcándola.

—Manuel —dijo una difusa voz masculina.

—Manuel, suéltala —dijo otra voz.

—¡Manuel!

—¡Suéltala, Manuel!, ¡la vas a matar! —gritó la última voz masculina y me empujó con tal fuerza que mis manos se soltaron. Sofía se había quedado inmóvil.

—Tiene pulso, está viva. —Escuché decir a Miguel con un poco más de claridad—. La voy a llevar a un hotel hasta que despierte. No quiero que tengas más problemas de los que ya tienes. Cuando llegue allá, llamaré a un médico. —Todos volteamos a verlo extraño, esperando que Miguel se explicara un poco más.

—No le haré nada, solo será un susto inocente, pero no le haré nada —dijo Miguel y levantó a Sofía en sus brazos—. Manuel, manda las cosas de esta loca al hotel, por favor. Creo que ya es hora de que deje de vivir aquí.

Guillermo escuchó a Miguel y volteó hacia mí.

—¿¡Tenías a Sofía viviendo aquí con Jimena!? —gritó y se abalanzó a darme dos golpes en la cara—. ¿Cómo fuiste capaz? —Otro golpe—. Infeliz.

Andrés lo apartó antes de que lanzara otro golpe y me limpié la sangre de los labios mientras me levantaba del suelo.

—Con justa razón se fue. No eres más que un idiota. Ahora entiendo por qué me dijo que quería salvar la poca dignidad que le quedaba ¿Por qué le hiciste esto, Manuel? Te pedí que no la lastimaras —Guillermo estaba furioso. Andrés también me miraba con una cara extraña.

—Guillermo, creo que hay que dejarlo explicarse —dijo Andrés, intentando calmar un poco a Guillermo.

—Hay mucho que contar, pero necesito una botella de *whisky* antes.

Caminé adolorido hacia el estudio, abrí la botella y me serví un trago. Guillermo y Andrés entraron y se sentaron. Se sirvieron un trago cada uno y procedí a contarles todo lo que no sabían de la historia.

—Manuel, pero pudiste optar por otras opciones. Claro que Jimena se sintió humillada. Su matrimonio no era algo real, pero debías respetarla por lo menos mientras ella vivía aquí —dijo Andrés.

—Yo sé, pero entiendan. Mi padre no estaba para defenderse y mi madre acababa de morir. No tenía cabeza para solucionar un problema como ese, ¿qué hubieran hecho de haber estado en mi lugar? —pregunté antes de beber de un solo trago el líquido ámbar que quemó mi garganta. Ambos se miraron y ninguno respondió.

—¿Y ahora qué harás? ¿Vas a buscar a Jimena, o la vas a dejar ir? —preguntó Andrés.

—La voy a buscar y trataré de hablar con ella. Probablemente esté por la casa donde vivió con su abuela, buscaré ahí primero.

Ambos asintieron. Guillermo seguía enojado y no decía nada, pero sabía que también le interesaba encontrar a Jimena. Nos levantamos e íbamos a salir a buscarla, pero llegó Lilian. «Si hay alguien quien puede saber dónde está Jimena, es ella», pensé, y me aventé a preguntarle, aunque tenía cara de pocos amigos.

—¿Lilian sabes dónde está Jimena? —Pregunté, pero ella volvió a verme se acercó rápido a mí y me dio una cachetada.

—¿Todavía tienes el descaro de preguntar por ella? Si tu madre estuviera aquí, Manuel, se desilusionaría de lo que le hiciste a la pobre Jimena. —Si, es cierto. Mi madre estaría muy molesta conmigo esto era algo que ella jamás habría permitido.

—Sé que me equivoqué, Lilian, pero quiero arreglar las cosas. Necesito saber dónde está.

Lilian bufó. No se veía muy convencida, pero aun así empezó a hablar.

—Jimena se fue a la estación de buses, pero no sé hacia dónde se dirige. —Mi corazón se hundió al saber que se había ido de la ciudad. Me sentí frustrado. No tenía forma de saber hacia dónde se había ido.

—Eso era lo que querías, ¿no? Ahora ella está lejos. Espero se encuentre con gente buena que la ayude sinceramente y no con segundas intenciones como lo hiciste tú —dijo Lilian y se fue hacia la cocina.

—Hay que buscarla. Tal vez está en algún pueblo vecino ahora no hay que perder tiempo. —dijo Andrés y eso hicimos. Salimos rumbo a la estación de buses, pedimos referencia de los últimos buses que salieron y para nuestra mala suerte, habían salido seis a ciudades diferentes. La búsqueda se volvió toda una odisea.

Llamaba a su teléfono insistentemente, pero sin respuesta y desde hace un rato estaba apagado, pero no me iba a dar por vencido. Debía contratar investigadores para que la busquen. Ella tiene que regresar a mí. Ella todavía era mi esposa, ya que ni loco firmaré los papeles dándole el divorcio.

Tres meses habían transcurrido y todavía no sabía nada de Jimena. Le he insistido a Lily para que me dijera si hablaba con ella, pero solo me decía que una vez le llamó, más no dijo dónde estaba.

Necesitaba saber si estaba bien. No podía con esto que sentía dentro de mí. La extrañaba tanto y no podía dejar de pensar en ella ni un solo momento. Tarde me di cuenta de que la amo y la quiero conmigo.

26

—¿Está seguro de que se encuentra bien y que esto no le hará daño? —pregunté al médico que vino a revisar a Sofía.

—Si, es solo un tranquilizante. No hará más que dormirla, lo cual es recomendable para que se recuperé del todo. —Asentí, pagué por sus servicios y lo acompañé a la puerta.

Me daban ganas de matarla y desaparecer su cuerpo, esa era la verdad. Por ella perdí meses de mi vida. La amistad, que, por suerte, pude volver a recuperar y que ni sabía que había perdido.

Volví a ver el cuerpo de Sofía sobre la cama y ya estaba recuperando el conocimiento. Por lo que era mi momento de cobrar mi venganza.

—Ahora tú y yo, nos vamos a divertir. —le dije en un tono firme y contundente, ella me miró completamente asustada. Tomé el tranquilizante que el médico dejó en un jeringa, listo solo para ser aplicado y me acerqué a ella colocando una tenebrosa sonrisa en mi rostro. La que podía ver reflejada en el espejo al lado de la habitación.

Sofía no dijo nada, pero sí luchó para que no la inyectara. Sin embargo, no logró evitarlo, pues coloqué el tranquilizante en su brazo y ella fue perdiendo el conocimiento poco a poco. De la misma manera en la que yo recuerdo que lo hice esa noche en el bar.

Tomé mi teléfono y llamé a Guillermo. Ellos estaban buscando a Jimena, pero necesitaba los videos que él guardaba.

—Dime, hermano. —Contestó.

—Necesito que me hagas llegar los videos que tienes sobre esa noche en el bar.

—¿Para qué los necesitas?

—Es hora de que esta mujer pague por todo lo que nos ha hecho a Manuel, Jimena y a mí.

No costó mucho que llegaran esos videos a mi correo. Guillermo se puso en contacto con mi abogado, el que me indicó que llame a la policía y al hacerlo en un par de minutos estaban en el lugar.

—Debió de interponer la denuncia primero. —dijo uno de ellos y alcé la ceja.

—¿Y dejarla que se vaya o ponerla sobre aviso? Esta mujer necesita estar tras las rejas o en algún tipo de institución psiquiátrica. Mi abogado ya está en la delegación interponiendo la denuncia correspondiente.

—De acuerdo, pero no podemos llevárnosla en ese estado. Debe estar consciente. —y así fue como esperamos media hora más para que pasara el efecto del tranquilizante.

—¿Qué pasó?, ¿qué me hiciste? —preguntó ella al no

más verme, pero se cohibió al ver a los policías dentro de la habitación.

—Pasa que irás a prisión por intento de homicidio, estafa, difamación y por todos los malditos cargos que mi abogado y los de Manuel quieran poner sobre ti. —Vi a los policías—. Ahora, ustedes ya no tienen excusa para no llevársela. Iré justo detrás de ustedes. —Sin más los hombres salieron del lugar llevándose a una anonadada Sofía, quien todavía está desorientada.

Sin embargo, solo podía respirar tranquilo de que no solo había hecho justicia por mí, sino también por mi amigo y su padre. Porque lo que Manuel no sabe; es que en el listado de llamadas del teléfono de Sofía ese día, hay una llamada a su casa, por lo que nadie me sacaba de que Rafael Galeano esa noche con quien hablaba, era Sofía.

Habían pasado ya tres meses desde que Sofía recibió un buen susto de mi parte.

Por otra parte, era difícil ver a Manuel como un muerto en vida porque no había podido encontrar a Jimena y no lo culpo pues era triste su situación.

Andrés y yo estamos en Zaragoza, fuimos a cerrar un trato con un cliente que es muy importante para mí compañía. Andrés, en este caso, es mi representante legal.

Quedamos de vernos con el cliente en un restaurante muy lujoso de la ciudad. Llegamos y nos ubicaron en un área exclusiva de este, cuando llegó una joven a tomar nuestra orden. Ella tenía sus ojos en su libreta, pero no pude evitar ver a Andrés quien tenía la misma cara que yo.

Esa joven era Jimena y estaba muy embarazada.

27

Cuando me bajé del autobús, caminé a buscar mis maletas y una chica de más o menos mi estatura, que se veía de tal vez unos veinticuatro años, cabellera castaña y ojos color miel se acercó a mí. Estaba un poco sospechosa, sin embargo, tenía una sonrisa en el rostro así que intenté relajarme un poco.

—¿Tú eres Jimena? —preguntó.

Yo asentí con una sonrisa y de inmediato ella tomó una de mis maletas.

—Julia, mucho gusto. —Tenía una sonrisa tierna, aunque parecía una estudiante.

—Te pido una disculpa si tuviste que interrumpir tus deberes por venirme a buscar —dije mientras la seguía.

—No te preocupes por eso, hoy tenía el día libre. Más bien vamos a darte algo de comer, me dieron órdenes de cuidar de ti y de un pequeño glotón en tu barriga —dijo terminando la frase como un secreto. Julia parecía adorable.

—Gracias. Espero no causarte muchos inconvenientes. Es más, ¿sabes de algún lugar donde pueda trabajar estando embarazada? —Ella sonrió.

—Para tu suerte, junto con dos amigos de la universidad abrimos un restaurante en la ciudad. Y no es por presumir, pero está agarrando mucha fama entre la gente de la alta sociedad y durante el mediodía ocupamos ayuda extra. Podrías probar y trabajar medio día para que también descanses. ¿Qué te parece? —Julia definitivamente era un Ángel.

—Claro que sí, te lo agradecería muchísimo. No quiero ser un estorbo para nadie, por eso, con un trabajo, puedo rentar un pequeño apartamento y no molestarte en tu casa. —Ella negó enérgicamente con su cabeza.

—No, nena. Tú te quedas conmigo. En mi apartamento hay dos habitaciones y hace mucho tiempo que quería encontrar una compañera de piso. Así que, por incomodar, no te preocupes. Tendrás tu espacio y yo el mío. Además, tú necesitas ahorrar para tu bebé y conmigo no vas a pagar arriendo. —Cada palabra que decía era como una descarga de emociones en mi cuerpo y no pude evitar derramar un par de lágrimas por tan bello gesto.

—Lo siento, es que creo que estoy un poco hormonal —dije limpiando mi rostro.

—Tranquila, bella. Cambia esa cara. Sea buena, o mala, a la vida siempre se le sonríe y más tú que tienes una persona por la cual sonreír. No sé tú historia, y no te preguntaré nada por ahora, pero cuando quieras hablar estaré para escucharte. —Sonreí, asentí y me fui callada el resto del viaje. Por fin, después de mucho tiempo, me sentía en verdadera paz.

Llegamos hasta un edificio de unos ocho pisos. Ella estacionó el auto y me ayudó a bajar las maletas. Caminamos a la entrada y nos recibió una montaña de escaleras. Julia me miró y con un poco de pena mencionó que estábamos hasta arriba.

La subida de las escaleras fue un suplicio. Peor con maletas. Pero no había de otra, pues Julia dijo que el ascensor lo estaban reparando. El apartamento era muy agradable y tenía una vista muy bonita. Julia me guío a mi habitación que solo tenía una cama y una mesita. El closet era empotrado y grande, y la habitación tenía su propio baño.

—Bueno, pues bienvenida a Zaragoza, Jimena. En el baño hay toallas, en la cocina hay comida por si quieres prepararte algo y en la nevera te dejé mi número por si necesitas algo más. Tengo que ir a hacer mi ronda al restaurante. Aunque es mi día libre. Los viernes siempre son una locura y la ayuda siempre es requerida.

—¿Podría ir contigo? —pregunté y ella se sorprendió—. Así, si llegan a necesitar ayuda me pueden poner a probar de una vez.

—Claro, pero si te sientes cansada, te sientas; y eso no está en discusión. —Asentí y ella continuó—: Me gusta tu entusiasmo. Si quieres cambiarte o bañarte, puedes hacerlo. Yo te espero. —dijo y salió de la habitación.

Mi primer día en el restaurante fue tranquilo, a pesar de ser viernes, como había dicho Julia. Conocí a todos mis compañeros y sentí que era un buen ambiente de trabajo. Con el paso del tiempo me di cuenta de que eso era porque todos en el restaurante eran como una familia. Todos se cuidaban entre sí, y si había algún problema, cualquiera, el que estuviera más cerca, siempre salía al rescate.

Julia se convirtió rápidamente en mi mejor amiga; en mi familia. Siempre estaba pendiente de mi salud, de mi estudio, del trabajo, incluso de mi embarazo. Julia se transformó en esa hermana que algún día soñé tener.

Pasados los días, Julia me ayudó a conseguir una cita con una ginecóloga y obstetra para poder saber cómo iba el embarazo y tener a alguien pendiente de hacerme el seguimiento.

—Jimena Roberts, ¿cierto? —Soy la doctora Lucia Rojas. Hola, Julia. —Saludó la doctora cuando entramos al consultorio.

—Mucho gusto, doctora —respondimos ambas.

—Doctora, Jimena viene de Bellavista y viene a hacerse un control y empezar un historial clínico aquí. —dijo Julia.

Volteé a mirar a Julia y ella me hizo una mueca.

—Muy bien, me parece perfecto —respondió la doctora.

Hizo un par de preguntas de rutina y una que otra sobre Manuel que en realidad no sabía. Me tomó la presión y la temperatura, luego me hizo poner una bata y me guío hasta una camilla donde me hizo acostarme para hacer un ultrasonido transvaginal para poder ver más en detalle el estado del bebé, puesto que todavía era muy pequeño.

El ultrasonido se emitió en una pantalla frente a mí. No entendí nada, pero si pude ver tres círculos negros que tenían como un pequeño frijol dentro. De pronto la doctora se quedó viendo un poco más concentrada, como si hubiera visto algo malo, y me asusté.

—¿Todo bien, doctora? —ella volteó a verme.

—Sí, perfectamente. Es más, mucho mejor que bien. Vas a ser mamá de trillizos.

Apenas ella dijo trillizos, sentí como si el mundo me hubiera dado una cachetada. Movía la cabeza en negación, pero la doctora lo afirmaba cada vez más y empezó a mostrarnos a los bebés en la pantalla. Sentí que me faltaba el aire y me empecé a sentir mareada. «De todas las mujeres en el mundo, me vino a tocar ser madre de tres niños a mí». Ella retiró el aparato y me senté.

—Jimena, tranquila. Trata de calmarte un poco, alterarte así no les hace bien a tus bebés —dijo la doctora.

—¿Porque me pasan estas cosas a mí? ¿Cómo podré cuidar de tres bebés yo sola? Esto es demasiado para mí —balbuceé.

Mi respiración se hizo cada vez más corta y rápida mientras pensaba en la cantidad de responsabilidades que iban a acarrear criar a tres bebés, y sola.

—Doctora, está muy alterada —dijo Julia que me tenía agarrada una mano.

—Tendremos que ponerle un calmante. Ayúdame a recostarla en la camilla.

Esas fueron las últimas palabras que escuché antes de desmayarme. Cuando me levanté, estaba en otro lugar, pero en una camilla del hospital. No había nadie en ese momento por lo que permití dejar salir un par de lágrimas que caían silenciosamente mojando la almohada debajo de mi rostro. Minutos después, Julia estaba con Lorena, una de las socias del restaurante y, al ver que estaba despierta, ambas se acercaron a mí.

—Hola, nena, por fin despiertas, ¿cómo estás? —preguntó Julia.

—Todos estábamos preocupados por ti —comentó Lorena—. Julia llamó y nos contó lo que te pasó. Me alegra ver que solo fue un ataque de pánico el que te dio. Además, tienes que saber que no estás sola, Jimena. Todos te vamos a ayudar, tú no tienes por qué preocuparte por nada. Todo va a estar bien.

Las lágrimas no hacían más que seguir brotando de mis ojos. Seguía asustada, pero no estaba sola. Les pedí su mano y cuando pude les dije.

—No tienen idea de cómo les agradezco todo lo que han hecho por mí. Son las únicas amigas que tengo. Gracias por acogerme como alguien más en su familia.

Julia se puso algo sentimental.

—Ya deja de llorar y hablar así que me vas a hacer llorar. —Lorena y yo reímos.

Los días se volvieron semanas y las semanas, meses. Ya tenía 4 meses y medio de embarazo y me había logrado instalar con éxito en Zaragoza. Trabajaba de once de la mañana a dos de la tarde, Julia no me dejaba trabajar más que eso, pues la doctora me ha mantenido en reposo. Mi presión arterial últimamente se elevaba mucho, al punto que algunas veces me he escapado de caer desmayada a causa de los fuertes dolores de cabeza. Mi vientre ya se notaba bastante y mentiría diciendo que he olvidado a Manuel, porque no es así, siempre estaba presente y más cuando les hablaba a mis bebés, los cuales podría ver a través del ultrasonido al terminar mi turno, en la cita del mes.

—Jimena, ¿me puedes ayudar con la mesa en el salón? —Me pidió Lorena, asentí tomé mi libreta y caminé hacia el lugar.

—Bienvenidos. Mi nombre es Jimena y yo les atenderé esta tarde, ¿qué desean ordenar? —dije mientras colocaba el menú en medio de la mesa y esperé su pedido con los ojos en la libreta.

Entonces sentí que una mano tocó mi brazo. Levanté la mirada para ver qué necesitaban y vi a Miguel. Una ráfaga de hielo tensó todo mi cuerpo desde los pies hasta la punta más larga de mi cabello y volteé a ver a los demás anhelando que él no estuviera. Los otros dos comensales eran Andrés y otro hombre. Respiré un poco al no ver a Manuel con ellos. Andrés se quedó con la boca abierta al ver mi vientre. Me separé un poco pues sentí que me empezaba a faltar el aire y Miguel y Andrés, se pusieron de pie buscando ayudarme. «¡Dios mío!» pensé. Me apoyé en la otra mesa que estaba vacía y empecé a respirar más profundo, hasta que me pude calmar un poco.

—Jimena, ¿estás bien? Respira profundo —dijo Miguel.

—Disculpen. Ya estoy bien. Les mandaré a alguien más para que termine de atenderlos. Perdón por el inconveniente —respondí y me di la vuelta, pero Miguel me tomó del brazo levemente.

—No te preocupes, Jimena. Fue mi culpa. ¿Podemos vernos cuando termines de trabajar? Te juro que Manuel no lo sabrá.

Lo dudé por un momento, pero al final asentí y les tomé la orden lo más rápido que pude. Necesitaba irme a sentar un momento. No pude dejar de estar pendiente de su mesa por el resto del turno. Incluso el señor que había llegado con ellos se había marchado, pero Miguel y Andrés seguían sentados. Al parecer no se iban a ir sin hablar conmigo.

—¿Ves a los dos hombres de allá? —pregunté a Julia—. Son los amigos de mi ex. Tengo que hablar con ellos y pedirles que no digan que me encontraron. ¿Te molestaría si los llevo al apartamento para hablar un rato?

Julia los volteó a mirar con sospecha, luego me vio.

—¿Estás segura?

—Sí, necesito hacerlo. Por favor —respondí.

—Está bien. No hay problema, pero sí te voy a pedir que me presentes al de corbata roja. ¿Es soltero? —preguntó refiriéndose a Miguel.

—Pues no lo sé, creo que sí. Nunca lo he visto con nadie.

Julia sonrió y me vio alzando repetidamente las cejas mientras mordía su labio inferior. Me reí ante tal gesto.

—¿Y si te acompaño? Así no te sientes sola cuando hables

con ellos. Juro que solo es por el apoyo y por ver unos minutos más a ese bombón. —No pude evitar que se me escapara una carcajada esta vez, asentí y fui a la mesa de ellos a decirles que mejor habláramos en el apartamento. Les entregué un papel donde estaba escrita la dirección y el número de apartamento.

—Está bien —dijo Andrés—. ¿Te vas con nosotros?

—Bueno, pero déjame decirle a Julia. Ella viene conmigo.

Ambos aceptaron y salieron a esperarnos en el auto. Le pregunté a Julia si nos íbamos con ellos y ella aceptó sin pensarlo.

Al llegar al apartamento, Julia les ofreció algo de tomar y cada uno aceptó una cerveza. Me senté en la sala esperando que la conversación fuera rápida, pues tenía nada más una hora para llegar a mi cita con la ginecóloga.

—Jimena, tengo una sola pregunta para ti —dijo Miguel, acomodándose en el sillón—. El bebé que esperas, ¿es de Manuel? —dudé en si decir alguna mentira para zafarme de ellos, pero no lo hice.

—Sí, mis bebés son de Manuel. Aunque no creo que él recuerde el haberlos procreado. —dije viendo su mirada de incomprensión.

—Disculpa si es mucha la intromisión, pero ¿porque Manuel no lo recordaría? —Continuó Miguel.

—El día de su cumpleaños lo llevaron borracho, ¿no es así? No pude subirlo a su habitación así que lo llevé a la habitación que fue de la señora Patricia y pues una cosa llevó a la otra entre nosotros. Luego subí a mi habitación a darme un baño, cambiar mi ropa y me dormí en mi habitación no se si para evitar algún rechazo de su parte o por cobardía, no lo sé. Cuando desperté quería llevarle algunos analgésicos por si se levantaba con dolor de cabeza y mi sorpresa fue que Sofía estaba desnuda con él en la cama. Cuando él se despertó no dijo ni hizo nada. Horas después se fue y por casi 4 semanas no apareció, nunca me llamó, ni preguntó por mí. Hasta el día que decidí irme de su lado, yo no le importé todo ese tiempo y por mi embarazo no podía seguir en esa casa con Sofía en ella. —Ellos dos se quedaron mudos ante mi relato, Julia que estaba en la habitación lo hizo también. Nunca le conté cómo había pasado todo entre Manuel y yo.

Caminé hacia mi habitación y busqué los acuerdos para que los leyeran y entendieran por qué me alejé. Le entregué los papeles a Andrés, este lo leyó y se los pasó a Miguel. Sus caras cambiaron evidentemente estaban molestos.

—Yo al casarme con él no tenía nada y no pedí nada porque ya estaba todo por escrito y como pueden ver tengo que cuidar de mis hijos y alejarme de él. —Ambos se vieron y el primero que habló fue Andrés para preguntarle algo a Miguel.

—¿Este documento lo hizo Guillermo? no creí que fueran tan inhumanos como para poner esos puntos. —Miguel asintió.

—Me dolió mucho saber que mi amigo de la infancia me hiciera algo como eso, aunque no lo culpo, es su trabajo seguir órdenes y él me dijo que no sabía que era conmigo que se iba a casar Manuel. —dije juntando mis manos.

—Jimena, pero hay algo importante que tienes que saber. —me dijo Andrés—. Manuel no ha firmado el divorcio, lo que significa que todavía siguen casados. —Eso no me lo esperaba, ahora mi miedo se hacía más grande quizás quiera quitarme a mis bebés.

—¡No! eso no. No puede ser; puede quitarme a mis bebés. Díganme que no puede hacer nada como eso, por favor. Díganmelo. —Comencé a sentir que me faltaba el aire. Miguel ayudó a que me sentara, ya que me puse de pie después de la noticia. Julia trajo el aparato para tomar mi presión, comencé a sentir ese dolor punzante en mi cabeza. Julia se alarmó por lo alta que estaba mi presión.

—Hay que llevarla a su cita, su presión está muy alta y ha tenido varios problemas con eso. La doctora la ha tenido en vigilancia para que no sufra de preeclampsia que puede ser fatal para los trillizos y para ella. —dijo Julia agarrando nuestras carteras mientras los otros dos se quedaron en shock y cantaron a coro.

—¿¡Trillizos!?

28

Miguel y Andrés estaban con la boca abierta, me hubiera encantado haberles sacado una foto, pues se veían muy chistosos, pero el dolor de cabeza no me lo permitió.

—Recuérdame darle una buena patada en las bolas a Manuel, así no ocupará vasectomía. —dijo Andrés a Miguel el cual estaba tratando de salir de su asombro.

—Bueno pero la primera se la daré yo. Cuando dijiste hijos pues no le puse mucha atención, pero no me esperaba esto. —dijo Miguel sentado a la par mía.

—Bueno, pero hay que llevar a Jimena a su cita como pueden ver ella no se siente bien. —dijo Julia mientras me ayudaba a levantar y caminar a la salida.

—Estas escaleras creo que no le hacen bien, son muchas y su barriga crecerá mucho. —dijo Andrés, quien le quitó las carteras a Julia, se ve muy divertido con ambas carteras una en cada brazo. Llegamos al auto ya me estoy sintiendo más tranquila, pero el dolor de cabeza está presente todavía. Julia les dio la dirección de la clínica a donde vamos. El camino estuvo muy silencioso, menos la música que sonaba en la radio. Minutos después, ya estábamos dentro del consultorio de la doctora y pues ni Miguel ni Andrés quisieron esperar afuera.

—Veo que tenemos compañía —dijo la doctora con un poco de risa— Bueno, Jimena, ¿cómo te has sentido? Te ves algo pálida. ¿Estás comiendo bien? —dijo algo preocupada.

—Sí, doctora. Yo me estoy asegurando de que coma y tome sus medicinas, pero hoy se encontró con estos dos individuos y pues tuvo una subida de presión.

La doctora se levantó y me pidió que fuera a la camilla para hacerme un chequeo.

—¿Tienes dolor de cabeza o dolor al orinar? —preguntó. Ya hace un tiempo me habían dado un posible diagnóstico de una enfermedad, pero dijeron que debía esperar a ver cómo evolucionaba el embarazo.

—Sí. Algunas veces el dolor de cabeza es acompañado por dolor en los oídos. Además, siento un dolor en la parte baja de mi barriga. —Volteé a ver a Julia y estaba molesta. Nada de lo que le había dicho a la doctora se lo había dicho a ella antes.

—Necesito hacerte un pequeño examen, Jimena. Como habíamos hablado hace un tiempo, tenías una leve inclinación hacia la preeclampsia, y parece que todos los síntomas que me comentas lo confirman. No quiero alarmarte, es algo que se puede controlar con medicamentos y cuidados, pero eso podría también dañar algunos de tus órganos si no se tienen los cuidados adecuados.

Todo el consultorio quedó en completo silencio y el aire comenzó a sentirse pesado.

—Lo primero que necesito —dijo la doctora—, es que me pases una muestra de orina en este tarrito.

—¿Ya?

—Sí, tenemos que confirmar la enfermedad lo más

pronto posible para actuar con prontitud.

Luego de la prueba, y de que la doctora la enviará al laboratorio, seguimos con el ultrasonido. Me acosté en la camilla, me levantaron un poco la blusa y comenzaron a transmitir a mis bebés en la pantalla. Julia fue la única que se acercó, Miguel y Andrés parecía darles vergüenza, así que los llamé.

—No creo que quisieran perderse la mejor parte —dije y con discreción se acercaron.

—Al parecer aquí todo se ve muy bien —comentó la doctora—. Pero bueno, necesito saber si quieres saber el sexo de los bebés antes de meter la pata.

Volteé a ver a todos mis acompañantes y todos asintieron con emoción.

—Creo que todos queremos saber —dije. Ella se sonrió y se acercó a la pantalla, enfocándose por tiempos en cada uno de los bebés. Yo estaba temblando de ansiedad.

—Parece que tenemos aquí a dos niños y una niña. —Volteé a mirar a Julia que me abrazó con una gran sonrisa y no pude evitar llorar de la emoción. Miguel y Andrés tenían cara de sorpresa.

Terminado el ultrasonido, Julia me pasó una toalla para que me secara las lágrimas y la doctora me entregó otra para limpiarme el líquido del vientre. En ese momento se abrió la puerta del consultorio y una de las asistentes de la doctora le entregó unos papeles. De inmediato ella se fue a su escritorio y todos la seguimos. Estaba algo preocupada.

—Jimena, tienes preeclampsia.

Alguna vez escuché ese término y nunca lo había escuchado más que para dar una muy mala noticia. La preeclampsia era una enfermedad de temer. Volví a sentirme encerrada, que todo me caía encima, que nada de lo que hacía o me pertenecía podía salir bien. Entonces la doctora continuó:

—No quiero que te preocupes de más, Jimena. Te daré

una guía de qué cosas hacer y cuáles no, junto con los medicamentos que tomarás de ahora en adelante. La preeclampsia es una enfermedad grave, sí, pero con reposo, tranquilidad y buena alimentación se puede mantener controlada. Lo primero es que tienes que guardar reposo por lo que te queda de embarazo.

—¡Lo que queda del embarazo! —alegó Julia y la volteé a mirar.

—Así es. Nada de exigencia física. Puedes caminar solo quince minutos como ejercicio diario. Evita el estrés, así tu presión arterial no se elevará. —La doctora volteó a mirar a mis tres acompañantes—. De ustedes es la responsabilidad de que esté bien descansada, alimentada y tranquila. De eso depende que esos tres bebés nazcan fuertes y sanos.

Me entregó tres hojas donde estaban las instrucciones y recetas que tenía que seguir durante los siguientes meses que me quedaban de embarazo y nos despidió. Saliendo de la clínica vi una heladería al otro lado de la calle y se me hizo agua la boca.

—¿Podemos ir a la heladería? —pregunté—. Es que me han dado unas ganas muy fuertes de helado de fresa.

—Yo te acompaño. Después de saber que no tendré uno, ni dos, sino tres sobrinos, necesito un trago. Pero como no estás apta para eso, me conformaré con un helado de chocolate con crema batida —dijo Andrés. Julia y Miguel estaban cruzando miradas y sonrisas entre ellos sin prestar demasiada atención, así que aceptaron sin protestar.

Luego del helado, fuimos al apartamento donde me recosté en el mueble y todos se sentaron alrededor mío.

—¿Cansada? —preguntó Miguel.

—Un poco. Cargar tres niños no es tan sencillo como parece.

—Tienes que dejar de trabajar, Jimena. De ahora en adelante, Andrés y yo nos vamos a hacer cargo de ti y tus hijos. Y por Manuel no te preocupes, él no va a saber nada de ti. Se merece un escarmiento por lo que te hizo. Será un secreto entre los que estamos aquí presentes.

Miguel vio a Andrés, luego volteó a mirar a Julia, sacó una tarjeta y se la entregó. Ella la tomó sonriente y la metió en el bolso de su pantalón.

—Muchas gracias, Miguel. Pero sé que ni mis bebés, ni mucho menos yo, somos responsabilidad de ustedes. Harán suficiente con guardar el secreto por mí. No los quiero cargar más con...

—No era una pregunta, Jimena —interrumpió Miguel—. Me comunicaré con Julia para saber de ti y de los bebés, y si necesitan algo, cualquiera de ustedes, solo llámenme.

—Aquí también está mi información por si hay alguna emergencia y Miguel no está disponible —dijo Andrés y dejó su tarjeta sobre la mesa de la sala.

—¿Por qué hacen esto? —pregunté.

—Manuel ha sufrido mucho, Jimena. Y nos duele verlo así, pero él actuó demasiado mal contigo y creemos que quizás merece un poco más de tiempo sin saber de ti, pero, ahora que nosotros sabemos que tienes a sus hijos en tu vientre, no podemos hacer como si nada y dejarte a tu suerte; menos sabiendo que no estás bien de salud. Cuando tú te sientas preparada para hablar con él, nos dices y lo traemos, pero mientras tanto tú sólo concéntrate en estar bien por mis sobrinos —dijo Andrés.

—No creo que esté sufriendo —comenté entre dientes—. Me imagino que ahora ha de estar viviendo con Sofía y la prima de ella que es la madre de su hijo.

—¿De qué estás hablando? —preguntó Miguel.

—Sofía me dijo que Manuel tenía un hijo con su prima. Me enseñó una foto del bebé y realmente era muy parecido a él. También dijo que Manuel amenazó a su prima para que ella se fuera lejos, pero que ya estaba buscando reconciliarse después de conocer al niño.

Miguel negó con la cabeza y apretó los puños.

—¡No entiendo como esa mujer pudo haber hecho tanto daño!

No entendí qué estaba pasando, pero Andrés puso una mano sobre el hombro de Miguel en señal de que se calmara y comenzó a hablar.

—Jimena, nada de lo que ella te dijo es cierto.

—Pero la prima de ella sí tiene un bebé.

—Sí, pero… —Andrés hizo una corta pausa—. Necesito saber que lo que te diga, lo vas a tomar con calma, porque si no, no podré contarte todo.

Nada más con que Andrés dijera eso ya me había tensado.

—No creo que sea momento para hablar de cosas que vayan a alterar a Jimena, ustedes escucharon lo que dijo la doctora —dijo Julia un poco molesta.

—Tienes razón, Julia, pero hay cosas que Jimena no sabe porque el idiota de Manuel decidió callar u omitir, así que me gustaría aclararle varias de ellas. Pero todo depende de ti, Jimena. Si quieres escuchar.

Respiré hondo. Estaba un poco asustada por lo que tuvieran que decir, pero también necesitaba saber la verdad. Si ese hijo no era de Manuel, entonces por qué Sofía había dicho eso y por qué el niño era tan parecido a él. Pensé en lo mejor para mis bebés y me tranquilicé.

—Quiero saber.

—Sofía está en la cárcel por lo que le hizo a Miguel —dijo Andrés—. Bueno, ella está en la cárcel por eso. —le hice cara a Julia de que le contaría después.

—Y el bebé que ella te dijo, no es hijo de Manuel —dijo Miguel—. Ese bebé es hijo de su padre; es decir, es su hermano.

En ese momento apreté la mano de Julia y rompí en llanto. Andrés se levantó a la cocina y me pasó una botella de agua.

—No tenías por qué decirle eso ahora —dijo Julia

mirando mal a Miguel—. Con lo de la arpía era suficiente.

—Ella necesitaba saberlo para que no sufriera por las mentiras de esa mujer. Discúlpame, no quería alterarte, pero sé que por tu actuar sigues queriendo a Manuel y no tienes por qué pensar cosas que no son por culpa de Sofía. Nosotros ya tenemos que irnos, pero quería que supieras eso para que te tomes tu tiempo para pensar qué quieres hacer.

Luego de decir eso, ambos se pusieron de pie y se dirigieron hacia la puerta, pero antes de salir, Andrés sacó una tarjeta roja de su billetera y la dejó en la mesa.

—Te dejo esto en caso de que necesites comprar cosas para ti o para los bebés. No te sientas mal en usarla. —Moví mi cabeza afirmando sin poder dejar de pensar en la última información. Julia se despidió de ellos en la puerta y luego volvió.

—¿Y ahora qué harás? —Mi cabeza era un caos en ese momento.

—No lo sé, pero por ahora necesito tener tranquilidad por mis bebés y, aunque fuera verdad lo que ellos dijeron, no quita que Manuel me ignoró por casi un mes después de haber estado conmigo. —Ella asintió, yo me levanté para ir a mi habitación, me acosté sobre la cama abrazando la almohada. Esa que ha sido la única testigo de mis lágrimas y a la que le he confesado lo mucho que sigo amando a Manuel.

29

Llegando a mi octavo mes aún no sabía nada de Manuel. Miguel y Andrés habían estado pendientes de nosotros. Con Julia habíamos dividido mi habitación, una mitad para los bebés y la otra para mí y ya tenía casi todo listo para su llegada.

Julia se volvió muy cercana a Miguel, aunque no tenían nada formal todavía, pero esperaba que lo fueran pronto.

Ya estaba en una etapa en el embarazo donde no podía hacer nada más que sentarme o acostarme a ver películas o leer alguna novela romántica mientras esperaba que Julia llegara y pudiéramos hacer algo. Se había vuelto muy estricta con lo del reposo y no me dejaba hacer nada que no fuera supervisado por ella.

Esa noche Julia tenía una cita con Miguel y me dijo que ella estaba un poco tarde por lo que me pidió que le buscara un vestido en su armario solo para venir a bañarse y cambiarse. Por primera vez entraré a su habitación, bueno, he entrado, pero no hasta su armario. Saqué el vestido que me pareció más adecuado y lo puse sobre la cama. Deseaba buscarle un par de aritos que hicieran juego. Busqué en una cajita que tenía en su cómoda cuando vi algo que no esperaba ver jamás.

«¿¡Qué es esto, Dios mío!?»

Julia tenía una foto de mi padre con una bebé y una mujer muy parecida a ella. En ese momento ella entró y al verme con la foto en la mano me dijo:

—Esos son mis padres. Yo tenía un año y casi dos meses. Mi madre murió unos meses después.

Julia tomó la foto y la vio por un rato. Era evidente que era una foto importante para ella y que verla le sacaba una sonrisa nostálgica. Me alejé un poco de ella para darle algo de espacio y después de que puso la foto de nuevo en su lugar, volteó y me vio sollozando con una sonrisa.

—Jimena, ¿qué pasa? —preguntó.

—Ese... ese hombre, Julia. Ese era mi papá.

Ella abrió los ojos sorprendida, se tapó la boca con su mano temblorosa y también empezó a sollozar.

—¿Es en serio? —dijo.

—No entiendo nada, Julia, ¿qué está pasando? —Logré decir entre sollozos. Ella abrió los ojos al máximo y después me abrazó.

—Primero, cálmate. Tienes que calmarte que estar alterada no te hace nada bien. Te voy a contar, pero tienes que respirar profundamente.

Julia me tomó de los hombros y me sentó en su cama. Ambas hicimos un trabajo de respiración, ella me ayudó a respirar profundo, pero no lograba calmarme.

—Habla ya, Julia, por favor. Estoy por volverme loca. —Ella me tomó de las manos.

—Está bien, pero hay algo que quiero que sepas antes de cualquier cosa. Quiero que sepas que yo te estuve buscando por un tiempo y nunca te pude encontrar.

No entendía nada, no sabía a qué se refería.

—Jimena, hay cosas que quiero que sepas primero antes de hablar. Quiero que sepas que no te odio, todo lo contrario, te busqué por un tiempo y nunca te pude encontrar. Mi… Bueno, nuestro padre era un agente infiltrado, se encargaba de desmantelar grupos terroristas o delincuentes. Cuando cumplí dos años, mi madre murió por culpa de unos delincuentes que llegaron a nuestra casa y acabaron con todo a su paso. Ella me salvó al esconderme dentro de un baúl en el armario y mi papá me encontró después. De ahí me llevó con mi tío Carlos, que es hermano de mi mamá, y él me crio. No volví a ver a mi padre y solo supe de él por llamadas.

» Cuando cumplí cinco años me enteré de que se había casado de nuevo, que tenía una hermana y viví muchos años con la ilusión de conocerla, aunque no volví a ver a mi padre. Mi tío Carlos siempre me dijo que era por mi bien que me mantenía lejos de él, que solo lo hacía para que no me hicieran lo mismo que le hicieron a mi mamá. Mi tío llenó el vacío que dejó mi padre y la verdad nunca le guarde odio o rencor a mi padre biológico.

» Con el paso de los años, mi papá dejó de llamar, aunque siempre le mandaba dinero a mi tío para mis gastos y estudios. Mi tío se casó con Lily cuando yo tenía trece años, entonces tuve una familia con ellos. Cuando cumplí dieciocho años me enteré de que tuvo un accidente y que él había fallecido junto con su esposa, así que yo quería hacerme cargo de mi hermana y empecé a buscarla. Fue ahí donde decidí venirme a vivir aquí para buscar dónde habían enterrado a mi padre; el dinero no fue problema, mi tío Carlos siempre cuido bien del dinero que le mandaba mi padre y pude comprar este departamento, además de costear la universidad y demás gastos. Nunca encontré su tumba y nadie supo nada de él. Fui hasta donde supe que era su casa, pero nadie vivía allí y tenía rótulo de que se vendía, por lo que perdí la esperanza de encontrarlos. Hasta hace dos años. —Julia se levantó y fue hasta la gaveta de la mesita a un lado de su cama. Sacó una carta que tenía su nombre y me la entregó.

—Esta carta me la dejaron en la puerta de mi casa. Por días tuve miedo de abrirla, pensé que era alguna amenaza, pero no. Puedes abrirla y leerla, yo iré por tus pastillas y una botella de agua. Las necesitarás.

"Querida Julia,

Disculpa si no has podido saber de mí en mucho tiempo, pero sabes que cuando se trata de proteger a la familia se hacen muchos sacrificios. Primero que nada, quiero que sepas que estoy vivo; estamos vivos mi esposa y yo. Ella también es una agente. Estábamos investigando una empresa muy poderosa, pero nos descubrieron y querían ir por tu hermana. Así que antes de que lo hicieran, preferimos fingir nuestra muerte y alejarla de todo este mundo. Ella está bien con su abuela de parte de su madre. Vive en el vecindario donde creciste, así que no te preocupes por ella. Si alguna vez necesitas algo, contáctate con mi amigo y abogado Samuel Amador. Él es mis ojos y oídos entre ustedes. Te amo, hija, y lamento nunca haber estado a tu lado, pero era por tu bien. Si te encuentras con tu hermana algún día, no la odies porque ella está viviendo muy diferente a como tú lo hiciste.

Posdata: Múdate de aquí. Hay que subir muchas escaleras y yo ya estoy viejo.

Apenas terminé de leer la carta estalló en mis oídos un dolor intenso. Julia llegó al momento de haber empezado el dolor e intentó decirme algo, pero no escuchaba nada. De pronto sentí que empezaba a perder la conciencia, así que dije lo único que me vino a la mente.

—Julia, mis bebés. —Y después de decir eso, sentí que el mundo se apagó.

30

No podía creer que Jimena era mi hermana. Desde que la conocí tuve un instinto de protección por ella y sus bebés que son mis sobrinos de sangre y no por amistad. Dejé un momento a Jimena leyendo la carta que me dejó mi padre hace 2 años, deseaba que eso no le hiciera mal a ella ni a sus bebés que ya estaban a nada de nacer. Regresé a la habitación y la vi recostada con sus manos en su panza como si se estuviera quedando dormida.

—¿Jimena? ¿Te encuentras bien? ¡Jimena! —Me asusté porque no me contestaba solo me miraba con sus ojos casi cerrados.

—Julia, mis bebés. —Mi corazón se aceleró al igual que mi razón, Busqué mi cartera para poder tomar mi teléfono. Llamé a emergencia donde expliqué la situación y cómo se encontraba Jimena. Al colgar con ellos me senté a un lado de Jimena intentando hacerla reaccionar ligeros con golpes en sus mejillas y no funcionaban.

Nuevamente tomé mi teléfono y llamé a Miguel que me contestó de inmediato.

—Hola, Julia, iba a llamarte, estamos celebrando el cumpleaños de un amigo, fue una total sorpresa. Aunque si no le tienes miedo a andar en helicóptero te puedo ir a traer si gustas. —Dejo que terminé de hablar y yo tomé también ese momento para tranquilizarme, pero no lo logré.

—Miguel, es Jimena. Miguel. —Fue lo único que pude decir intentando controlar el llanto. Su voz y su actitud cambiaron en un instante.

—¿Qué sucede con Jimena? ¿Ella está bien? —preguntó con seriedad.

—No, Miguel, he llamado a emergencias, nos acabamos de enterar que somos hermanas y no se lo tomó nada bien; está muy pálida e inconsciente. Tengo miedo, ¿qué tal si por su enfermedad se mueren ella y los bebés? ¡Dios mío, los bebés! —Me acerqué a tocar su barriga y sentí fuertes movimientos. Eso me calmó un poco, pero Miguel estaba como loco repitiendo mi nombre al teléfono.

—Julia, Julia, Julia. ¿Cómo están los bebés? —preguntó.

—Se mueven. Los bebés se mueven bien. Necesito que vengas lo más rápido posible y creo que es mejor si vienes con el padre de los bebés. Te dejo que ya viene la ambulancia. Te aviso después a qué hospital la llevan. Apúrense, por favor.

Los paramédicos llegaron, subieron rápidamente a Jimena en la camilla y la bajaron con sumo cuidado por las escaleras. Me preguntaron qué parentesco tenía con ella y les dije que era mi hermana, por lo que me dejaron subir con ella en la ambulancia. Al llegar llené los papeles con la información que sabía sobre ella. Afortunadamente la llevaron a la clínica donde estaba su doctora y pedí que fuera ella quien la atendiera ya que sabía todo sobre el cuadro clínico de Jimena.

Pasaron dos horas en la sala de espera y aún no sabía nada de Jimena ni de los bebés. Ya le había avisado a Miguel la clínica y solo quedaba esperar. De pronto una pareja de adultos llegó y se sentaron a mi lado. La señora parecía muy preocupada y el hombre estaba algo distante, hasta que ella se volteó hacia mí.

—¿Cómo se encuentra mi hija? —preguntó.

Cuando ella dijo eso, volteé mi mirada hacia el señor quien me devolvió la mirada con algo de tristeza. Una descarga de emoción me tensionó el cuerpo e intenté controlarme, pero el cuerpo me tembló hasta que no aguanté y me lancé a abrazarlo.

—Hola, hija —dijo y me dio un beso en la frente.

—¡Papá! —dije llorando, abrazándolo y aplastando mi cabeza en su pecho.

Luego escuché dos voces acercándose. Me separé de mi padre y vi a Miguel y a Andrés con otros dos hombres. Uno de ellos estaba pálido y aturdido, como si no entendiera nada de lo que estuviera pasando. «Seguro ese es», pensé y luego lo ignoré. Miguel llegó a abrazarme y yo le correspondí.

—¿Cómo está Jimena? —preguntó Andrés.

—No he sabido nada. La doctora la está atendiendo, pero no sé nada de ella. Solo sé que se estaba quejando de un dolor en su cabeza cuando me fui al restaurante, pero al llegar... —caminé hasta donde estaban mi padre y su esposa y dije en voz baja—: Ella se enteró de que ustedes no murieron y fue la impresión lo que hizo que se desmayara.

Mi padre intentó decir algo, pero la doctora salió en ese mismo instante y corrí hacia ella.

—¿Cómo está? —pregunté.

—Su preeclampsia le está causando muchos problemas. Su hígado y sus riñones están muy comprometidos. Los bebés están bien, pueden nacer sin problemas, aunque tal vez necesiten estar en la incubadora por un tiempo, pero para salvar a Jimena tenemos que practicar una cesárea de emergencia. Su presión no logrará bajar si no lo hacemos y puede tener un derrame cerebral o un paro cardiovascular. Así que necesito que me firmen esto, es el permiso para inducir la cesárea y alguien puede entrar para estar con ella. —Apenas dijo eso volteé hacia el que creí era el papá de los bebés y le entregué los papeles.

—Haz algo bueno por ella al menos. Eres el papá de sus hijos, ¿no? —Miguel me tomó de la mano para atraerme hacia él.

El hombre estaba petrificado. Apenas pudo reaccionar, firmó los papeles rápidamente y se acercó a la doctora para luego irse con ella. Ahora solo nos tocaba esperar y rezar por que todos estuvieran bien.

—Julia, ¿cómo pudiste decirle eso en este momento? Sabías el estado en que se encontraba. No era tiempo —dijo mi padre como si yo tuviera la culpa de todo lo que le estaba pasando a Jimena.

—Ella encontró la foto donde salimos mi madre, tú y yo meses antes de que ella muriera. Me pidió que le dijera lo que sabía y así fue, no pude evitar contarle todo lo que sé. —dije llorando mucho más fuerte. Miguel me abrazó, recosté mi cabeza sobre su pecho y no pude evitar sentirme culpable.

—Si le pasa algo será mi culpa Miguel, mi culpa. —dije, Miguel se separó de mi para verme a los ojos.

—No, tú no tienes la culpa de nada, bonita. Las cosas siempre pasan por una razón. Ahora no hay que pensar en lo malo, mantengámonos positivos en que ella y sus bebés estarán bien. —dijo tomando mi rostro entre sus manos y me dio un beso corto en los labios antes de volver a acercarme a sus brazos.

Tenía razón, solo quedaba esperar y desear lo mejor. Me abrumaba saber que por fin había podido encontrar a mi hermana y que el mismo día también podía perderla.

31

Estaba a punto de volverme loco, parecía que la tierra se había tragado a Jimena, no lograba encontrarla. Seis meses han pasado desde que se fue de esta casa, la cual sentía que me estaba tragando. No sé hace cuánto tiempo que dejé de dormir y comer bien, solo sé lo que es beber y beber para ahogarme en mi dolor.

Me preguntaba todo el tiempo:

«¿Qué será de la vida de Jimena? ¿trabajará? ¿si ya había conocido a alguien más?, pero principalmente si era feliz.»

Lilian dejó de trabajar en esta casa, aunque siempre venía a ver si estaba bien y hasta preparaba comida para mí y luego se iba. Siempre le preguntaba por Jimena y ella solo me aseguraba de que estaba bien, pero nunca me daba ni una pista de donde la podría encontrar. Todo lo que hacía era mecánico, ir a la empresa, volver a mi casa, tomar y se repetía día con día.

Desde hace unos meses, Guillermo y yo notamos que Andrés y Miguel viajaban seguido a Zaragoza. Estaba enterado de que tenían negocios por allá, pero posiblemente encontraron el amor por esos lados y por eso andan como dos adolescentes concentrados en eso.

Cuando volvieron de su primer viaje, vino Miguel a mi casa a preguntarme si había firmado el divorcio y el por qué no lo hacía. También me pidió detalles sobre los acuerdos que firmamos con Jimena y, pues me dio un sermón sobre lo poco hombre que era al aceptar que Jimena había sido humillada de esa manera al hacerla firmar esos documentos. Yo le expliqué que no había sentimientos involucrados, en ese momento, que lo hice porque no la conocía y no quería que ella saliera con ventaja alguna.

Le expliqué que en el documento se establece que el matrimonio terminaba cuando yo lo decida, a lo que él me abofeteó diciendo que fui yo quién lo pidió primero y que ella solo lo firmó. Si, tenía razón, yo le había pedido el divorcio, pero solo se lo dije, jamás pedí que fuera tramitado o tuve el documento en mis manos y muchos menos lo firme. Él se quedó muy decepcionado y desde esa vez casi no lo he vuelto a ver.

De verdad que lo entiendo, porque lo que hice no es de hombres, pero ya no se podía cambiar nada del pasado.

El detective que contraté no me tenía noticias y más me desesperaba

—¿Dónde estás Jimena? ¿A dónde te fuiste? Solo deseo encontrarte para no volver a dejarte ir. Solo quiero decirte cuanto te amo y pedirte perdón por todo lo que te he lastimado. —dije, viendo su foto en mis manos. Recordé que debía hacer algo, así que saqué mi teléfono.

—Feliz cumpleaños, hermano —dije cuando contestó—. ¿Qué vas a hacer para celebrar este magno evento?

—No lo sé todavía. Quizás haga algo en la casa. Llamaré a Andrés, a Miguel, y tal vez les diga a algunos de la oficina.

También te espero. No me vas a hacer ir a sacarte de tu agujero.

—Está bien. Te veo en un rato —respondí y volví al trabajo. O a lo que se había convertido en mi trabajo, pues Jimena era la que dominaba la mayor parte de mis pensamientos.

El tiempo en la oficina pasó más rápido de lo que pensé y se me empezaba a hacer tarde para ir a la casa de Guillermo. En la mañana había comprado su regalo, un pequeño cómic para su colección, así que no tenía que hacer ninguna parada antes de ir a su fiesta. Terminé rápido los últimos balances que tenía que hacer, agarré el cómic y salí.

Al llegar a su penthouse la fiesta ya había iniciado y todo estaba lleno de gente. Miré por encima de todos a ver si encontraba a Guillermo y él estaba del otro lado hablando con una joven.

—Hermano, no te hubieras molestado —dijo apenas le entregué la bolsa y nos abrazamos.

—Claro que sí tenía qué —respondí y le hice señas para que lo abriera.

—¡No me jodas, Manuel! —gritó Guillermo apenas lo vio—. He buscado esta edición desde hace años. Debió costar una fortuna, solo hay cien ejemplares de esta.

—Sí, sabía que lo estabas buscando.

—Gracias, viejo —dijo y fue de una hacia su vitrina para guardarlo.

—Veo que al fin saliste de tu madriguera —dijo alguien detrás de mí.

—Espero que esta fiesta esté increíble, porque dejaré plantada a alguien por acompañarte a ti, idiota —respondió Miguel.

—Por fin una mujer te pudo doblegar. ¿Y cómo se llama la desafortunada? —preguntó Guillermo—. Supongo que Andrés consiguió a alguien también, porque no creo que todos esos viajes a Zaragoza sean solo por ver el paisaje.

Ambos se voltearon a mirar.

—Se llama Julia —dijo Miguel—. La conocí hace unos meses. Todavía no es nada formal, por eso no les había mencionado nada, pero, cómo va la cosa, vamos muy en serio.

Guillermo y yo asentimos, luego volteamos hacia Andrés esperando su declaración.

—¿Y tú no nos dirás nada? ¿Alguien que tengas escondida en Zaragoza? —Andrés se rio.

—La verdad, sí. Pero no hablaré al respecto.

Miguel lo codeó como si se molestara por no haber dicho nada luego de que él hubiera dicho el nombre de la mujer con quien estaba saliendo y Andrés solo se rio. Seguimos hablando del trabajo de Miguel en Zaragoza.

Los dejé un momento para ir a buscar algo de tomar, vi un sándwich y se me hizo agua la boca, lo tomé y lo devoré en cuestión de segundos. Y así fui haciéndome paso entre la comida hasta que quedé sumamente satisfecho, mi estómago se comportaba extraño, días comía poco, otros días no comía y había días que me llenaba de comida, así como ahora.

Andrés lo notó y se acercó a mí.

—Alguien como que está comiendo mucho. —Odijo entre risas.

—Si, hoy es uno de esos días donde no puedo controlar mi apetito. —dije mientras estaba comiendo una fresa cubierta con chocolate.

—Deja de comer, si no tu cuerpo de Dios se perderá y solo serás otro mortal más

de cara bonita. —Solté una carcajada ante su comentario, este solo me miró serio.

—Te lo digo enserio. —Para luego guiñarme el ojo y con eso se va donde Miguel.

Me acerqué de nuevo para continuar platicando hasta

que le entró una llamada a Miguel y aunque comenzó la llamada algo jocoso, al rato su rostro cambió por completo. Volteó a mirar a Andrés, luego a mí y volvió al teléfono.

—¿Qué sucede con Jimena? ¿Ella está bien? —dijo con evidente preocupación.

«Jimena» repitió mi cabeza y se me congeló el cuerpo por un segundo.

—¿De qué Jimena está hablando, Andrés?

Andrés también estaba petrificado, esperando a que Miguel se explicara. Le agarré el brazo, me acerqué y repetí.

—¿¡De qué Jimena está hablando Miguel, Andrés!?

En ese momento, Miguel se acercó.

—Julia, Julia, Julia. ¿Cómo están los bebés?

«¿¡Bebés!?»

Miguel colgó y se acercó a Andrés.

—Tenemos que irnos, y llevarlo a él. Manuel, hay algo que tenemos que decirte, pero no puede ser aquí.

Miguel y Andrés me llevaron hacia la habitación de Guillermo. Algo grave estaba pasando, eso decía el rostro de Miguel. Al segundo llegó Guillermo a la habitación y cerró la puerta.

—Disculpa que arruinemos tu fiesta, Guille, pero vamos a tener que irnos. Si quieres, vienes con nosotros, si no, lo entenderemos —dijo Miguel—. Andrés, llama a Jaime y dile si puede tener el helicóptero listo, tenemos que ir a Zaragoza de emergencia.

Andrés se levantó a hacer la llamada. Miguel volvió a mí.

—Manuel, necesito que lo que te vaya a decir, te lo tomes con calma. —Para ese momento ya tenía la presión por los aires—. Hace algunos meses nos encontramos a Jimena trabajando como mesera en un restaurante. Quisimos saber por qué ella se había ido así y cuando ella nos contó lo qué pasó, decidimos respetar su decisión de no decirte dónde estaba. Además, desde ese entonces ya estaba algo delicada de salud. Creímos prudente no decirte nada por su tranquilidad y para darte una lección. Pero hoy sí necesito que sepas que aparentemente su cuadro clínico empeoró y está camino al hospital.

Cada palabra de Miguel la saboreaba como si fuera ácido. El aire se hizo más caliente, el corazón me bombeaba a mil y me empezó a doler el pecho.

—Pero ¿qué es lo que le pasa? ¿Por qué preguntaste por bebés? ¡Cómo pudiste mantenerte eso tanto tiempo en secreto sabiendo todo lo que yo estaba haciendo para encontrarla! ¿Por qué tuviste que esperar a que pasara esto? —le grité.

—No te lo dijimos porque la condición de Jimena ha sido delicada y no queríamos alterarla. Pero ella está ahora en el hospital esperando a que todo esté bien con tus hijos, Manuel. Jimena está embarazada y puede morir. Su condición es seria —dijo Andrés separándose de Miguel.

«Jimena está embarazada. Pero ¿por qué no me lo dijo? ¿Por qué se fue y me quitó el derecho de cuidar de ella y de mis hijos? ¿son varios?».

—¿Por qué no me dijo nada? —le pregunté a Miguel—. Además, ¿a qué te refieres con "hijos", son gemelos?

—¿Por qué crees, idiota?, según el acuerdo que la hiciste firmar ella tiene que hacerse cargo de cualquier hijo de ustedes, mantenerse alejada de ti, y sin ayuda económica; eso me recuerda. —se dio la vuelta y fue hacia Guillermo y le soltó un golpe en la mejilla. —Esto es para que se te quite lo patán y pienses dos veces en dejar a una mujer ser humillada y desprotegida de esa manera. —dijo molesto, Guillermo se sujetó la mejilla sin decir nada. —Sin mencionar que Sofía la engañó, le dijo que el hijo de tu padre era tuyo. Ya le aclaramos las cosas, pero esa fue una de las razones por las que se alejó.

—Esa maldita perra…

La rabia se me quiso subir a la cabeza, pero el recuerdo de Jimena la espantó.

—¿Y con quién está ahora?

—Con Julia —respondió Miguel y yo lo miré con un interrogante.

—Julia es la sobrina de Carlos, el esposo de Lilian. Jimena se fue a Zaragoza a vivir con ella. Julia le dio un techo y le dio la oportunidad de que trabajara en su restaurante como mesera estando embarazada. Pero al estar embarazada de trillizos su salud empeoró y no pudo volver a trabajar más.

—¿¡Jimena está embarazada de trillizos!?

Toda la noticia era como un bombardeo. No había descanso cada palabra o descubrimiento parecía ser peor que la anterior. Su cuerpo era pequeño, ¿cómo era capaz de cargar a tres niños dentro de ella?

—Jimena fue diagnosticada con preeclampsia y es grave. Ella se cuida mucho. Ama a esos bebés como no tienes idea. Ni aun sabiendo que su vida corre peligro dejó de pensar en ellos primero. Te repito, ella nos pidió que no te dijéramos, porque tenía miedo de tu reacción, así que por eso no te dijimos nada y cuidamos de ella. La hemos apoyado emocional y económicamente desde entonces. Ahora, al sufrir esa fuerte impresión, su presión arterial subió mucho y estaba inconsciente, según me dijo Julia, que al parecer es su hermana.

—Ya está todo listo, vámonos —dijo Andrés apenas Miguel terminó de hablar y salimos.

—Yo soy el culpable de todo esto, no debí hacer esos acuerdos. Ella no estaría sufriendo de esta manera. —dijo Guillermo en el trayecto a Zaragoza.

—No. Todo esto es mi culpa —respondí.

—Es verdad que ambos tienen algo de culpa, pero quien tiene más culpa sobre todo esto es Sofía —comentó Andrés.

—Sofía —susurré—. Ojalá se pudra en la cárcel.

El helicóptero aterrizó en el hospital donde estaba

Jimena. Bajamos rápidamente, Miguel y Andrés sabían hacia dónde ir, por lo que llegamos rápido. Al entrar a la sala de espera nos encontramos con una joven abrazada con un señor y a otra señora sentada. La señora tenía los mismos ojos de Jimena, pero no pude detallarla mucho, pues al instante llegó la doctora y todos la rodeamos.

Para salvar a Jimena había que hacerle una cesárea con solo ocho meses de embarazo. Los bebés iban a tener que terminar su formación en una incubadora de ser necesario y según la doctora iban a estar bien. La doctora le entregó unos papeles a la joven, ella los leyó, volteó a verme, caminó hacia mí y me golpeó el pecho con ellos.

—Haz algo bueno por ella al menos. Eres el papá de sus hijos, ¿no?

No procesaba lo que estaba ocurriendo. Había encontrado a Jimena, Jimena estaba embarazada, pero a la vez enferma y estaba a punto de dar a luz a trillizos que también eran hijos míos. Todos me quedaron mirando, hasta que la enfermera se me acercó.

—¿Va a entrar a acompañarla en la cesárea? —preguntó.

—¿Puedo entrar? soy el papá de los bebés y esposo de ella. —Ella asintió y me guío por donde tengo que ir, me pide que me cambie a un traje verde esterilizado y lo hago. Cuando terminé, una enfermera me dijo que esperara unos minutos ya que estaban preparando a Jimena. Pasaron unos minutos hasta que la enfermera me llamó y me llevó. Mi corazón se rompió al ver que estaba pálida. También vi su gran vientre, mis ojos se llenaron de lágrimas ¿cómo me perdí todo esto por mi estupidez? Observé las tres incubadoras listas y muchas personas.

—Ella ya está anestesiada, solo falta que llegue un pediatra y empezaremos, puedes acercarte y saludar antes de que salgan. —dijo la doctora, algo que realmente le agradecí. Me acerqué tembloroso y sin saber qué decirles.

—Perdónenme por no estar con ustedes todo este

tiempo, pero a partir de ahora no volveremos a separarnos. Pronto los podré conocer y desde ya sepan que los amo muchísimo a los tres. —me incliné a darle un beso y sentí como empujaban desde la pancita, puse mi mano sobre ella y se sentía tan increíble que no encuentro palabras para describirlo. Se sintió muy bien poder tener esto que estaba viviendo.

Horas atrás me enteré de que sería padre y no de uno, si no de tres bebés; que dentro de algunos minutos los tendré junto a mí.

—Hay que apurarnos, señores. Ya llevamos mucho tiempo perdido —dijo la doctora una vez entró la pediatra y me aparté para dejarlos trabajar.

—Ya estoy aquí mi amor, no estás sola. Gracias por darme este enorme regalo. Te amo Jimena, te amo mi muñeca. Te lo diré todos los días de mi vida. —confesé dándole un beso en su mejilla.

Media hora después un fuerte llanto irrumpió en el quirófano.

—Tenemos un niño —dijo la doctora y se lo entregó a la pediatra quien lo examinó antes de meterlo a la incubadora.

Otro llanto se escuchó unos minutos después.

—Aquí llegó la princesa —continuó la doctora e hicieron el mismo procedimiento. Era irreal pensar en que Jimena estuviera dando a luz a nuestros hijos.

—Y aquí está el más pequeño. —Mi hijo no lloraba y estaba tornándose de color azul. Me concentré en ver al bebé y lo que el doctor hizo con él. Mi bebé seguía sin llorar y lágrimas empezaron a caer por mis mejillas. Lograron reanimar a mi pequeño, lo que hizo que el aire saliera de mis pulmones en alivio. Se los llevaron rápidamente para empezar con sus cuidados.

En ese instante, escuché que una máquina empezó a sonar y me tenso de inmediato.

—Doctora, la estamos perdiendo.

Fue como poner el freno de mano y me devolví hacia Jimena.

—Jimena, tienes que resistir. No puedes dejarnos en este momento que te necesitamos. No me dejes, prometiste que no me ibas a dejar nunca, perdóname por todo lo que hicc. Vamos a criar a nuestros bebés juntos por favor, Jimena, quédate con nosotros. —Me acerqué a su oído y con mano temblorosa acaricié su cabeza.

—Joven, necesito que salga del quirófano, por favor —dijo una enfermera que me fue moviendo hasta salir de la sala.

Llegué hasta la sala de espera, donde me dejé caer a la par de la puerta para llorar. Todos se acercaron y preguntaron qué me pasaba, pero no logré contestarles, solo lloré como niño. Abracé mis rodillas y Miguel se acercó a mí, me levantó con la ayuda de Andrés y me sentó en una silla.

—¿Qué pasó, Manuel? —preguntó Miguel.

—Al parecer las cosas empeoraron.

—¿Y los niños? —preguntó Andrés.

—Ellos al parecer salieron bien. Apenas nacieron los llevaron en incubadoras.

—¿Y Jimena? —preguntó Julia.

—Jimena… ella… estaba muriendo.

32

Sigo en la silla, mis lágrimas silenciosas continúan saliendo de mis ojos con mi vista hacia la nada. Solo escuché murmullos de todos a mi alrededor. «Jimena va a morir», pensé y la mente se me empezó a llenar de pensamientos apresurados. De momento, el hombre que estaba con la mujer que se parecía a Jimena se puso de pie, caminó hacia mí y me golpeó.

—¡Todo esto es tu culpa! —Su golpe me tiró al suelo desde donde me quedé viéndolo—. Sé muy bien quién eres y todo lo que le has hecho a mi hija. Así que óyeme muy bien, muchacho, cuando Jimena se recupere de esto te vas a ir y no vas a acercarte nunca más a ella, ¿me entendiste? Te quiero bien lejos de ella y de mis nietos. —dijo mientras me señalaba con el dedo. Me puse de pie y me acerqué a él.

—Señor, no sé quién es usted, pero ¡Jamás me iré del lado de Jimena! Todo esto pasó por no tener el valor suficiente para admitir que la amo. ¡Si, la amo! y entiéndanlo muy bien todos ustedes aquí, no voy a dejarla sola. Lucharé por ella y por nuestros hijos. Sé que fui un completo idiota, lo admito, pero no me van a alejar de ninguno de ellos ¿quedo claro? —El hombre estaba enfurecido, con una mano me tomó de la camisa y me levantó, mientras preparaba el golpe con la otra, pero la mujer lo detuvo. Él se quedó viéndome unos segundos a los ojos, me soltó y fue a sentarse al lado de ella.

Todos se quedaron asombrados, especialmente mis amigos, jamás me habían visto hablar con tanta determinación y seguridad desde hace mucho tiempo. Miguel me sonrió, movió su cabeza en afirmación y yo le devolví el gesto.

Seguimos esperando noticias de Jimena y nadie nos dice nada. Había pasado casi una hora y estábamos sentados esperando cuando vimos salir a la doctora. Salimos corriendo donde estaba parada. Su cara es de cansancio y no me gusta su expresión de tristeza.

Una hora después vi a la doctora salir por las puertas y todos nos amontonamos frente a ella.

—¿Los familiares de Jimena Galeano? —dijo y todos movimos la cabeza en afirmación.

—Lamento decirles que la paciente se encontraba en una situación muy crítica. Hicimos todo lo que pudimos, pero no logramos estabilizar a la paciente y al final Jimena ha fallecido por un paro cardio respiratorio… —Dejé de escuchar lo que me decía. No podía respirar, sentía calor y dolor en mi pecho. Me voy a desmayar. ¡No, esto no puede ser!, caí de rodillas al suelo y pegué un grito de dolor por mi esposa, mi amor, mi muñeca. No, ella no puede estar muerta, no puede ser cierto.

En medio de mi dolor, sentí que golpeaban mis hombros con fuerza.

—Manuel, aquí está la doctora —dijo Andrés quien me estaba despertando.

Me levanté de golpe y fui hacia donde ya estaban casi todos alrededor de la doctora.

—Hemos logrado estabilizar su presión, la perdimos por un momento, pero ella está luchando por quedarse y conocer a sus bebés. Ahora, ya está estable y en unas horas la pasarán a una habitación. Tendremos que hacerle pruebas para saber si hay algún daño en sus órganos y necesite tratamiento. Los dejo tengo que ver a otra paciente, pero no se preocupen ella estará bien. Los bebés están al final del pasillo por si quieren ir a verlos. El pediatra les informará sobre el estado de cada uno de los pequeños. —Terminó y se dio la vuelta, todos respiramos aliviados. Escuchar que mi muñeca estaba bien hizo que sintiera un alivio enorme. Mis amigos me felicitaron y me abrazaron. De inmediato fui donde la doctora nos dijo que estaban mis hijos. Llegué y al otro lado del vidrio vi a un doctor de pie al lado de una de las incubadoras. Lo reconozco, él fue quien salvó a mi pequeño cuando no lloraba; al vernos le dijo algo a la enfermera, ella asintió y él salió de Neonatología en dirección a nosotros.

—¿Ustedes son los familiares de los trillizos? —preguntó.

—Yo soy su padre —dije casi por impulso.

—Todo está bien con ellos, ya les hemos hecho unas pequeñas pruebas y todo salió normal. El más pequeño, o al menos el último en nacer, fue el que se nos quiso ir, pero no lo permitimos; necesitamos que gane algo de peso junto con la pequeña. Es normal al ser un embarazo múltiple que uno de ellos, no recibe suficientes nutrientes y su desarrollo sea diferente, pero ya tienen buen color y respira sin asistencia. Vamos a tenerlos una semana aquí, si es necesario, para garantizar que su desarrollo es el óptimo y puedan ir a casa.

—Gracias, doctor, ¿podemos verlos más de cerca? —pregunté.

—Claro. Pueden entrar, pero de dos en dos. Y tienen que ponerse un traje quirúrgico desechable.

—Yo quiero entrar primero también —dijo Julia, yo asentí y seguimos al doctor, nos ponemos el traje y entramos al cuarto donde descansan mis hijos en sus incubadoras.

Seguimos al doctor dentro de la sala y nos pusimos el traje que nos había dicho antes de acceder al cuarto sabe las incubadoras. Los bebés eran perfectos. Julia lloró nada más al acercarse a ellos y sentí que me invadía una emoción que no lograba explicar. Mis dos varoncitos, el más pequeño tiene el pelito claro casi rubio y el otro negro como el de su mamá, al igual que mi princesa. Mi pequeña es perfecta igual que su mamá.

—Hola, mis pequeños. Un placer poder conocerlos ahora que ya están afuera del vientre de su madre. Les quiero pedir perdón por no estar con ustedes todo este tiempo y por hacer sufrir a su madre todo este tiempo; quiero que sepan que los amo hijos míos, con todo mi corazón. —Julia sólo estaba viendo a mis hijos en silencio, se acercó hasta dónde está mi hija la saluda.

—Jimena quiere llamarla como tu mamá. Mira que hermosa es, se parece a Jimena ¿tendrá el color de sus ojos también? —dijo mientras pensaba en que si mi madre estuviera con nosotros le hubiera encantado conocerlos a cada uno de ellos.

—Yo me pregunto lo mismo —Ambos volteamos a vernos por unos segundos y luego volví la mirada hacia mi bebé—. Quería agradecerte por todo lo que has hecho este tiempo y quiero que sepas que yo llevaba tiempo buscando a Jimena, pero no la había podido encontrar.

—No solo para ti, Jimena lloraba casi todas las noches del susto que tenía pensando que sería mamá soltera y de tres bebés. No necesitaba verla para saberlo solo bastaba ver sus ojos hinchados por la mañana. Si verdaderamente la amas; no la vuelvas a lastimar. Ha habido muchos malentendidos entre ustedes porque ninguno pudo hablar con sinceridad desde el principio, pero ahora tienen que pensar en estos niños antes que en ustedes. —dijo mientras miraba al otro bebé que estaba por despertarse. Él fue el primero en nacer, era más grande y robusto. Salimos para que los papás de Jimena entrarán; ¿qué loco no? Al final las sospechas de Jimena de que había algo raro sobre su muerte eran realmente fundamentadas.

Ellos no murieron y estaban a punto de entrar a ver a sus nietos.

Nos quedamos un rato más con los bebés mientras Julia me contaba sobre su relación con Jimena y quiénes eran los señores que estaban afuera. Era como una película; los papás agentes, la hermana desconocida, los bebés… En unos meses la vida de Jimena se había convertido en un cliché. Aunque sentí un poco de alivio al enterarme de que Jimena tenía más familia de la que ella conocía. Y luego de hablar, salimos para dejar entrar a los nuevos abuelos.

—Yo no entro, porque me van a dar ganas de tener un hijo y pues, por los momentos, no hay con quien. —dijo Andrés, provocando que todos nos riamos.

—Creo tener a la candidata perfecta para ti, recuérdame para planear una cita con ella. —le dijo Julia mientras le guiñaba el ojo. Este aplaudió y asintió varias veces con efusividad.

Tiempo después llegó una enfermera y nos dijo que Jimena ya estaba en una habitación. Julia y Miguel se quedaron esperando a que los papás de Jimena salieran para llevarlos a la habitación. Al abrir la puerta, Jimena estaba acostada con los ojos cerrados. Tenía algo más de color en sus mejillas a diferencia de como la había visto en el quirófano y me senté en un sillón que estaba al lado de la cama a esperar a que se despertara.

Varias horas después, comenzando el día, todos estábamos dentro de la habitación, pero Jimena nada que despertaba y cada cierto tiempo llegaba una enfermera a revisar si todo estaba bien. A las casi nueve de la mañana cuando quedamos solo Julia, Miguel, Guillermo y yo en la habitación, Jimena comenzó a abrir los ojos.

—Jimena —dije y le tomé la mano—. ¿Cómo estás, muñeca?

Miguel salió a llamar a la enfermera.

—¿Quién eres? —respondió ella soltando su mano de la mía con evidente temor de verme. Un corrientazo corrió por mi espalda y después sonrió—. Lo siento. Tenía que aprovechar la oportunidad.

Todos en la habitación rieron. Me invadió una inmensa felicidad, así que me acerqué y la besé suavemente, ella me devolvió el beso.

—No sean así, no tomé clases de violín. Ustedes

besándose y yo solo viéndolos todo románticos. —dijo Julia quejándose y nos reímos un poco al separarnos.

—Eso lo puedo solucionar yo cariño, ven aquí. —dijo Miguel entrando, ella caminó hacia él y le dio un beso corto, pero luego parecía que se estaban comiendo.

Guillermo aclaró su garganta.

—¿Cómo estás, Jimena? Aprovecho para pedirte nuevamente perdón por mi actuar, no debí hacer esos acuerdos. En serio, mil disculpas. —dijo Guillermo ella le sonrío, extrañaba verla sonreír.

—No te preocupes, ya eso está en el pasado y ya no me acuerdo de eso, agradezco tu disculpa y es aceptada de mi parte. —Guillermo le dio un beso en la frente. Yo gruñí y todos rieron por mi gesto posesivo.

—¿Y mis bebés? ¿Cómo están ellos? Quiero verlos —dijo Jimena.

—Están bien y son hermosos, iguales a ti, muñeca. Mira, les tomé unas fotos y videos para que los pudieras ver cuando despertaras. —Ella lloró al verlos, limpié sus lágrimas y me sonrío, hago lo mismo; tomó mi mano y me miró a los ojos.

—Perdóname por no decirte nada y que te perdieras de verlos crecer dentro de mí. Tenía miedo a tu rechazo y luego. —No la dejé seguir.

—Ya tendremos tiempo para hablar y aclarar todo. Por ahora, quiero decirte enfrente de los presentes que te amo con todo mi corazón. Perdóname por no tener el valor de aceptar mis sentimientos por ti y de alejarme por lo que me hacías sentir. También quiero pedirte perdón por no confiar en ti mis problemas. —dije bajando mi rostro y ella me acercó a sus labios para unirnos nuevamente en un beso.

—Yo también te amo y mucho, tanto que se multiplicó en 3 pequeñas personitas, pero alguien me pidió que hiciera algo así que acércate más. —Yo me acerqué a ella como me pidió pues, pensé que iba a besarme, pero en vez de eso me dio un jalón de orejas muy fuerte, me quejé de dolor y escuché como los demás se reían de mí.

—Oye, ¿por qué hiciste eso? —pregunté mientras me

sobaba mi oreja.

—Tu padre me pidió que te lo diera. —dijo y me quedé pasmado ante lo que dijo, abriendo mis ojos lo más que puedo del asombro.

—No sé en qué momento pasó, pero vi a tus padres y hablé con ellos un momento, luego te contaré. Y eso que hice fue porque tu papá me pidió que lo hiciera nomás despertara. —dijo con tranquilidad.

Jimena volteó y se encontró con Julia y se le aguaron los ojos.

—Hermana…

—No te alteres mucho, pero hay alguien más que quiere verte —dijo Julia.

—¿Estás segura de que es prudente? —pregunté.

—Es mejor de una vez. Ella tiene que saberlo.

—¿Qué cosa? ¿Qué me están escondiendo? —dijo Jimena.

—Ya pueden entrar —gritó Julia.

En ese momento la puerta se abrió y entraron los dos señores. Jimena se tensó al instante. La mamá de Jimena tenía lágrimas en sus ojos, así como su padre. Caminaron lento y se acercaron hacia ella, pero cuando la señora intentó tomarle la mano, Jimena la apartó.

—¿Por qué me hicieron eso?, ¿por qué me hicieron creer que habían muerto? —respondió—. Por favor, les pido que se retiren. No quiero verlos por ahora. Tal vez luego quiera saber por qué fingieron estar muertos dejando a una niña de quince años, indefensa a quien le tocó luchar por cada bocado que se metía a la boca. Sin poder estudiar por tener que trabajar.

Ellos se vieron entre sí y aceptaron. La señora me dejó su número de teléfono y antes de irse me pidió que la llamara una vez Jimena estuviera lista. Jimena se quedó llorando desconsolada hasta que entró la doctora.

—¿Qué pasó? La paciente necesita tranquilidad. Acaba de dar a luz y esto afecta su cuerpo, en especial a su leche, la cual necesitamos en este momento.

Luego de decir eso, otros enfermeros entraron, con las incubadoras. La cara de Jimena cambió de golpe y sus ojos se iluminaron. La enfermera le hizo un chequeo general a Jimena.

—Todo luce bien por aquí. Tus bebés también están bien, solo están bajo observación por su nacimiento prematuro, pero todo se ve bien con ellos. Convencí al pediatra para que te los pudiera traer y los conocieras, además de que ya tienen mucha hambre. Pero quiero hacer una observación antes de dejarlos: trata de no exigirte mucho porque la herida de tu operación aún necesita sanar.

Jimena vio a los bebés y volvió a llorar, pero ahora era de felicidad. Luego volteó a verme y sonrió con una de esas sonrisas que hacen que una estrella deje de brillar. Una vez todo estuvo bien, me quedé solo con Jimena y los bebés. Todos fueron a bañarse y cambiarse luego de una larga jornada de espera.

Ella me hizo un poco de espacio en la cama para que me acostara con ella y aunque lo dudé un instante, me recosté a su lado. Una enfermera entró, tomó a la bebé, la puso en brazos de Jimena y le enseñó a alimentarla. Apenas la bebé empezó a comer, pudimos ver sus pequeños ojos azules y Jimena lloró mientras besaba su cabeza.

—Que hermosa eres mi muñequita. —dijo nuevamente besando la frente de nuestra hija, mientras yo tomaba su diminuta mano—. ¿Puedes creer que tú y yo hicimos a estas personitas? —dijo viendo a los bebés que seguían dormidos.

—Si y si recuerdo cómo fueron concebidos, te pido perdón por no haber dicho nada esa mañana. — ella me calló rápidamente.

—Shh, no digas nada frente a los niños por favor, más adelante hablaremos de todo ¿sí? —Asentí.

—Te ves hermosa haciendo eso. —Era nuevo para mi ver todas estas facetas en la vida como madre en una mujer y como padre ver la felicidad que emanaba de tal acto. Ella se sonroja haciendo amago a cubrir su seno y a nuestra hija con la cobija.

En ese momento creí que la vida nos sonreía por fin después de tanto sufrimiento. No había otro lugar donde me gustaría estar, pues aquí tengo al amor de mi vida y a mis hijos.

Soy el hombre más feliz del mundo.

□

33

Siento el aire fresco en mi rostro, lo que me hizo querer abrir mis ojos. Al abrirlos, estaba de pie en un muelle y escuché el sonido de las olas llegando a la playa. Vi a dos personas que miraban hacia el horizonte, aproveché de mirar alrededor y no había nadie más, así que me acerco a ellos, ambos estaban de espaldas a mí.

Al llegar la mujer fue la primera en voltearse y pude ver que era la señora Patricia, me sorprendí al verla y más cuando me abrazó. El señor, que estaba a su lado, también se levantó y se acercó a mí.

—Así que tú eres la que derretiste el corazón de mi hijo. —dijo él con una bella sonrisa, muy parecida a la de Manuel. Me sonrojé, pero asentí.

—No entiendo ¿qué hacen ustedes aquí? o ¿qué hacemos aquí? Yo… ¿yo morí? —preguntando esto último entrando en pánico. No pude conocer a mis bebés, no puede ser posible, sentí un dolor inmenso por mis bebitos.

—Tranquila, linda. Pedimos unos minutos contigo, aún estás luchando por vivir, pero queremos decirte algunas cosas que dejamos inconclusas y sabemos que nos puedes ayudar para que nuestro hijo tenga paz. No tenemos mucho tiempo, así que seremos breves. —Me relajé un poco para poder escucharlos y asentí ante su petición.

—Jimena, queremos pedirte que le digas a nuestro hijo que lo amamos mucho y que nos perdone por haberlo dejado. Quiero que le digas que yo sabía del hijo de Rafael al igual que del acuerdo que ustedes firmaron. Dile que no se sienta mal porque yo sabía que Rafael quería a Gisela y por estar pendiente de mí él jamás lo aceptó. Yo quería que Rafael fuera feliz, así que casi empujé a que él fuera a ella. Cuando él supo del embarazo de Gisela, la alejó para que yo no saliera lastimada, pero siempre lo supe. Fui yo quien le pidió a Gisela que lo enamorara. Y, de tu acuerdo, Samuel me lo contó. Cuando lean mi testamento lo entenderás. Ya tienes que regresar con mis nietos y mi hijo. Son hermosos tuve el placer de cuidar de ellos por un momento, antes de que llegaran a tu lado, cuida de nuestra familia Jimena. —dijo la señora Patricia con una gran sonrisa. Yo no sé qué cara tengo exactamente en estos momentos, pero trato de sonreírle.

—Dale un buen jalón de orejas a mi hijo de mi parte, se lo merece por lo mal que se ha portado, dile que lo tenemos vigilado y que si llega a lastimarlos aquí nos tendrá que rendir cuentas. —dijo el padre de Manuel, de forma dulce con una sonrisa, mirándolo bien son muy parecidos.

—Yo se lo haré saber, pueden estar tranquilos, los cuidaré con mi vida y esta vez no lo dejaré ir. —Ellos sonrieron, asintieron y comenzaron a caminar hacia un lado del muelle. Escuché un pájaro que me hizo ver para arriba, pero el destello del sol cegó mis ojos.

Sentí un apretón en mi mano, que me hizo ir queriendo abrir mis ojos. Lo primero que vi fue a Manuel que me miraba con una sonrisa; no sé por qué se me vino una idea, algo macabra, pero igual la llevaría a cabo. Solté mi mano, fingí asombro de verlo, hice cara de ponerme a llorar y él está con su rostro desencajado, se notaba preocupado y asustado, vi a Julia y no pude evitar reírme, pero el dolor en mi herida me impidió seguir haciéndolo. Le confesé que se trataba de una broma, pero él no se lo tomó para mal. Todo lo contrario, me dio un beso algo apasionado y Julia se quejó por sentirse de sobra en la habitación, pero llegó Miguel y le quitó las palabras antes dichas con un tremendo beso. Guillermo, que también me sorprendió verlo en la habitación. Me pidió disculpas por su falla y pues le hice saber que eso estaba en el pasado. No sé por qué, pero después de lo que experimenté no quiero más resentimiento o rencor a mi alrededor. Quiero un nuevo comienzo con Manuel que acababa de confesar que me amaba. En eso, llegaron a mi mente mis pequeños. Pregunté por ellos y Manuel me enseñó unas fotos y un corto video de ellos, eran tan hermosos y pequeños.

Mis niños son muy parecidos a su papá y mi niña es más parecida a mí. Ah, y por supuesto que le di lo que su papá me pidió… El jalón de oreja.

Una pareja entró a mi habitación y no pude evitar tensar mi cuerpo al verlos. Los recordaba muy bien y todo lo que tuve que pasar por su ausencia; vino a mi mente. Me sentí molesta ante eso, así que les pedí que se retiraran porque no los quería cerca de mi o de mis hijos, por ahora. Ellos se retiraron y no sentí ningún sentimiento de culpa ya que fui muy grosera con ellos, porque ellos lo fueron más con sus acciones.

La doctora me revisó y dijo que iban a traernos a mis bebés y yo moría de emoción ya que quiero tenerlos entre mis brazos. Mis bebés llegan y no puedo evitar llorar de la emoción de tenerlos, fue una larga espera para que llegaran a este mundo.

Mi princesa fue la primera en levantarse y llorar, la enfermera me la pasó y no pude evitar darle un besito en su frente e inundar mi nariz de ese delicioso aroma a bebé. Estaba segura de que sería mi favorito por un largo tiempo.

La enfermera me enseñó cómo amamantar y mi pequeña succionaba con fuerza, comió hasta quedar completamente satisfecha y dormida, la enfermera la tomó y dio golpecitos en su espalda para sacar sus gases y luego la acomodó en su incubadora. Mis dos príncipes se despertaron al mismo tiempo y pues gracias a Dios, mis senos estaban llenos de leche para darles. La enfermera trajo un vaso de agua y me dijo que la hidratación era lo más importante en este momento, porque los bebés dependen de mí por los primeros meses de su vida ya que la leche materna es la más importante en esta etapa.

Manuel solo observaba cuidadosamente lo que hacía, cuando ambos bebés ya estaban en su incubadora de nuevo y la enfermera fue al baño, Manuel se acercó a mi cama y yo, aunque sentía un poco de dolor, le di espacio. Él también estaba desvelado y cansado.

—¿Porque te fuiste de Bellavista? —preguntó Manuel una vez quedamos solos en la habitación del hospital y los bebés se habían calmado.

—Tuve miedo de tu reacción a mi embarazo —respondí—. Además, Sofía me dijo que tenías un hijo con su prima y que la habías amenazado cuando te lo había contado, pero que después de conocerlo te habías enamorado del niño y que planeabas hacer tu familia con ella. No quería que creyeras que solo quería alejarte de tu familia y que por eso me había inventado que estaba embarazada.

—Pero sabes que eso es mentira.

—Bueno, ella me mostró una foto del bebé y sí eran muy parecidos, pero luego Miguel y Andrés me dijeron que ese niño era tu hermano. —Suspiró mientras acariciaba mi brazo con el dorso de su mano.

—Jimena, el hijo de Gisela es un hijo ilegítimo de mi padre. Yo solo estaba ayudando a Gisela con lo que ella necesitara pues al morir Rafael, ella quedó desprotegida y sin dinero.

«¿El papá de Manuel tuvo un hijo con Gisela? O sea que él engañó a Patricia y Sofía lo sabía…»

«Eso explica el parecido. Sofía había usado eso para engañarme y que creyera que Manuel me iba a rechazar y me iba a echar de la casa. De no haber sido por esa mentira, quizás habría esperado un poco más y le hubiera podido decir a Manuel del embarazo; quizás no habría tenido que vivir todo lo que viví embarazada lejos de Manuel y no me hubiera tenido que esconder de él…», divagué un rato, hasta que caí en cuenta de que Manuel estaba conmigo en el hospital. Manuel me había encontrado. ¿Cómo había llegado hasta allí?

—¿Y qué pasó con Sofía? También, ¿cómo me encontraste? —le pregunté él comenzó a explicarme la manera en cómo Sofía estaba también utilizando esa información para chantajearlo, pero que ya no nos volvería hacer daño.

—Cuando Julia te trajo al hospital, llamó a Miguel. Él estaba conmigo y al escuchar el estado en el que estabas, me arrastró con él hasta acá. Durante el camino me fue contando los detalles y, bueno, tuve unas cuantas horas de espera para asimilar un poco. —Manuel se levantó, se sentó frente a mí, puso sus manos sobre las mías y se quedó mirándome a los ojos—. Jimena, perdóname. He cometido demasiados errores y aún más contigo, pero quiero hacer las cosas de manera diferente. Esos niños merecen unos padres que estén juntos y que estén siempre para ellos. Te amo y fui un idiota al no aceptar que lo hago desde hace mucho tiempo. Recuerdo cada una de las caricias que te di aquella noche. Perdóname, muñeca, estaba tan absorto en mi duelo y problemas que nunca me detuve a pensar en tu precioso corazón. Te amo, dame la oportunidad de demostrártelo.

Primero nuestros hijos, ahora Manuel estaba frente a mí pidiéndome perdón y pidiéndome que estuviéramos juntos. Seguramente también fue porque estaba sensible luego del parto, pero mi rostro pintó la sonrisa más grande en años y se me escaparon algunas lágrimas.

—Te perdono, Manuel. Y también quiero que seamos una familia, que dejemos todos estos malos ratos en el pasado y nos dediquemos a vivir felices con estos tres regalos que Dios nos ha dado.

Cuando terminamos de hablar, alguien tocó la puerta. Manuel fue a ver quién era, pues las enfermeras tocan y siguen así uno no responda, y al abrir entraron Julia y Miguel, Andrés y Guillermo con un montón de globos rosados y azules.

—Aquí les traemos algo de comer y una muda para que Manuel se cambie y deje de oler a cebolla, no sea que sus hijos lo relacionen con ese olor para toda la vida —dijo Andrés entregando una bolsa a Manuel y después todos se quedaron mirando a los bebés.

—No es por nada, Manuel, pero tienes buenos nadadores —comentó Andrés y todos empezaron a reír a carcajadas—, pero quién sabe si será así ahora, después de sus dos patadas. —Julia y yo nos miramos y volvimos a reír. Recuerdo cuando ellos dijeron eso al saber que eran trillizos.

—No pensé que lo hicieran, de verdad. —dije entre risas contenidas debido al dolor que sentía, Manuel me quedó viendo, levantando una ceja.

—No te enojes cariño, ellos dijeron que lo iban hacer así no necesitarías vasectomía. —dije mientras sigo riendo, Manuel solo me vio y rio también.

—Bueno, cariño, nosotros solo veníamos a dejarte esto y nos vamos que tenemos planes —Julia me guiñó el ojo y tomó el brazo de Miguel.

—Nosotros vimos un bar cerca del hotel donde nos estamos quedando. Yo tengo que volver mañana a Bellavista, así que los veré cuando estén de regreso por allá. Cuídense y cuídala —dijo Guillermo mirando a Manuel y se despidió.

—Bueno, nos vamos entonces. Jimena, mañana volveré a ver cómo sigues. —Y después del alboroto de tenerlos a todos en la misma habitación, volvimos a quedar Manuel y yo, junto a nuestros hijos, en el silencio del hospital.

Una semana después del parto, pudimos volver al apartamento. Aún teníamos que esperar como mínimo un mes para poder volver a Bellavista con los niños. Manuel y Miguel nos llevaron hacia el apartamento, mientras que Julia se había quedado decorando nuestra bienvenida. Tenía unas ganas inmensas de tirarme a dormir en mi cama con los bebés.

Llegando al edificio, Miguel se adelantó para avisarle a Julia que ya habíamos llegado y a ayudarle a decorar lo que le faltara; pero al rato de irse, Miguel volvió agitado.

—¿Qué pasó? —preguntó Manuel.

—Subí para ayudar y para tener la puerta abierta en lo que ustedes llegaran, pero cuando llegué, la puerta del apartamento ya estaba abierta. Andrés estaba tirado en el suelo con un golpe en la cabeza y Julia no estaba por ningún lado. Acabo de llamar a emergencias, pero dicen que se demoran en llegar. Voy a ver si encuentro a Julia por los alrededores del edificio. Tal vez ha ido a comprar algo a una tienda.

Miguel estaba nervioso. Toda la escena era bastante extraña y, para peor susto, Julia no aparecía. Entonces se me iluminó una idea.

—Manuel, tú tienes el número que dejó mi madre. Llámala y dile lo que está pasando. Ellos sabrán qué hacer. Por lo pronto, no nos podemos quedar aquí. Es peligroso al parecer —le dije a Manuel y volvimos al auto. Él metió a los bebés de nuevo en sus sillas y me quedé con ellos en el auto mientras Manuel le ayudaba a Miguel a buscar a Julia y luego subían por Andrés.

Al rato bajaron ambos con Andrés entre sus brazos. Tenía un golpe con abundante sangre en la cabeza y nos acomodamos todos en los autos para salir en dirección al apartamento donde él se estaba hospedando. En el trayecto alimenté a los bebés y junto a Manuel logramos que se volvieran a dormir. En el apartamento de Andrés, Manuel nos acomodó a mí y a los niños en la habitación y salió con Andrés para preguntarle qué había pasado. Media hora después volvió con el entrecejo fruncido.

—Amor, tengo que decirte algo —Manuel me tomó de los hombros, me sentó y se sentó frente a mí. Era la primera vez que me decía «amor» sentí un calor brillar en mis cachetes, pero la emoción duró hasta que volvió a abrir la boca—. Parece que secuestraron a Julia.

34

Manuel se sentó junto a mí y me abrazó.

—¿Por qué la secuestraron? ¿Tienen que ver mis padres en esto?

—Parece que sí, pero no te alteres o le trasmites eso a los bebés. Ya pudimos comunicarnos con tus padres y están buscándola. Miguel está en la comisaría. Andrés salió a dar su declaración. Pronto la encontraremos, no te preocupes.

En ese momento el miedo se convirtió en ira.

—¿Porque tuvieron que aparecer, Manuel? Estábamos tranquilas sin ellos.

—No lo sé, pero no deberías juzgarlos. Todavía no has escuchado qué pasó y por qué ellos lo hicieron, pero en este momento puede que sean los únicos que pueden ayudar a encontrarla. Además, en este momento de lo único que tienes que preocuparte es de los bebés.

Manuel se quedó acostado a mi lado un rato mientras esperábamos cualquier noticia sobre Julia y por un momento pareció que todo en nuestra vida era perfecto.

—Hablando de los bebés… —dije y lo miré a los ojos—. Aún ninguno tiene nombre, ¿quieres que les pongamos los nombres?

—¿Ahora?

—Si te parece. Además, ¿cómo se van a acostumbrar a sus nombres si no los llamamos así desde ya?

Manuel sonrió. Por un momento fue como si no tuviéramos el peso de lo que estaba pasando con mi hermana.

—Está bien —respondió—. ¿Ya has pensado en alguno?

—Bueno, la niña quiero que se llame Patricia Sofía… ¿Estás de acuerdo?

—Me parece perfecto. —La sonrisa le iluminó el rostro—. ¿Y qué opinas de Iván José y Tiago Rafael para los niños? —Ambos nombres me encantaron. Ponerles nombre a nuestros bebés me tenía emocionada. Sonaba extraño ponerle el nombre de nuestra Némesis a mi hija, pero era el nombre de mi madre y quería que mi hija llevara el nombre de sus abuelas.

—Tiago Rafael… —dije mirando al pequeño bebé que estaba frente a nosotros, este soltó una bella sonrisa y no pudimos evitar derretir de amor, era tan hermoso.

—Parece que a alguien le gustó ese nombre ¿No es así mi pequeño Tiago? —dije tomándolo en brazos y dándoselo a Manuel para que lo cargara. Manuel lo cargó y le dio un beso en su frente.

—Tu llevas como segundo nombre el de tu abuelo, sé que serás un hombre sabio como él. —Escuchamos nuevamente quejidos y así se nos fue todo el día atendiendo a los bebés, para mi suerte, no berrean los tres al mismo tiempo, sino que cada uno a su momento, pero de igual manera era agotador.

La noche llegó y todavía no teníamos noticias de Julia. Miguel regresó al apartamento y entró a la habitación, nos saludó y volvió hacia la sala. Luego salimos Manuel y yo a hablar con él.

—La vamos a encontrar, Miguel —dije poniendo una mano sobre su hombro.

—Lo sé, Jimena. Pero la preocupación de que le estén haciendo algo me carcome. No quiero ni imaginar si algo malo le pasa.

—¿Qué es lo que saben hasta el momento? —le pregunté.

—Solo se sabe que llegaron tres hombres al apartamento, golpearon la puerta, Andrés abrió y lo golpearon en la frente con un arma. Una corta descripción de los hombres fue lo único que pudo darle a la policía. De ahí no tenemos más.

Era muy poca información, prácticamente nada. Cada uno regresó a su habitación y mientras estaba alimentando a Iván en la madrugada, pensaba en que necesitábamos encontrar a Julia antes de que le hicieran cualquier cosa. Hice el recorrido mental desde la entrada del edificio hasta el apartamento, hasta que recordé a «la señora del cuarto piso». Ella tenía cámaras afuera de su apartamento. Si alguien podía dar alguna pista sobre esos hombres, era ella.

Salí de la habitación y me encontré con Miguel que evidentemente no podía dormir.

—Miguel, la vecina del cuarto piso tiene un sistema de cámara en su puerta; una vez llevaron un paquete equivocado donde nosotros, era para ella. Al llevárselo, me acerqué a su puerta, ella me dijo que lo dejara afuera porque no estaba en ese momento. Al sacarla del departamento tuvieron que pasar por allí y la cámara tuvo que haber grabado. —dije a Miguel emocionada de que al menos puedan ver el momento en que se la llevaban. Miguel también se agitó ante la información que le acababa de dar. Miró la hora en su reloj.

—Falta poco para el amanecer, llamaré a tus padres, les

diré esto para ir temprano a visitar a esa vecina y pedirle lo que grabó su cámara. Gracias Jimena esto puede ser de gran ayuda. Ahora regresa con esos pequeños a descansar. —Él se fue a su habitación, la cual compartía con Andrés. Yo volví a la mía donde ya me esperaban mis bebés, uno despierto en brazos de su padre, mi princesa quejándose y mi pequeño Iván seguía dormido. Los miré y supe que los próximos años serán atareados para nosotros.

Sentía una angustia muy grande al no saber nada de Julia. Esa pequeña castaña se había metido en mi interior de una manera que no vi venir cuando la conocí. Había pasado un día desde su secuestro y me encontraba en la estación de policía para darles información sobre las cámaras que mencionó Jimena.

—Voy a tener que redactar una orden antes de ir a pedir las imágenes de la cámara —dijo el oficial.

Me había encontrado temprano con los padres de Julia y decidimos que la mejor opción era ir con la policía para que la señora del cuarto piso no pensara nada malo.

Cuando llegamos al edificio, los oficiales fueron al cuarto piso y sentí la necesidad de subir hasta el apartamento de Julia. El padre de Julia fue detrás de mí. Tenía una copia de las llaves, así que pude abrir sin problemas y el apartamento estaba como lo había encontrado ese día. Revisé un poco más, al igual que el señor que estaba conmigo, para ver si encontraba algo que no hubiera visto antes y vi una nota sobre la cama de Julia.

Javier.

Es una lástima que tu hija tenga que pagar por tus errores. Si quieres volver a verla, vas a dejar de ser un maldito cobarde y vas a venir a las once de la mañana donde nos vimos por última vez.

Ven solo. Serás tú a cambio de tu hija.

Javier, el papá de Julia, se acercó apenas me vio con la nota y la leyó junto a mí. La nota decía miércoles, así que su encuentro debía ser al día siguiente.

—¿Quiénes son estas personas? ¿Qué es lo que quieren con ustedes? —Pregunté.

Javier suspiró.

—¿Podrías llamar a Jimena y a su esposo y decirles que necesito hablar con ellos? Es urgente.

Luego de llamarlos, volvimos donde estaba el oficial con la esposa de Javier y después de que el oficial recolectó todas las pruebas, salimos rumbo al hotel a encontrarnos con Jimena y Manuel.

—Tus hijas ya han sufrido mucho, Javier. Tenemos que decirles todo. Esto puede ser peligroso para ellas —dijo la señora.

—Yo también necesito saber lo que pasa —dijo Miguel—. Julia fue secuestrada. De haber sabido el peligro que corría no la habría dejado sola ni un momento. —Ambos padres se miraron sin decir nada.

El resto del camino fue silencioso. Llegamos al apartamento y Manuel y Jimena ya nos esperaban junto a los bebés.

—Ya están aquí, ¿para que querían vernos? —dijo Jimena.

—Jimena, pedimos verlos a todos porque necesitamos contarles por qué tuvimos que hacer lo que hicimos —respondió Javier. Nadie hizo o dijo nada. Solo silencio.

—Cuando yo tenía 17 años, mis padres eran dueños de un par de restaurantes en la ciudad, les iba muy bien. Un día, llegó al restaurante un hombre llamado René Vallejo, mi madre lo atendió personalmente; el hombre no quitaba sus ojos de ella y por lo que empezó como una atención desinteresada de parte de mi madre. Aparentemente para este hombre no lo fue, llegaba más seguido al restaurante, pedía por mi madre para que lo atendiera personalmente. Hasta que, en una de sus visitas, él quiso pasarse de listo y besarla frente a todos, ella lo rechazó y mi padre se fue encima de él a golpes. El hombre no le importó nada, solo sacó su arma y disparó contra mi madre y mi padre. Parecía arrepentido, ya que después de dispararle a mi madre la tomó en sus brazos y le dio un beso en la frente.

» Después se fue tranquilamente. Yo estaba en el lugar y prometí que mi única meta sería encontrar a ese hombre y vengarme. No tenía conocidos en la policía, ni en el bajo mundo. Así que decidí ser parte de la dirección de investigación criminal. Me hice de amistades y enemigos durante ese tiempo, pero no esperé enamorarme en el proceso de Lucía, la madre de Julia.

» Unos meses antes del segundo cumpleaños de Julia, había sido parte de desmantelar el cartel más grande del área. Recibí muchas amenazas, las que dejé de tomarle importancia hasta la fiesta de cumpleaños. El hijo de uno de los que cayó muerto en esa redada llegó con varios hombres disparando a quemarropa. Yo le había enseñado a Lucia que hacer en este tipo de casos para protegerse ella y a Julia. Ella protegió a nuestra hija con su vida y fue allí donde decidí que tenerla a mi lado sería un peligro y no darle valor al sacrificio de Lucia por mantenerla a salvo.

» La envié con su tío Carlos a Bella Vista, él la crio mientras yo seguía con mi trabajo y buscando al asesino de mis padres. Dentro de la organización conocí a esta bella mujer. Nos habían asignado una misión juntos, cambiamos de nombre y de estilo de vida como parte de la misión. Por fin di con el famoso René Vallejo, nos infiltramos como sus socios. Por años recopilando información tales como quiénes eran sus demás socios y todo lo malo que pasaba en ese lugar.

» Un día él me citó para vernos en una casa en las afueras

de la ciudad y ahí él me dijo que ya sabía quién era. Yo no me lo esperaba, también me dijo que lo de mis padres había sido un error y que lo perdonara, pero yo no quise hacerlo, saqué mi arma y le disparé en su espalda, por desgracia él no murió, pero quedó en silla de ruedas.

» Con tu madre, ese día decidimos fingir nuestra muerte y mandarte con tu abuela para evitar que fueran tras de ti, ya que sabían de tu existencia. Nos escondimos en un pueblo cercano todos estos años. Samuel, el padre de Guillermo, fue nuestros oídos y ojos aquí y en Bella Vista. Hoy descubrimos un paquete y un sobre en el apartamento y sabemos que fue él. Ese hombre tiene a Julia y me pidió que vaya para intercambiar mi vida por la de Julia. Y eso haré, no dejaré que sufran más por mi maldita obsesión de venganza.

—¿René Vallejo? ¿Estás seguro?

Jimena se notaba agitada.

—Sí, ¿por qué?

—René Vallejo es un cliente frecuente en el restaurante. Seguramente ya sabía quién era Julia.

—Bueno, lo importante es que mañana iré a terminar esto de una vez. Solo quería que ustedes supieran lo que estaba pasando. No les quiero hacer perder más su tiempo —dijo el padre de Julia y se levantó. Su esposa soltó su mano y lo miró muy enojada.

—¿No le dirás nada a Jimena? —Preguntó furiosa, él bajó su rostro y vio a Jimena, que tenía un par de lágrimas en los ojos. Él se acercó a ella y le dio un abrazo, Jimena se quedó paralizada, pero después de un segundo dejó salir todo su dolor abrazándose fuerte de su padre. Manuel y yo nos miramos.

Deseando que todo el sufrimiento se termine pronto.

35

Ese abrazo con mi padre me destrozó el alma. Todo este tiempo pensando en lo que yo viví sin ellos y ahora que era madre pensar en lo que él pasó desde la muerte de sus padres y luego la muerte de la madre de Julia me hizo sentir muy triste; todo lo hizo por protegernos, pero a pesar de eso me dio una familia y un hogar feliz. No tengo nada que reprocharle, todo lo hizo por la familia y sé que lo seguirá haciendo.

—Debemos armar un plan para hacer que ese señor pague por todo lo que ha hecho, pero también tenemos que pensar en cómo salvar a Julia —dijo Manuel antes de que mi papá se fuera.

—No, ya me he escondido lo suficiente. Tengo que darle la cara a la situación. Él me quiere a mí y no a Julia. Me ha citado mañana en el lugar donde nos vimos por última vez. Iré a esa cita y Julia quedará libre —respondió Javier.

—¿Y si es una trampa? —pregunté.

—Pueda que lo sea, hija mía. Pero es la única forma de recuperar a Julia.

Una lágrima involuntaria se escapó de mis ojos y él me limpió el rostro. Los bebés comenzaron a llorar.

—Hija, si quieres te puedo ayudar mientras tu padre habla con tu esposo y Miguel —dijo mi mamá. Volteé a mirar a Manuel y él asintió, así que le agradecí su ayuda mientras los tres hombres se apartaban para hablar.

—Jimena, lo siento mucho —dijo una vez se calmaron los bebés y me abrazó.

—Mamá, me pudieron decir que corríamos peligro. Yo hubiera entendido que me mandaran con la abuela, pero decidieron hacerme creer que murieron, tu madre sufrió mucho con tu muerte, mamá. La cuidé lo más que pude. Tuve que dejar mis estudios ya que no contábamos con ningún apoyo económico. ¿Te imaginas lo duro que fue para mí? Dejé todo para trabajar limpiando, lavando, cuidando a los niños de los vecinos para poder comprar comida, medicinas para mi abuela y pagar gastos de la casa solo era una niña, tenía 15 años, mamá.

Ella me miró con vergüenza. Incluso me sentí un poco culpable por estar recriminando tanto, pero yo necesitaba sacar un poco del resentimiento que sentía para estar un poco más calmada. Ella comenzó a narrar un poco más sobre lo que pasó en estos seis años.

—Entiendo tu dolor, Jimena, y no justifico todo el mal que te hicimos, pero teníamos miedo a perderte. A ambas. Por lo menos desapareciendo ustedes iban a tener la oportunidad de vivir lejos de la vida que tu padre y yo decidimos. Eso fue lo que pensamos. Te agradezco inmensamente por todo lo que hiciste por tu abuela y te pido perdón porque no era una carga que tenías que llevar, pero ahora quiero ser parte de tu vida y de la vida de mis nietos. Por favor, dame esa oportunidad. —Tenía muchos sentimientos chocando dentro de mi corazón, pero algo sí tenía claro y era que, después de todo, sí quería que mis padres fueran parte de nuestra vida.

—Si, madre. Te perdono, los perdono y entiendo que lo hicieron por mi bien. Ahora ya dejemos eso en el pasado, hay que pensar en cómo ayudar a mi papá para traer a Julia de regreso. —dije ella me dio otro abrazo fuerte, nos separamos un momento y me dio un beso en la frente. Tomó mi rostro entre sus manos para verme.

—Deja que tu padre solucione esto hija, ellos la traerán con bien, ya verás, solo concéntrate en cuidar de estos bebés que no me has dicho como se llaman ven a presentarme a mis nietos. —dijo caminando hasta la cama donde mis bebés dormían plácidamente. Le presenté a los bebés señalando a cada uno de ellos. Hasta que llegamos al nombre de mi pequeña. Sus ojos se cristalizaron cuando escuchó que su nombre era el segundo nombre de mi pequeña. Así pasamos toda la tarde juntas, pero debo decir que, a pesar de estar con ella, sentía extraño que Manuel no hubiese vuelto, ya habían pasado varias horas y no tenía noticias de él o de cómo iban los preparativos para rescatar a Julia.

Estaba en el cuarto de Jimena y los bebés, colocando los cobertores en sus cunas, cuando escuché que tocaban la puerta. Andrés estaba en la sala.

—¡¿Quiénes son ustedes?! ¡¿por qué entran así?! —Escuché que les gritaba, me tensé de inmediato y salí a la sala para ver quién era; vi a tres hombres, uno golpeaba a Andrés en la cabeza con la cacha de su arma y Andrés cayó al suelo. Otro se acercó a mí, yo retrocedí con miedo, pero el tercero ya estaba a mi lado, así que me tomó de la muñeca.

—Tenemos órdenes de llevarte con nosotros preciosa, tú decides si es por las buenas o por las malas. —dijo tranquilamente el tipo que me tiene agarrada de las muñecas, mientras lucho por liberarme. Me logré soltar y tratando de escapar de ellos entrando al cuarto, pero el tipo fue más rápido y puso su pie en la puerta por lo que no pude cerrarla.

—Bueno, queríamos hacer esto por las buenas, pero será por la malas sólo por tu culpa, hermosa. —Él empujó fuertemente la puerta, lo que me hizo caer al suelo. Me agarró del brazo llevándolo detrás de mí lo mismo con el otro. Uno de ellos puso un pañuelo en mi nariz lo que me hizo dejar de luchar y perder el conocimiento poco a poco.

El dolor en la espalda y el cuello me levantaron. Todo estaba oscuro y parecía estar dentro de un carro. Dos hombres se escuchaban en la parte delantera y uno me tenía sujetada del brazo. Entonces nos detuvimos.

—Vamos, preciosa, te bajarás conmigo —dijo el hombre y me arrastró fuera del carro.

Caminamos hasta estar frente al auto y el hombre me quitó la capucha. Miguel y mi padre estaban frente a nosotros.

—¿Qué está pasando? díganme por favor.

—Pasa, Julia, que tuve que acudir a ti para poder hablar con tu padre —dijo una voz conocida que luego apareció frente a mí. Era el señor Vallejo—. Él y yo tenemos unas cuentas pendientes. Él entró a mi organización, pero mi hermano los descubrió a él y a su esposa. Lo cité aquí mismo, pues quería darle una salida porque yo sabía quién era él, pero cuando le recordé el pasado se cegó por su sed de venganza me disparó y se fue. Cuando me recuperé descubrí que había muerto junto con su esposa. Me culpé por mucho tiempo por no tener la oportunidad de hablar la verdad y arreglar las cosas.

» Cuando anduviste investigando sobre la muerte de tu padre supe quién eras y me mantuve al pendiente de ti. Es por eso por lo que cuando pusiste el restaurante con tus amigos te frecuentaba y recomendaba. Un día vi una ambulancia afuera del edificio donde vives, pasaba por casualidad, pensé que algo malo te había pasado así que seguí la ambulancia; cuando llegamos me mantuve alejado y vi que no eras tú la de la emergencia, sino Jimena. Mi sorpresa fue ver a tu padre ahí. Mi asombro fue demasiado que casi me provocó un infarto. No tenía manera de acercarme a él, por eso tuve que privarte de tu libertad por un momento.

» Puedes irte, solo quiero hablar con tu padre y discúlpame con Andrés por el inconveniente.

—Ya deja de hablar, Vallejo, y vamos a hacer el cambio.

—Muy bien. Julia, vas a caminar hasta donde están tu padre y tu noviecito. No vas a mirar hacia los lados, no vas a correr. Yo voy a estar aquí observándolos y si alguno da un paso en falso, no volverás a ver a tu Miguelito.

La fría voz del hombre me tensó todo el cuerpo y después de darme la señal, comencé a caminar hacia Miguel. Mi padre estaba caminando en sentido contrario hacia el hombre.

—Todo estará bien, hija —dijo cuando nos cruzamos.

Al llegar donde Miguel nos abrazamos como si fuera nuestro último abrazo y empezaron a sonar una lluvia de disparos.

—¡Papá! —grité y me volteé, pero Miguel me sujetó y me llevó al carro donde nos escondimos—. Déjeme ir allá, Miguel, ¡por favor! ¡Papá! —Mis ojos se me llenaron de lágrimas.

—No puedes ir, Julia. ¡Te matarán!

—¡Van a matar a mi padre!

—Lo siento, princesa, pero no puedo dejarte ir. —dijo Miguel y nos abrazamos en la parte baja del carro a esperar que la balacera terminara, pero yo no podía evitar sentir desesperación y angustia al saber que mi padre estaba en peligro.

—¡Papá!

36

—Sé que para ustedes es muy difícil esta situación, pero probablemente mi vida termine pronto y hay cosas que me gustaría que ustedes sepan. —les dije a Manuel y Miguel, ambos se miraron entre sí.

—Primero que todo, quiero que sepan que la seguridad de mis hijas y nietos son lo primordial, les pido que contraten seguridad, en especial tú, Manuel. —él me miró con asombro.

—¿Tan peligroso es de lo que estamos hablando como para tener que contratar seguridad? —Asentí, dejé salir un suspiro y vi a Miguel.

—¿Qué tipo de negocios tienes con René? —pregunté.

—Bienes raíces, he decidido comprar uno de sus terrenos a las afueras de Zaragoza para realizar un complejo habitacional. —Contesta con seguridad, lo que me trae un poco de calma porque significaba que no era un negocio sucio.

—He estado tras la pista de este hombre por muchos

años, la mitad de mi vida para ser más exactos. René no era una preocupación para mí, son las personas detrás de él, especialmente su hermano. Mañana hay dos escenarios: o me matan o lo mato. Y es por eso por lo que les pido que consigan seguridad, mientras tanto y no menos importante es que cuiden de mis hijas. Manuel se lo que le has hecho a Jimena. Samuel me ha mantenido al tanto. Sé todo sobre los acuerdos tan denigrantes que hiciste firmar a mi hija, pero me alegra que su relación sea diferente. Cuida de ella y de mis nietos. —Él puso su mano en mi hombro.

—Si, le pido disculpas por eso, trataré de enmendar mi error dando todo por su hija y nuestros hijos, ellos son lo más importante para mí en este momento. —Asentí y agarré mi taza de café dándole un sorbo.

—Eso espero, muchacho. Miguel, mañana te pido que vengas conmigo, claro que te quedaras afuera. Mi hija estará muy nerviosa y te necesitará en ese momento.

—Si usted no me lo pedía igual lo hubiera hecho. Tuvo que pasar esto para darme cuenta de que no puedo vivir sin su hija y no le he podido decirle que la amo, así que claro que iré con usted. —Manuel rio ante eso.

—Creo que mi cuñada te ha hecho regresar. Hace mucho que no te veía como un adolescente enamorado y eso que te conozco hace años. —le dijo golpeando su brazo con el codo.

—¿Se conocen desde hace mucho? —Se ve que tienen bastante complicidad entre ellos. Ellos me cuentan sobre su historia, incluso lo que una novia de Manuel hizo para arruinar su amistad. Otra cosa que me sorprendió fue ver al hijo de Samuel en el hospital, ahora entendía que eran todos amigos. A la hora llegó el otro amigo de ellos, Andrés. Platicamos un momento más, hasta que le dije a Manuel que fuéramos a una agencia de seguridad para contratar sus servicios. Llegamos nuevamente al edificio de apartamentos. Manuel entró directamente a darle un beso a Jimena que está recostada en el sillón platicando con su madre. Se veían tan hermosas, son tan parecidas, si no fuera por la diferencia de edad diría que son hermanas. Jimena se sentó en el mueble y me acerqué a ella, me senté a su lado y ella tomó mi mano para luego verme a los ojos.

—Papá, quiero que ustedes estén en mi vida y en la de mis hijos. Entiendo que lo hicieron para protegerse y sé que fue un gran sacrificio. Ahora que veo a mis hijos lo entiendo, yo haría lo mismo si supiera que su vida está en peligro. —Un par de lágrimas silenciosas salieron de mis ojos. Pensé que mis hijas me iban a odiar por haberles mentido y dejado, por eso nunca me acerqué a ellas antes. Ahora, mi corazón estaba en paz, pues mis dos hijas estaban juntas y conocí a mis nietos. Si la muerte me llegara mañana podría irme con tranquilidad.

—Gracias, hija. No sabes la paz que me has dado al decirme eso, mañana iré a rescatar a Julia y no quiero que te alteres, pero quiero que sepas que, si algo me llegara a pasar mañana. Tú eres lo que más amo junto a tu hermana. Cuida muy bien de mis nietos mi estrella. —Ella me abrazó con fuerza.

—Siempre me acordaba de esas historias de las estrellas que me decías, muchas veces les hablé de que los trajeran conmigo y mira aquí los tengo a los dos. Descuida papá, yo también te amo y cuidaré siempre de tus nietos. — dijo limpiándose las lágrimas de sus mejillas.

—Bueno, Sofía. Se hace tarde y nuestra hija tiene que descansar. —le dije a mi esposa ella se levantó, tomó el rostro de Jimena entre sus manos y le dio un beso en la frente.

—Volveré mañana, princesa —Jimena asintió tristemente. Yo también me acerqué a ella y le di un fuerte abrazo, un beso en su frente y en sus dos mejillas.

—Te amo, hija mía. —Me di la vuelta y Manuel se acercó a ella, que lloraba en su pecho. En ese momento, me hice de tripas corazón para no voltear a verla. Sofía y yo fuimos en silencio rumbo a nuestra pequeña casa, llegamos y ella se fue directamente a la habitación, mientras yo fui a preparar algo de cenar. Comimos en silencio para luego ir a nuestra habitación. Ella no me habló, pero necesito romper este silencio que me va a volver loco.

—¿Por qué estás tan callada? —Pregunté y trato de que mi voz sea suave. Ella me volteó a ver y lágrimas comenzaron a caer de sus ojos, se acercó a mí, me abrazó y lloraba en mi pecho. La aprieto más a mi cuerpo, pero ella no lograba calmarse.

—No puedo evitar este miedo a perderte, Javier. No podré vivir sin ti. —Entendía su miedo, si estuviéramos en lugares opuestos me sentiría igual.

—Sabes que es para poder tener la libertad que nunca hemos tenido, nuestra hija y nuestros nietos merecen tenerte a su lado y si nos seguimos escondiendo solo prolongamos eso. —Ella se separó de mí para verme a los ojos. Yo, no puedo ver esos ojos azules con lágrimas, algo se parte dentro de mí. Se acercó a mis labios, me besó y me dejé llevar por lo bien que saben sus labios. Nos vamos moviendo hacia la habitación sin dejar de besarnos. Dejó caer su bata quedando solo en ropa interior. Nos caímos sobre la cama y ella quiso tomar el control, pero esta vez seré yo quien la haga disfrutar. Ella estaba sobre mí, llevé mis manos a su espalda bajando hasta su divino trasero el cual sujeté con fuerza. Ella soltó un delicioso y suave gemido lo que me hizo volverme loco de placer. Le di vuelta en la cama quedando sobre ella que me miraba molesta y entiendo el por qué.

—Hoy seré yo quien te domine, mi bella doncella. — Sonreí y seguí mi camino de besos hasta llegar a su zona dulce. Me dispuse a devorar su delicioso caramelo mientras dos de mis dedos entraban en ella. Seguí haciendo ambas cosas rápidamente, sus gemidos se volvieron cada vez más altos hasta sentirla derramarse en mi boca. Dejé de lamerla al sentir como temblaba, yo no paré de mover mis dedos para prolongar su clímax.

Hicimos el amor toda la noche, a las 3 de la mañana Sofía se durmió en mi pecho. No sabía si era por la ansiedad de lo que iba a pasar, pero no pude dormir. En la mañana fue difícil salir de la cama y alejar la mano que se aferraba a mi pecho, pero tenía que preparar todo. Cuando ya estaba listo Sofía se levantó. Ella me abrazó y besó.

—Vuelve a casa, ¿sí? Te amo, mi caballero sin armadura.
—La abracé y le di un último beso en su frente sin decirle nada y me fui donde quedé de verme con Miguel.

Llegamos hasta el lugar donde haríamos el intercambio con Rene y cuando Julia le pidió explicaciones me tomó por sorpresa tanta amabilidad para con ella y la extensa explicación. Una vez Julia salió del lugar, pude sentirme con mayor confianza para hablarle.

—Aquí estoy. ¿Por qué no acabas con esto de una vez?
—No sé por qué tienes la idea de que quiero matarte, Javier.
—¿Qué más quieres que piense? Mataste a mis padres y por eso estuve infiltrado en tu organización para acabar contigo, pero antes de atraparte me descubrieron. Quieres terminar el trabajo.
—Es verdad que llevo tiempo buscándote, Javier. Y sí, supe lo de tu infiltración en la organización, pero lo que no sabes es que después de buscarte y buscar cómo hacerte caer, me topé con tu madre. Ella fue un amorío de hace bastantes años que de un momento a otro tuvo que terminar, pero lo que nunca supe yo fue que ella me había ocultado algo.

René se acercó. Su mirada no era dura, sino amable.

—Javier, tu madre me había ocultado un hijo. Y ese hijo, eres tú.

Luego de decir esas palabras, sonó un disparo y ambos

nos agachamos. Todos los matones de René comenzaron a disparar hacia los lados y hacia el cielo mientras se llevaban a René a rastras al carro, uno de sus hombres me llevaba para que me fuera con ellos.

—No me jodas, René. ¿Me estás queriendo decir que después de tantos años, casi toda una vida buscando atrapar a uno de los hombres más peligrosos y resulta que es mi padre?

—Eres mi hijo y jamás te lastimaría a ti o a mis nietas. Supe que andabas detrás del asesino de tus padres y aquí está. —Me entregó unas fotos de un cuerpo y logré distinguir que se trataba de su hermano.

—Hace una semana, murió de cáncer en el estómago. Puedes tener la paz que tanto has deseado. —Yo suspiré él puso su mano en mi hombro. No tengo palabras en este momento—. Puedes creerlo o no, Javier. —Tosió—. Pero era hora de que te lo dijera.

René tenía una mano sobre el estómago y noté la sangre alrededor de su camisa.

—Mierda, te dieron. —Volteé hacia uno de sus guardaespaldas—. Le dieron a Vallejo. Alcohol. ¡Rápido!

Uno de los hombres me pasó un aguardiente y se lo eché en seguida en la herida. No había sido algo grave y la bala había entrado y salido. René se quejaba del dolor mientras le intentaba dar primeros auxilios y después de unos segundos dejó de emitir sonido alguno. La cabeza me daba vueltas y mil pensamientos arremetían contra mí, pero la conversación había quedado para después.

37

Cuando dejaron de escucharse los disparos, Miguel me soltó, se acomodó rápidamente en el volante y arrancó.

—¡Miguel, mi papá!

—Lo siento, amor. Pero él me pidió que apenas se intercambiaran te alejara lo que más pudiera, así que por ahora vamos a ir al apartamento de Andrés. Allá deben estar Jimena y Manuel, y cuando las cosas se calmen podremos pensar en buscar de nuevo a tu padre.

El resto del camino no dijimos ni una palabra. Llegamos al apartamento, estaba solo. Sabía que Miguel había hecho lo que había hecho para protegerme, pero no podía evitar estar enojada. Era posible que mi padre estuviera muerto y yo estaba en un apartamento a kilómetros de él. Miguel entró a la cocina y se sirvió un vaso de agua, yo seguí derecho hacia la habitación y me encerré. Unos minutos después Miguel entró despacio.

—Julia. Lo lamento. Sé que no alcanzamos a ver si tu padre aún estaba vivo o si necesitaba ayuda, pero le hice la promesa de protegerte y es lo único que quiero hacer —Miguel se acercó y me agarró los hombros—. Amor, creí que te había perdido cuando te secuestraron y desde ese momento no he dejado de pensar en que mis días sin ti son solo horas que le sobran a mi vida hasta volver a estar a tu lado…

Miguel era el hombre más extraordinario que había conocido en mi vida. Estar con él hacía que me vibrara todo el cuerpo.

—Por eso… —continuó diciendo y se arrodilló. El aire empezó a faltar y mis lágrimas se desbordaron.

—Julia. Sé que en este momento no tengo anillo. Pero no quiero dejar pasar un día más sin preguntarte: ¿Quieres ser mi esposa?

De la emoción me tapé la boca con la mano. Sentí cómo la felicidad invadía todo mi cuerpo. Era hermoso, era perfecto. Primero, asentí con la cabeza y él me abrazó. Nos dimos un beso lleno de mis lágrimas y volví a abrazarlo.

—Claro que me caso contigo, bombón —dije en sus brazos. Luego empezamos a besarnos cada vez con más ganas.

Entonces Miguel se separó un poco.

—¿Me darías el honor de hacerte mía?

Un escalofrío recorrió todo mi cuerpo y me tensé al pensar en cómo decirle que no había estado con nadie.

—Está bien —contesté con una sonrisa—. Pero primero necesito algo de comer y tomar un baño. Recuerda que vengo de estar privada de mi libertad, futuro esposo.

La cara se le puso roja y sus ojos se abrieron de vergüenza.

—Discúlpame, princesa. Me dejé llevar por la emoción. Aquí tengo ropa limpia para ti y ahorita pido que traigan algo de comida ¿Te parece?

—No te preocupes, bombón. Solo un momento más y estaré dispuesta a ser tuya para siempre. —Él me miró y alzó la ceja.

—Pensé que ya eras mía.

Miguel podía cambiar de excitación a ternura en un segundo y eso me volvía loca.

—Claro que lo soy, pero me prometiste que ibas a pedir algo de comida. Así que lo seré después de comer.

Al decirle eso, comencé a caminar hacia el baño antes de que él se fuera y fui dejando una a una las prendas que me quitaba en el suelo. Al llegar a la puerta solo me quedaban los pantis y escuché un pequeño gruñido al otro lado de la habitación. Volteé, sonreí y me los quité.

—Te veo en un rato, bombón. —dije y dejé entreabierta la puerta del baño.

Miguel se apresuró a pedir mi comida. Entré a la ducha, me mojé el cabello, cerré los ojos y al instante empecé a sentir unas manos que rodearon mi cintura. Salté del susto y me volteé. Después de pedir la comida, Miguel se había quitado la ropa en un segundo y había entrado al baño. Por su cuerpo chorreaba el elixir del deseo.

—Bombón, ¿qué haces? —pregunté nerviosa. Todo su cuerpo era arte.

—Me voy a bañar con mi hermosa futura esposa o… quizás haga algo más… —susurró a mi oído.

Estaba mojada a chorros. Miguel se puso en frente de la

ducha y toda el agua pasaba por él antes de llegar a mí. Nos empezamos a besar, cada vez con mayor pasión, y Miguel comenzó a jugar con sus manos por todo mi cuerpo. Segundos después me apretó más contra él y sentí una descarga en mi cuerpo. Al rato yo me uní a su jugueteo de manos y acaricié cada espacio de su cuerpo. Era grande, fuerte, y cada que me pegaba contra su cuerpo me hacía desearlo más. Sus labios eran deliciosos, suaves.

Cuando menos me di cuenta comencé a gemir pegada a su cuerpo. Eran explosiones de placer. El cuerpo me ardía por dentro y deseaba cada vez más tener a Miguel dentro de mí. De momento, Miguel me volteó y quedé apoyada contra una pared del baño. Lo iba a hacer. Por fin. Pero cuando intentó hacerlo, ambos sentimos resistencia.

Volteé a verlo con pena, pero diciéndole con los ojos que no se preocupara, que lo hiciera. Tener a Miguel dentro dolía. Pero no era un dolor de los que asustan, sino de los que llaman. El calor de mi cuerpo se intensificó, aunque el agua estuviera fría y Miguel seguía intentando entrar hasta que, en una descarga de placer, embistió suficientemente fuerte y entró. De mi boca salió un grito junto a un gemido. Miguel salió un poco de la impresión y se dio cuenta de que un hilo de sangre bajaba por mis piernas. Su rostro mostraba evidente preocupación y salió otro poco, pero entonces yo me empujé hacia él.

—¿Eres virgen? ¿Por qué no me lo dijiste? —dijo en un tono serio y por un momento me asusté de que se hubiera molestado.

—Si te lo decía ibas a esperar a que fuera la boda, pero yo también me moría por hacerte mío. Ahora soy toda tuya, por favor no me rechaces.

—Princesa, ¿Cómo puedes siquiera pensar que te rechazaré? Me siento algo mal porque tu primera vez tenía que haber sido diferente, además hubiera sido más delicado. ¿Estás bien? —Mi respuesta fue sonreír y besarlo.

—Estoy bien, bombón. ¿Podemos continuar? —dije apretando mis nalgas de nuevo hacia él—. ¿Así se siente bien para ti?

Él se rio, seguro por escuchar mi voz entre gemidos, agarró mi cintura en sus manos y empezó a moverse mucho más rápido.

—Esto se siente mucho más rico, ¿verdad princesa? —Nada más pude asentir con la boca pues de mis labios solo brotaban gemidos.

—Estas tan apretada que voy a explotar en cualquier momento —dijo entre sus jadeos. Escuchar su voz era tan excitante que quería moverme más duro y rápido, hasta que luego de un par de movimientos más, explotó en mi interior.

Luego de eso nos calmamos un poco y terminamos de bañarnos. Nos pusimos las batas de baño y al salir un pensamiento invadió mi cabeza.

—¡Miguel!, no usamos protección —dije un poco asustada. Él se veía raro.

—¿Y eso es algo malo, princesa?

—N… no, pero me gustaría disfrutar de ti un tiempo solo para mí antes de compartirte —contesté y él se rio.

—Si fuera por mí, princesa, ahorita mismo me aseguro de dejar un hijo dentro de ti, pero nos cuidaremos de aquí en adelante. —Su seguridad no solo era excitante, sino absorbente. Ya quería tener hijos con Miguel así me tocara compartirlo.

Escuchamos que tocaron la puerta de apartamento y Miguel salió a recibir la comida. Después de ese buen baño tenía hambre. Miguel llevó la comida hasta la habitación y nos sentamos en la cama. Todo olía tan delicioso que no pude evitar gemir.

—No sigas haciendo eso o te haré mía otra vez —dijo y yo sonreí.

—¿Ah, sí?

—Come para que luego vayamos a ver a tu hermana y tus sobrinos —recalcó.

Mientras comía, Miguel se colocó nuevamente su ropa y me pasó una bolsa con ropa para mí. Una vez listos, bajamos donde nos encontramos con mi papá en la entrada y corrí hacia él.

—¡Papá! ¿Estás bien? ¿No te pasó nada?

—Estoy bien, Julia. No te preocupes.

Mi padre se veía más tranquilo, aunque un poco pensativo. Como no encontramos a Manuel ni a Jimena abajo, subimos de nuevo a la suite para esperarlos, pero a lo que abrimos la puerta ambos estaban en la sala. Miguel me volteó a mirar, yo lo miré y la sangre nos subió al rostro. Intenté hacer como si no hubieran escuchado nada de lo que habíamos hecho y luego de saludarlos fui a cargar a uno de los bebés, pero en seguida Jimena lo apartó un poco.

—Aléjate de mi hijo. Vienes de hacer cochinadas con Miguel, corromperás a tu sobrino —dijo y todos reímos.

—Pues a mi favor solo diré que cuando se hace entre esposos o casi esposos, no son cochinadas.

—¿¡Qué!? —dijo Jimena.

—Así como lo oyes, nos vamos a casar.

—¿Y el anillo?

—El anillo aún no ha llegado. Vamos por pasos.

Jimena se rio y Miguel se quedó hablando aparte con Manuel. Mi padre me abrazó, me felicitó, al igual que Jimena y después se le salió un comentario a papá que nos dejó frías.

—Quizás sea una buena ocasión para integrar a su abuelo.

—¿Nuestro qué? —dije sorprendida. Papá se quedó pensando un momento.

—Bueno, hijas, quería esperar el momento adecuado para contarles, pero creo que tampoco hubiera podido guardar el secreto por mucho tiempo. Aún no estoy completamente seguro, pero existe la posibilidad de que René Vallejo sea su abuelo.

Luego de dejarnos esa bomba, papá llamó a Manuel y se apartaron un poco para hablar.

38

—Manuel, quiero decirte esto con el mayor tacto posible. No pareces un mal muchacho y sé que eres el padre de mis nietos, pero quiero que tú y Jimena se divorcien; que desestimes esos contratos que firmaron. Si ambos se aman, no hay necesidad de seguir con eso.

Escuchar eso de parte del papá de Jimena fue un golpe.

—Entiendo su petición, Javier, pero eso ya está desestimado hace tiempo.

El padre de Jimena no dijo más, pero se quedó mirándome con duda. No me creía.

—Quiero que sepa que yo nunca supe que Jimena estaba embarazada. Yo cometí varios errores con ella, es verdad, pero también hubo un malentendido por el cual ella decidió irse de la casa. Yo nunca quise que se fuera.

—Yo pensaba que habías dejado a mi hija luego de saber de su embarazo.

—Creo que la falta de comunicación ha hecho que todo esto sea más complicado. ¿No cree?

Javier movió la cabeza e hizo una mueca.

—Bueno, es verdad. Aunque la verdad pueda ser inesperadamente extraña y dolorosa, es la verdad. Todo esto de René también me tiene la cabeza en las nubes.

Salimos de la cocina rumbo a la sala y ahí estaba Sofía, la madre de Jimena, junto a Miguel y Julia, cuidando a los bebés.

—¿Dónde está Jimena? —pregunté.

—Está en la habitación —respondió Julia.

Caminé hacia donde estaba Jimena y todos se quedaron en la sala. Era evidente que querían que habláramos a solas. Al entrar, Jimena estaba dando vueltas por la habitación, mirando el suelo y mordiéndose las uñas.

—¡Manuel! —se exaltó a lo que entré.

—¿Qué pasa? —pregunté sin moverme de la puerta. Ella seguía de un lado a otro.

—Este…. M… Mi papá quería hablar contigo sobre el divorcio.

—Sí, ya lo hizo.

—¿¡Sí, ya!? Dios, Manuel, qué vergüenza contigo. Te juro que yo no sabía que ellos sabían y por eso se me olvidó decirles lo del divorcio. Yo sé que eso ya lo firmamos desde el comienzo. Perdón por hacerte pasar por esa vergüenza.

Caminé hasta ella y tomé su rostro entre las manos.

—No te preocupes por eso, Jimena. Ya le aclaré un poco las cosas. Además, el que él lo sepa ahora es mejor para nosotros.

—¿Mejor? ¿Por qué lo dices? Se acaba de enterar de que ya estamos divorciados.

Besé su mejilla.

—Porque ahora podemos hacer las cosas bien, muñeca. Tanto para nosotros como para nuestros hijos.

—¿Eso quiere decir…? —Jimena cambió de preocupación a emoción en un segundo.

—Te daré la boda y la luna de miel que te mereces. —Jimena sonrió, sus ojos destellaron y se lanzó a besarme hasta que escuchamos un llanto proveniente de la sala. Luego alguien tocó la puerta.

—Siento interrumpir, pero este señorito requiere atención de su madre y su alimento —dijo mi suegra con Tiago entre sus brazos.

—La pequeña Patricia tiene hambre también —apareció Julia en la puerta con la bebé—. ¿Cómo haces para alimentar con tus senos a tanto glotón? —comentó.

—¿Ves esos botes de agua por allá? Tu cuñado me hace beberme dos de esos diarios. Eso recomendó la doctora. Además, tengo que estar con el extractor de leche cada cuarenta y cinco minutos o sino no doy abasto.

—Bueno, cuando tenga a mis hijos me explicas todo de nuevo que ahora no entiendo nada —dijo Julia y salió de la habitación.

Sofía y yo la seguimos para dejar que los bebés comieran y pudieran descansar. En la sala estaba Javier con Iván.

—¿Y qué has pensado del abuelo, papá? —preguntó Julia.

—Por ahora no lo sé. Cuando llegue el momento pensaré en qué hacer.

Alguien tocó la puerta. «Será Andrés que anda perdido», pensé. Julia fue a abrir y después de escuchar la puerta abrirse, hubo silencio.

—¿Quién es? —preguntó Sofía.

Nadie respondió. Javier estaba por hacerle la misma pregunta, pero en ese momento René apareció.

—Hola… —dijo haciendo un gesto con la mano.

—¡René! —reaccionó Javier y fue hacia él—. ¿Cómo seguiste?

—Bien, mejor, hijo. ¿Y ese bebé tan bonito quién es?

Javier sonrió.

—Es uno de tus biznietos, hijo de Jimena —el hombre se quedó asombrado y estático.

—Jimena…, ¿la del restaurante? —preguntó René.

—Así es —respondió Julia—. Resulta que somos hermanas. Nos enteramos hace muy poco.

René se veía como un abuelo normal, familiar, aunque según había comentado Julia, era despiadado. Aún no me daba confianza que estuviera tan cerca de los bebés.

—Hola, señor Vallejo —saludó Jimena al salir de la habitación y ver al hombre.

—Muchacha, ¿cómo estás? Cuando te vi embarazada, nunca se me pasó por la cabeza que podían ser tres.

—Sí, son dos varones y una princesa —respondió Jimena. El ambiente estaba un poco tenso, aunque Jimena intentaba relajarlo un poco. Todos a esas alturas sabíamos quién era René Vallejo. Lo que nadie sabía era lo que estábamos escuchando; la historia de cómo se dieron las cosas entre la madre del señor Javier, él y hasta qué punto su hermano arruinó todo.

—Solo quería venir a pedirles perdón por todo el sufrimiento que he causado en esta familia —dijo cabizbajo—. Yo entenderé si no me quieren cerca, he hecho cosas imperdonables. Pero antes de irme de sus vidas quería disculparme por todo.

El silencio inundó la sala. Todos nos miramos y nadie se atrevía a decir nada, hasta que el papá de Jimena habló.

—Todos hemos cometido errores a lo largo de nuestra vida. Creo que lo importante ahora es poder reconocerlo y perdonarnos.

—Creo que a todos nos gustaría que fueras parte de nuestra familia, abuelo —dijo Jimena y ambos sonrieron. Miguel y yo no dijimos nada y nos alejamos un poco para darles un poco más de intimidad.

Tres semanas después del reencuentro, los doctores dieron la autorización para que los bebés pudieran viajar y nos alistamos para volver todos a Bellavista.

—Nosotros nos vamos primero. —Miguel, Andrés y Guillermo estaban listos para irse en el helicóptero de la familia de Andrés. Jimena y yo saldríamos después con su hermana, sus papás y los bebés.

—Estoy ansiosa por llegar. Lily me llamó y me dijo que ya estaba listo el cuarto de los bebés.

—Ya veremos cómo está nuestra casa, señora Galeano.

39

Cuando llegamos a Bellavista, me quedé súper sorprendida, Manuel había mandado a cambiar muchas cosas en la casa. Los jardines estaban llenos de flores amarillas. Adentro de la casa las paredes, las fotos y las habitaciones estaban muy diferentes. Ya no parecía la casa de los padres de Manuel, la casa de la que Sofía me había hecho huir, ahora se veía como nuestra casa. Al punto donde había una pared con una foto de cada uno de los bebés recién nacidos. Mi corazón se estrujó en el pecho y un par de lágrimas salieron.

—¿Te gustan los cambios? —preguntó Manuel, dándome un beso en la frente.

—Me encanta. ¿En qué momento hiciste todo esto? Jamás te he escuchado hablar sobre estos cambios.

Manuel siguió caminando rumbo a la sala y ahí estaban Lily, mi madre y la pequeña Patricia. Iván y Tiago estaban en el coche. Julia y Carlos salieron de la cocina a recibirnos y mi padre entró después de nosotros a la casa con Andrés y Manuel cargando nuestras maletas y las cosas de los bebés. Subimos a seguir viendo la casa y la habitación que yo tenía había sido remodelada para los bebés. Me quedé sin aire solo abriendo la puerta. Las paredes blancas, los arcoíris en ellas, las cunitas blancas y todo lleno de juguetes de colores. Todo estaba tan hermoso que empecé a lagrimear.

—Todo quedó hermoso, Lily. Muchas gracias.

—De nada, fue un placer. Aunque debo decir que la autora intelectual de todos los colores fue la señora Patricia. Hace mucho que ella soñaba con acomodar una habitación para sus nietos.

Lily tomó a Tiago y a Iván y los acostó en sus cunas. Iba a coger también a la pequeña Patricia, pero como la tenía mi mamá se detuvo y recordé que con todas las sorpresas había olvidado presentarlas.

—Lily, te presento a mi mamá: Sofía. Mamá, ella es Lily. Tía madre de Julia.

—Un placer conocerte, Lily.

—Encantada, Sofía.

Luego de la presentación vi a mi mamá tambalearse de un momento a otro. Agarré la niña y se la entregué a Lily justo antes de que mi madre se desplomara.

—¡Mamá! Parece que está respirando con dificultad. ¡Qué alguien llame a un médico!

Segundos después subieron todos los hombres que se habían quedado abajo conversando. Mi padre corrió a agarrar a mi madre una vez la vio pálida, la tomó en sus brazos y salió corriendo.

—¿Papá a dónde la llevas? —pregunté.

—Tu madre lleva un par de días sintiéndose mal. No había querido ir al médico y decía que no era nada grave, pero esto ya no es normal, así que la llevo al hospital para ver qué es lo que le pasa.

Volteé a ver a mis bebés, luego a mis papás que se iban. No quería que se fueran solos, sentía como si no los fuera a volver a ver. Manuel vio la angustia en mis ojos y puso su mano en mi hombro.

—Tienes que ir. Trajimos toda la leche que has almacenado estas semanas. Lily, Julia y yo nos podemos encargar de los bebés —dijo. El cambio de Manuel era cálido, reconfortante. Estuve a punto de volverme hacia él y llenarle la cara de besos, pero mi padre seguía avanzando hacia la salida por lo que tuve que salir corriendo.

—Me llaman cualquier cosa. Trataré de volver lo más rápido que pueda —grité una vez salí de la habitación.

Alcancé a mi padre en el auto y me subí con mi madre en la parte trasera. Ella todavía no recuperaba el conocimiento. Llegamos a la clínica casi en un par de segundos. Unos doctores se llevaron a mi mamá con prisa y mi papá se quedó sentado con cara de gárgola.

—Cálmate, papá. Ella va a estar bien. Puede que se le haya bajado la presión por el viaje.

Me senté al lado de él, puse mi mano en su pierna y él puso su mano sobre la mía.

—No, hija. Tú mamá ya tiene un par de días sintiendo vértigos, náuseas y casi no ha estado comiendo. Quizás haya contraído alguna enfermedad por alguno de los viajes o algo. Lo peor de todo es no saber qué es lo que tiene.

Algo se me hizo sospechoso en sus síntomas, aunque descarté la idea en mi cabeza al recordar su edad. No era posible. Al rato salió el doctor que se la había llevado.

—La señora ya está mejor. La hemos pasado a una habitación para monitorearla un par de horas, pero todo está bien.

—¿Y ya saben qué es lo que tiene? —preguntó impaciente—. Ella no se comporta así normalmente, algo tiene que estarle pasando.

El doctor volteó a mirarme, luego volteó hacia sus papeles.

—Hagamos algo. Suban a la habitación de la señora, es la habitación 350. Yo voy por sus exámenes al laboratorio y en un momento voy para que los miremos y saber qué pasa con ella.

Mi padre y yo movimos la cabeza en afirmación y una vez el doctor se hizo a un lado, subimos a la habitación. Mamá estaba despierta mirando hacia la ventana algo pálida. Mi padre se acercó a ella, le tomó la mano y la besó.

—¿Cómo te sientes, amor?

—No se preocupen. Estoy bien, solo que no he estado comiendo bien. Creo que eso fue lo qué pasó —respondió ella. Luego entró el doctor a la habitación mirando unos papeles.

—Bueno, todo parece estar bien por aquí. Sus niveles de glucosa están un poco bajos, aunque nada de qué alarmarse. Con una buena dieta eso mejorará. Además, los niveles bajos de glucosa tienen una explicación y es que tiene de tres a cuatro semanas de embarazo.

«Lo sabía», pensé al instante. «Con sus síntomas estaba casi segura de que era eso». Mi padre estaba en *shock*. No dijo nada, no se movió por un rato ni miró hacia ningún lado más que hacía mi mamá. Soltó su mano y salió caminando con prisa de la habitación. Mamá intentó llamarlo, pero él solo se fue y ella quedó con lágrimas en los ojos. Luego volvió con un desborde de palabras en su boca.

—¿Cómo pudo pasar esto, Sofía? Si todo este tiempo te has cuidado. Mira la edad que tenemos. Somos unos viejos. Ahora lo que debemos tener son nietos, no hijos. — Cada palabra de su parte me atravesaba hasta a mí. Entonces intervino el doctor.

—La tranquilidad de ella es muy importante. Es muy común que a su edad se pueden presentar complicaciones durante el embarazo y cualquier alteración fuerte puede ser riesgosa. En unos minutos vendrá una enfermera que le entregará las órdenes para los medicamentos que necesita tomar para sus náuseas, algunas de las dietas que puede llevar y las vitaminas que debe estar tomando. Una vez se sienta mejor, puede irse.

—Muchas gracias doctor, yo cuidaré de ella — respondí.

—Mamá, todo estará bien. Déjalo. Ya se le pasará, es solo la impresión.

Minutos después llegó una enfermera, mamá tardó un tiempo más en reponerse y cuando se sintió bien para salir, salimos. Mi padre se había ido después de la explicación y no estaba por ningún lado. Apenas llegó el taxi, mi mamá se montó y me pidió que la dejara.

—Necesito un momento a solas, Jimena, por favor.

—Pero, mamá…

—Jimena —interrumpió.

Solo pude asentir y cerré la puerta. Apenas se fue, corrí

hacia otro taxi cercano, me monté con prisa y le indiqué que siguiera al taxi en el que iba mi madre. La ruta se me hizo conocida, íbamos hacia la antigua casa de mi abuela. El taxi de mi madre se detuvo unas cuadras antes, en un parque cercano y luego se detuvo en el que yo iba. Quería esperar a ver qué hacía antes de salir, pero ella solo se sentó en una banca y se quedó mirando la casa. Pagué el taxi, me bajé y caminé hacia ella. Antes de llegar, ella habló.

—Jimena, ¿crees que sea algo bueno tener un bebé a esta edad? —preguntó. Ya me había sentido llegar.

Me senté a su lado, agarré su mano y la miré a los ojos.

—Mamá, ¿qué sentiste cuando supiste de mi llegada? —Ella volteó la cabeza como si estuviera pensando en algo.

—Me sentí feliz. Y con mucho miedo. Tenía sólo diecinueve años. Tu padre también se puso feliz. No entiendo ahora su reacción. Es verdad que es algo diferente e inesperado tener un bebé a esta edad, pero no tenía que ser tan cruel con su actitud y sus palabras. Tengo veintitrés años a lado de tu padre, Jimena, y esto que acaba de hacer fue lo peor que me pudo haber hecho. Mirarme como si yo hubiera tenido la culpa.

—Yo entiendo que estás dolida, mamá, pero come, por favor. Aquí te traje algo de comida. Más tarde hablaré con Lily y te llevaré el medicamento al hotel donde estés, o a donde sea. Y no te preocupes por mi papá, sé que su reacción fue terrible, pero estoy segura de que recapacitará y volverá a pedirte perdón.

Ella me cogió la cara con su mano.

—Gracias, hija. Eres un sol. Ahora tú ve con tus hijos que ya has pasado mucho tiempo fuera y tú estás recuperándote todavía.

—Está bien. Pero te llevó a un hotel primero.

Ella asintió, tomamos un taxi, la dejé en el hotel más cercano a la casa y salí a ver a mis bebés.

—¿Cómo está tu madre? —preguntó Manuel una vez volví—, ¿y dónde están? ¿Se quedaron en el hospital? —Yo negué no con muy buena cara y Julia se acercó a mí.

—Dinos qué pasa, Jimena. tu cara nos dice que algo malo pasa.

Tomé un largo suspiro antes de hablar.

—Mi mamá está embarazada.

Toda la habitación se quedó en pausa, con los ojos abiertos y como si se les hubieran comido la lengua.

—Pero eso no es malo, ¿verdad, muñeca? —preguntó Manuel una vez reaccionó.

—No, mi mamá está bien. El problema es que cuando mi papá se enteró, trató mal a mi mamá y se fue del hospital. —Julia se levantó apretando sus puños.

—¿Y qué fue lo que le dijo? Porque creo que para hacer un bebé se ocupan dos. —Miguel la tomó de la mano.

—Dijo que estaban muy viejos y culpó a mi mamá por el descuido. Estaba tan enojado que no le importó que el doctor siguiera en la habitación, ni que ella estuviera alterada. Después de eso se fue y no volvió. Me pidió llevarla de nuevo al hospital, no quería venir aquí y encontrarlo. También dijo que estaba decidida a dejar a mi papá. Incluso duda en tener al bebé.

En ese momento la puerta de la habitación se abrió. Era mi padre. Al verme ahí se acercó a nosotros. Aún se veía algo molesto y Julia y yo le devolvimos la mirada.

—¿Dónde está tu mamá? —preguntó. Volteé a ver a Julia y ella me hizo señas de que no le dijera.

—La dejé en el hospital. No quería dejarla sola, pero tenía que venir con mis hijos.

En ese momento suavizó un poco su mirada.

—Ella no está en el hospital. Fui a su habitación y me dijeron que ya se había ido así que vine directo hacia acá pensando que había vuelto. —Julia me miró.

—Jimena, dijiste que mamá dudaba en tener al bebé. ¿Será que se practicó un aborto?

Mi padre levantó la mirada hacia Julia y se quedó pasmado. Luego empezó a dar vueltas renegando y rascándose la cabeza.

—No, no lo haría —contesté—. Posiblemente le dieron el alta y como no había nadie con quien irse, se fue a algún hotel cerca. Yo le dejé tu tarjeta, amor, espero no te moleste.

—No, amor, para nada. Pero hay que buscar a tu mamá. Si está embarazada, a su edad, es peligroso que ande sola por ahí. Mira cómo se desmayó, puede pasarle algo similar en la calle y sin nadie que le ayude.

Papá no decía nada. Solo estaba esperando a escuchar que alguien dijera dónde estaba su esposa.

—Jimena, ¿qué te dijo tu madre cuando te quedaste con ella? —preguntó al final. Ya tenía los ojos tristes.

—Ella dijo que te había perdonado muchas cosas, pero que ya era demasiado —respondí.

—Esta vez sí fuiste un bruto, papá —completó Julia.

40

—Voy a tratar de ir a buscar a tu madre, Julia. Sé que tu hermana no me dirá dónde está, ella también está muy dolida, pero necesito encontrarla. Necesito que me perdone.

Busqué en cada parque, cada restaurante, cada hotel de Bellavista, hasta que, volviendo a la casa rendido, vi un último hotel que había pasado desapercibido. Entré a la recepción, di el nombre de mi esposa y confirmaron que ahí estaba, pero que no tenían otras llaves de la habitación por lo que me iba a tocar esperar afuera de su habitación y esperar a que me abriera.

Le agradecí a la recepcionista, entré y la habitación estaba sola en un pasillo. Me acerqué a la puerta, estaba a punto de tocar y ella abrió. Ambos nos quedamos pasmados por un instante, sin decir nada, y volvió a cerrar la puerta.

—Amor, perdóname —dije al fin al otro lado de la

puerta—. Te juro que mi reacción fue por mil cosas que vinieron a mi cabeza. Por favor perdóname. No me alejes de ti, ni de este pequeño milagro que crece dentro de ti.

El otro lado estaba en total silencio.

—Doncella, sé que te lastimé, sé que mi reacción fue horrible, pero yo te amo, y amo a ese bebé que llevas dentro. Por favor abre la puerta para que podamos hablar.

La puerta siguió cerrada unos minutos, pero estaba dispuesto a esperar lo que fuera necesario. Una hora después seguía cerrada. Entonces se abrió. Sofía tenía los ojos inundados y me lancé a abrazarla.

—Amor, perdóname. Mi vida entera eres tú y nuestros hijos. Por favor discúlpame por cómo reaccioné. De ahora en adelante vamos a empezar una vida nueva y cuidaremos todos juntos de este bebé.

—¿Entonces no estás enojado porque vamos a tener un bebé? —dijo temerosa.

—Para nada, amor. Más bien tenemos que celebrar esta pequeña vida. Y de verdad, hermosa, nuevamente te pido disculpas.

—No tengo nada que perdonarte. Sé que fue algo tan impactante para ti como lo fue para mí.

—Pero le dijiste a Jimena que no querías verme. —Ella sonrió.

—Porque sabía que ella te lo diría y tú ibas a buscar la manera de llegar a mí.

—Agradezco a Dios tenerte en mi vida, Sofía —dije y le di un beso en la frente.

A la mañana siguiente nos reunimos todos en la casa de Manuel y Jimena. Mis hijas estaban felices de que hubiera arreglado las cosas con Sofía y todos estábamos más que contentos con la llegada del nuevo bebé. Estábamos Carlos, Jimena, Sofía, Julia, Miguel y yo esperando a saber por qué Manuel nos había citado a todos, hasta que de momento bajó junto a Lilian con la pequeña Patricia en manos de ella y se hicieron frente a nosotros.

—Familia, nos reunimos para decirles que Manuel y yo ahora estamos oficialmente divorciados. —dijo mi hija con una sonrisa, vio a Julia desencajada al igual que Sofía.

—Y aprovechando que estamos todos reunidos quiero hacer algo de la manera correcta. —Liliana viene con la pequeña Patricia en brazos y se la entregó a Jimena esta se fijó en el mameluco, cubrió su boca y miró a Manuel sin poder creerlo. Julia se acercó y le quitó a la beba de sus brazos leyó lo que estaba en ella y se la enseñó a Sofía.

—Frente a nuestra familia quiero pedirte si quieres ser mi esposa para toda la vida. Sin contratos y acuerdos de por medio. Estaremos solos tú y yo, nuestros hijos y nuestra familia. —ella reaccionó.

—¡Siii! claro que si me caso contigo mi amor. —mientras ella se abrazaba a Manuel todos aplaudimos y felicitamos. Ahora si hay que planificar una boda como Dios manda y esta vez podré ser yo quien entregue a mi hija en el altar.

41

No podía creer que esta vez Manuel me pidiera matrimonio frente a mi familia. Estaba muy feliz y sin palabras desde que vi el Mameluco de Patricia que decía "¿Quieres casarte con mi papi?" Luego de la propuesta, Lily nos tenía preparado un banquete. Yo me quedé viendo un poco más el hermoso mameluco de mi pequeña Patricia y me sentía agradecida por tener de nuevo una familia.

Al rato de estar comiendo sonó el timbre de la casa. Lily fue a abrir y cuando volvió, lo hizo con Guillermo, una mujer y un bebé.

—Hola, Gisela —saludó Manuel una vez los vio y todos nos quedamos mirando—. ¿Qué tal están? Mira cuánto ha crecido Jaime en estos meses que no lo vi.

Mi mamá y mi papá se vieron entre sí al ver el gran parecido entre Manuel y el bebé.

—Hola, Manuel. Sí, está cada vez más enorme —respondió ella.

Manuel saludó al pequeño, luego a Guillermo y volvió hacia mí junto con la mujer.

—Ella es Jimena, mi esposa. Jimena, ella es Gisela. La mamá de mi pequeño hermano.

«Ella es la mamá del hermano de Manuel», *pensé*. Una brisa de calma corrió por mi corazón. Sonreí, le estiré la mano y nos saludamos. Tanto con ella, como con el pequeño Jaime.

—¿Son sus hijos? —preguntó al ver a los trillizos. Manuel y yo nos volteamos a ver y sonreímos.

—Es una historia algo complicada, luego te la contaremos con más calma —respondió Manuel, y continuó—: No me avisaste que vendrías, ¿está todo bien?

Ella volteó a buscar a Guillermo

—Tu abogado me ha llamado y me dijo que yo tenía que estar para la lectura del testamento de tu madre. Por eso vinimos.

Todos volteamos a ver a Guillermo.

—¿Qué les parece si nos hacemos en el estudio para comenzar? —dijo y caminó con su portafolio hacia la oficina de Manuel. Gisela y yo lo seguimos, y los demás se quedaron en la sala con los más pequeños por indicaciones del abogado.

Al llegar al estudio, Guillermo empezó a leer palabra por palabra el documento que había redactado junto a Patricia. Dijo que me había heredado toda la fortuna que ella había obtenido durante sus últimos años, que al pequeño Jaime le había dejado un fideicomiso que se le entregaría a la edad de dieciocho años para sus estudios y una mensualidad de la que yo era la encargada. Así mismo dijo que había dejado una pequeña cantidad de su fortuna para Lily y que para Manuel no había dejado nada más que una carta.

En ese momento Guillermo, Gisela y yo decidimos dejar el estudio pues parecía que Manuel necesitaba algo de privacidad, así que fuimos a la sala.

—No parece que hubieras tenido tres bebés —comentó Gisela—. Quedaste muy bien. Yo me acuerdo de que, cuando estaba embarazada de Jaime, tuve una panza enorme y me costó varios meses volver a mi figura, aunque nunca volvió a ser la misma.

—Bueno, Jimena tampoco la tuvo fácil —comentó Julia a lo que llegó donde estábamos—. A los cuatro meses fue diagnosticada con preeclampsia y fue muy difícil. Pero aquí están tanto Jimena como mis bellos sobrinos sanos y salvos.

Todos nos quedamos mirándola.

—Disculpen que me metiera en su conversación. Soy Julia, hermana de Jimena, mucho gusto —dijo estirando su mano hacia Gisela. Luego llegó Miguel y besó a Julia.

—¿Miguel, cierto? —preguntó Gisela. Él asintió con algo de resentimiento y ella continuó—. Quería pedirte disculpas en nombre de toda mi familia por lo sucedido con mi prima. Todos estamos muy avergonzados por su actuar.

En su cara se vio que su disculpa era sincera y triste.

—No tienes porqué disculparte. Ni tú ni tu familia tienen culpa por sus acciones. Me da pena que ella no pensara en las consecuencias de sus actos en ese momento y que ahora tenga que estar reflexionando en la cárcel, pero qué le vamos a hacer —respondió Miguel dándole una sonrisa y un abrazo a Julia.

—Tienes razón. Bueno, me retiro. Guillermo, aquí tienes mi tarjeta por si necesitas contactarte conmigo. Mañana tengo que regresar a California. Gracias y nuevamente te pido una disculpa, Miguel. Despídeme por favor de Manuel que este gordo ya se está quedando dormido.

Dijo acariciando las mejillas de su hijo. Guillermo se ofreció a llevarla y ambos salieron al rato. Cuando me quedé de nuevo sola, recordé que Manuel seguía en el estudio y me empecé a preocupar.

—¿Puedes estar pendiente de los bebés un momento? —le pedí a Julia y luego de dejarla fui hacia el estudio.

Manuel estaba de pie, viendo por la ventana. Me acerqué a él y lo abracé por detrás. Él se dio vuelta, me abrazó y besó mi frente.

—¿Te he dicho que lo mejor que tengo eres tú y mis hijos? —preguntó, yo asentí.

—¿Estás bien?

—Todo está bien, más que bien, muñeca. ¿Quieres leer la carta?

—Es algo íntimo entre tú y tu madre. Tal vez en otra ocasión la leeremos juntos, ¿te parece?

Manuel sonrió y asintió atrapando mi cuerpo en sus brazos. Luego nuestros labios se juntaron y a cada segundo el beso se fue haciendo más intenso y caliente. Estuve a punto de dejarme llevar, pero después de que él puso sus manos en mi trasero me aparté.

—Todavía no podemos, Manuel. Faltan varias semanas más.

Manuel sonrió. Pero no con una sonrisa normal, sino con una sonrisa pícara de las suyas.

—Discúlpame. Todavía no me hago a la idea de que acabas de tener tres bebés con esa figura tan exquisita… —Manuel se volvió a acercar a mí y volvió a poner sus manos en mi trasero.

—Aquí ahora es más ancho y grande —comentó. Luego subió hacia mis senos—. Aquí definitivamente hay un cambio. Están más grandes, suaves, y deben saber deliciosos.

Sentí que debía pararlo por prudencia, pero mi cuerpo no quería hacer nada más que disfrutar de sus toques.

—Sin mencionar que aquí está casi plano —dijo bajando su mano por mi abdomen—. No me lo tomes a mal, pero estás más deliciosa que antes.

Su voz era como el leve susurro del deseo. Se estaba dejando llevar por completo por sus impulsos y me estaba llevando con él, entonces me volvió a besar, pero esta vez más fuerte. Me dejé llevar por uno, dos, tres segundos y lo empujé.

—Creo que es hora de que salgamos de aquí porque no me haré responsable de mis actos —dije y salí casi corriendo del estudio mientras Manuel se carcajeaba. Luego me siguió.

Cuando llegamos al comedor, todos estaban cenando y hablando de nuestra boda.

—¿Qué tal si hacemos una boda doble? —me preguntó Julia apenas me vio. Sus ojos brillaron y sentí que los míos también.

—Eso suena increíble —respondí.

—¿No sería mejor que cada uno haga su boda? —dijo Miguel con un tono un poco raro—. No me lo tomen a mal, pero es para que cada una de ustedes tenga su día especial. La verdad no quisiera que terminaran peleando por no estar de acuerdo con algo en la decoración o en la fiesta.

Miguel tenía un punto. Tenía que aceptarlo.

—Bueno, creo que tienes razón en eso, Miguel. Y más porque tu futura esposa es algo perfeccionista e intensa —dije viendo a Julia con una sonrisa y tirándole un beso.

—Sí, es cierto, pero ¿quién se va a casar primero entonces? —preguntó Julia.

—Ustedes se comprometieron primero. Además, nosotros necesitamos organizar más papeleo por todo lo del divorcio, así que ustedes serán primero y luego nosotros —respondió Manuel y yo asentí.

—Está dicho. Pero, Miguel, ¿ya les dijiste a tus papás que nos vamos a casar? Es más, ¿cuándo me los presentarás? —dijo Julia y Miguel se tensó. Me dio un mal presentimiento.

—Todavía no les he contado a mis padres sobre nosotros, amor. Mañana iré a hablar con ellos.

Las piernas de Miguel no dejaban de moverse.

—¿Por qué estás nervioso? ¿No crees que me acepten? —Miré a Manuel y él bajó su mirada.

—Mis padres son algo especiales, cariño, pero no te asustes, todo estará bien —dijo Miguel con una sonrisa ladeada.

El resto de la cena terminó en silencio. La tensión era tan filosa que podía cortar cabezas. Al terminar, Julia me ayudó a llevar todo a la cocina. Y mientras organizamos los platos, Miguel se despidió.

Cuando terminamos, Julia subió hasta su habitación un poco desganada y se encerró. Manuel y yo terminamos de atender a los bebés para que se durmieran y nosotros pudiéramos descansar. Nos cambiamos, nos acostamos en la cama, pero yo no podía dejar de pensar en Miguel.

—Manuel, cuando Julia preguntó sobre los padres de Miguel hubo mucha tensión, ¿no crees? ¿Qué es lo que oculta? Sé que tú sabes.

—Amor, juré no meterme. Pero si te cuento esto, necesito que lo mantengamos entre nosotros, ¿está bien? —Sabía que había algo.

—Está bien.

—La madre de Miguel quiere que se case con Francis, la amiga de Sofía. Parece que hay negocios de por medio. Además, parece que el padre de Miguel enfermó hace unos meses y Francis ha estado cuidándolo, ganando su cariño y admiración. Yo le advertí que no se involucrara con Julia hasta aclarar esa situación, pero él dijo que lo iba a solucionar. Los padres de Miguel ni siquiera saben que está saliendo con Julia. —Lo iba a matar ¿no pudo decirles nada en todas estas semanas?

—Ha tenido todo este tiempo, Manuel ¿por qué no lo ha hecho? Porque su padre ha estado enfermo y tiene miedo de alterarlo. — yo negué—Solo son excusas tú y yo sabemos lo que callarse causa, amor. No podemos hacer de la vista gorda con esto Manuel. —le dije él concordó con mi comentario.

—Y te entiendo, muñeca, pero eso ya no depende de nosotros, si no de Miguel. —Pobre Julia si sus suegros no la aceptan será muy difícil para ella.

42

—Buenos días, hermosa familia —dije dándole un beso en la mejilla a mi madre y un apretón de manos a mi padre.

—Vaya, hijo, hasta que te dignas a visitar a tus padres —comentó mi padre.

—Vengo porque tengo algo importante que contarles.

Ambos dejaron de comer y volvieron a verme.

—Bueno, adelante.

—Desde hace un tiempo me vienen diciendo que tengo que sentar cabeza, que ya estoy volviéndome viejo, que debería conseguir una buena mujer.

Mi madre puso una mano sobre el brazo de mi padre y sonrió.

—¿Significa que por fin vienes a comprometerte con Francis? —dijo mi padre con una sonrisa.

—No… papá. Conocí a una mujer. —En ese momento la cara de ambos se transfiguró—. Ella se llama Julia. Hemos salido por varios meses y...

—Pues tendrás que dejarla —interrumpió mi padre—. Le di mi palabra a los padres de Francis y les dije que sería tu esposa a cambio de perdonar una deuda que tenía con el padre de ella.

—¿Una deuda? ¿Y de cuánto es la deuda?

—Veinticinco millones de dólares

La sola cifra me dejó helado.

—¿Estás consciente de que literalmente me estás vendiendo y robando mi felicidad con Julia por una deuda?

—Hijo, cálmate. Dale una oportunidad a Francis. Casi nunca la has tratado, puede que conociéndola cambies de parecer. También me gustaría conocer a Julia, si quieres invítala a venir a casa hoy.

—¿Como así que la traiga a esta casa? No, eso no lo permitiré. Miguel tiene que casarse con Francis y es una orden.

—Entiende que esa fue tu decisión, no la mía. Yo solo quiero que mi hijo sea feliz y que, aunque Francis aparenta ser diferente, no se te olvide que era la mejor amiga de la mujer que le hizo daño a nuestro hijo. Y eso, por lo menos a mí, jamás se me olvidará.

Mi padre hizo una mueca y volvió a comer.

—Invítala, hijo, ¿te vas a quedar a desayunar para llamar a pedir otro plato para ti?

Pasé casi toda la mañana con mis padres y no se volvió a mencionar nada sobre Francis, aunque mi madre me preguntó sobre Julia cuando mi padre fue al baño. Le platiqué un poco de lo que había vivido con ella y lo especial que era. Eso la emocionaba y le hacía dar más ganas de conocerla.

Al salir de la casa de mis padres me di cuenta de que tenía el celular en silencio y había varias llamadas perdidas de Julia. Le puse el sonido y cuando iba a llamarla entró otra llamada de ella.

—Princesa, discúlpame por no contestarte. Mi teléfono estaba en silencio y hasta ahora me percaté de eso. —Julia lloraba al otro lado del teléfono—. Amor ¿Estás bien? —pregunté, pero ella solo lloró y luego colgó la llamada.

«Algo malo está pasando», salí hacia la casa de Manuel y Jimena. Al llegar Jimena me recibió con una cachetada.

—¿Por qué me pegas?, ¿qué es lo qué pasa? —alegué.

Jimena me golpeó el pecho con un periódico donde había un clasificado que anunciaba mi fiesta de compromiso con Francis junto con una foto mía y una de ella.

—Te pido que te vayas, Miguel. Le has causado un dolor muy grande a mi hermana. Manuel me había convencido de darte tiempo para que solucionaras tus problemas con esta situación, pero mi hermana no está en condiciones para estar en medio de todo esto.

—Por favor, Jimena. Necesito verla y explicarle todo esto. Justo hoy hablé con mis padres y la han invitado a cenar para conocerla. Por favor, Jimena, déjame hablar con ella.

Jimena suspiró y dudó un momento y luego me dejó entrar. Salí corriendo hacia la habitación de Julia y ni siquiera me anuncié.

—¿Qué haces aquí? Deberías estar con tu otra prometida ¿no?

—Julia, amor, no tengo otra prometida. Yo solo quiero

estar contigo. Es verdad que no te conté desde un principio todo lo que planeaba mi familia sin mi consentimiento, esperaba poder arreglar las cosas, pero todo se me salió de las manos.

—Entonces por un lado me decías que querías pasar tu vida conmigo, mientras que por el otro lado aceptabas ya que tus padres tenían a una prometida para ti.

—No, no, no, Julia. Déjame explicarte. Mi padre tiene una deuda con el padre de Francis y él le dijo que le perdonaría la deuda si ella y yo nos casábamos, pero ni mi madre, ni yo, estamos de acuerdo con eso, te lo juro. Esa publicación tuvo que ser obra de Francis. Esa mujer es la mejor amiga de Sofía, quien fue la persona que les dañó el matrimonio a Jimena y a Manuel, y sabes lo que me hizo. No quiero justificarme por lo que estés pensando ahorita de mí, solo te puedo decir que jamás he compartido ni el saludo con esa chica.

Tomé sus manos y Julia dejó salir un par de lágrimas silenciosas. La abracé y todo se calmó un poco.

—¿Será mucho pedirte que busques tu mejor vestido? —dije al rato. Julia separó su cabeza de mi pecho y me miró extrañada.

—Mis padres quieren conocerte y me pidieron que te invitara a cenar en su casa esta noche. Claro, si tú quieres.

Julia pensó un poco, se veía un poco indecisa, pero al final aceptó.

—Júrame que no nos van a separar, amor. Ellos me van a conocer y les voy a encantar tanto que no van a querer otra mujer para ti —dijo. Poco a poco volvía a ser la de antes.

—Nadie lo hará, princesa. Buscaré la manera de saldar

esa deuda para que no la utilicen en nuestra contra. Yo solo te amo a ti y quiero estar contigo, no lo olvides. Ahora, ponte el vestido más hermoso que tengas que quiero que mis padres miren lo bella que eres.

Julia corrió hacia el vestidor a saltos y yo salí hacia la habitación de Manuel para dejarla cambiarse.

—Necesito hablar contigo —dijo Manuel una vez me vio y me llevó hasta su estudio.

—Te advertí que la dejaras antes de lastimarla, Miguel, y mira lo qué pasa. No planeo juzgarte, ni reprocharte nada, pero espero que mi ejemplo te sirva para no cometer tantos errores como lo hice yo.

—No te preocupes, Manuel. Afortunadamente mi madre me apoya. Son problemas de mi papá, pero aceptaron cenar hoy con Julia para conocerla. Eso ya es un avance.

—Patricia desde un principio me dijo que Jimena era la indicada. No le quise creer y mírame ahora, estoy que, si ella dice rana, yo salto de lo enamorado que me trae. Cuida de Julia, Miguel, no dejes que otros la lastimen.

Alguien tocó la puerta.

—Miguel, Julia ya está lista. Más te vale que la cuides —dijo Jimena al entrar.

—Sí, Jimena, no dejaré que nada le pase. Nos vemos y gracias por el consejo.

Apenas salí a la sala me encontré con la mujer más hermosa que mis ojos habían visto. Julia tenía su cabello ondulado, un vestido azul marino que abrazó su hermosa cintura hasta la rodilla, tacones negros y un maquillaje impecable. Me acerqué para darle un beso en la frente, pues sabía que si le dañaba el labial se molestaría conmigo y le ofrecí mi brazo. Ella sonrió, aceptó y salimos rumbo a la casa de mis padres. Al llegar había más carros de lo normal.

—No sé por qué, pero no me trae buena energía este encuentro —dijo Julia. Tomé su mano y le di un beso.

—Estás conmigo, princesa. Todo va a salir bien.

Julia asintió un poco nerviosa. Al abrir la puerta vi a mi madre platicando con la madre de Francis y al verme llegar, corrió hacia mí. Julia intentó soltarse de mí, pero agarré fuerte su mano.

—Miguel, ¿quién es ella? ¿Como traes a una mujer cuando te vas a casar con mi hija? —dijo el señor que estaba bajando las escaleras.

—¿Y cuando me lo dijeron? Sus tratos son entre ustedes, no conmigo. Ella es Julia, mi prometida. Mi única prometida.

—Madre, si no es mucho pedir, ¿podrías llevar a Julia a mi antigua habitación mientras solucionamos esto, por favor?

Mi madre asintió, se acercó, le sonrió a Julia y se la llevó. El resto de los involucrados nos reunimos en el despacho de mi padre.

—Miguel, no hay otra salida más que un matrimonio. Yo no tengo los fondos para cancelar la deuda que tenemos con ellos.

—Bueno, se trata de negocios, ¿no es así? Señor, le ofrezco asociarse en un proyecto que promete unos 30 millones de dólares en ganancia. Es un complejo habitacional a las afueras, al norte de Zaragoza, en terrenos que le compré al abuelo de Julia. —Apenas mencioné eso, al padre Francis le brillaron los ojos, pero a la vez se llenó de indignación.

—Siempre quise comprar terrenos por esos lugares —

respondió—. El único dueño de esas propiedades siempre se negó a vender, ¿cómo se llama el abuelo de esa señorita?

—René Vallejo es el abuelo de Julia.

Cuando dije ese nombre hasta mi padre se quedó con la boca abierta. El hombre miró a su esposa, señaló a Francis y las dos salieron. Mi padre y yo nos quedamos hablando.

—Si acepta este trato, podemos afinar detalles en mi oficina mañana mismo. Si no, déjame ir pagando en plazos el dinero que se le adeuda.

El hombre volteó a ver a mi padre y sonrió.

—Tú más que nadie sabes que hacer negocios con Vallejo es difícil —dijo—. Y tú hijo cuenta con su favor. Entonces que así sea, muchacho. Mañana me reuniré contigo para que hablemos sobre este negocio. El matrimonio no se llevará a cabo. Ahora lo difícil será decirle a Francis, ella estaba tan emocionada que cuando supo que estabas en la ciudad, lo hizo público en los diarios.

Mi padre y yo asentimos. El problema de su hija era problema de él, a ninguno de los dos nos importaba. Entonces escuchamos un grito que nos hizo salir corriendo del despacho, me congelé al encontrar a Julia en el suelo y a Francis en medio de las escaleras, hasta que reaccioné y me acerqué a Julia para socorrerla.

—Julia, mi amor, ¿estás bien? —Julia llevó su mano sobre su vientre y ver su gesto me erizó el cuerpo.

—Nuestro bebé, Miguel. Tenemos que ir al hospital —dijo con la voz quebrada y baja. Se estaba quedando inconsciente.

—¡Oh, mi Dios!, ¡está embarazada! Hijo, no te quedes ahí. Hay que llevarla al hospital—dijo mi madre corriendo hacia nosotros.

Tomé mi teléfono y llamé a emergencias. Expliqué la situación y me dijeron que no la moviera para evitar empeorar su condición, que había una unidad muy cerca del área.

—Julia, mi amor, reacciona. ¡Julia!

Apenas los paramédicos llegaron y la levantaron, una pequeña mancha de sangre quedó en el suelo. La ira me invadió y volví a mirar a Francis.

—Si Julia pierde a nuestro bebé, esto no se quedará así. En especial para ti —dije y señalé a Francis.

Mi madre se fue conmigo para seguir a la ambulancia y en el trayecto llamé a Manuel y a Jimena para contarles todo lo que había pasado. Minutos después de que Julia entró a emergencias escuché la voz de Manuel por el pasillo, me levanté a avisarle dónde estábamos y vi que llegaba con Javier, quien se veía molesto. Ambos me vieron y Javier caminó hacia mí. Manuel corrió tras él y lo detuvo antes de que me golpeara.

—Cálmese, suegro. Estamos en un hospital.

Javier respiró hondo. Los ojos de todas las personas a nuestro alrededor nos empezaron a pesar y eso lo obligó a calmarse.

—Suéltame, Manuel. Suéltame que no le puedo hacer nada aquí a este imbécil.

Manuel lo soltó y el papá de Julia comenzó a caminar en círculos pasándose las manos por la cabeza. Me senté, al igual que mi madre, y Manuel se sentó a mi lado.

—Te advertí que la cuidarás —dijo decepcionado. Su reacción era extraña.

—¿Desde cuándo lo sabes? —le pregunté.

—Hoy me lo ha dicho Jimena —respondió.

La doctora salió de las puertas de cirugía y se acercó a nosotros antes de que fuéramos hacia ella. Javier también se acercó.

—Julia está bien. Solo tiene una pequeña contusión en sus costillas y algunos golpes en sus brazos.

— ¿Y el bebé, doctora?, ¿cómo está?

—El bebé también está bien. Logramos detener el pequeño sangrado que tuvo, pero el bebé sigue aferrado al útero de su madre. Vamos a tenerla en observación para ver si todo sigue bien con el bebé antes de darle de alta. —Todos suspiramos. Ella continuó—. Han tenido mucha suerte. El embarazo aún es muy pequeño y hay mucho riesgo de perderlo, pero al parecer ese bebé quiere conocer a sus papás. —dijo con una sonrisa, eso terminó de devolverme el alma al cuerpo. No sabría qué hubiera sido de mí, si algo les hubiera pasado.

—¿Podemos verla? —preguntó mi suegro.

—Sí, síganme por aquí.

Todos seguimos a la doctora. Mi madre estaba a mi lado con más miedo que esperanza. Entramos a la habitación que señaló la doctora y ahí estaba Julia sobando su panza con una lágrima en los ojos. Nunca había sentido tanto miedo y tanta frustración. Al entrar corrí a abrazarla y ella me abrazó de vuelta.

—Ya, amor. Está todo bien, no llores. —dijo y me reí porque tendría que ser yo quien le diga eso. Me solté y me incliné a su vientre para darle miles de besos a nuestro bebé, Julia se ríe.

—Gracias por quedarte con nosotros, pequeño príncipe o princesa. —Julia me dio un golpe en el hombro.

—¡Oye! pensé que yo era la princesa. —dijo bromeando.

—Pues si es una niña te tocará compartir ese sobrenombre, mi princesa. —Mi madre y su padre miraron nuestro intercambio de palabras.

—Julia, ¿qué fue lo qué pasó con Francis en la escalera? —preguntó imprudentemente mi madre.

—Madre, Julia necesita descansar…

—Puedo contestar a eso, Miguel —interrumpió—. Yo iba bajando la escalera, casi detrás de usted, cuando me dijo que bajara al comedor, pero me dieron ganas de ir al baño y tuve que devolverme a la habitación. Luego, cuando bajé, casi al final de la escalera me encontré con Francis. Ella me alegó y me dijo que ella era quien se iba a casar con Miguel, pero la ignoré e intenté seguir mi camino, pero eso no le gustó. Apenas di un paso, ella me agarró el brazo e hizo que perdiera el equilibrio y bueno, el resto ya lo saben.

—Ahora tendremos que casarnos lo más pronto posible, quiero que nuestro bebé nazca dentro del matrimonio princesa. —Ella asintió con una enorme sonrisa y vio a mi madre.

—Si tus padres están de acuerdo mi amor. —Mi mamá se acercó a ella y le tomó su mano.

—Claro que queremos, mi esposo es un cabeza dura, pero si no quiere problemas conmigo sabrá comportarse desde hace un par de años le pedimos a Miguel que sentara cabeza y por fin lo hará. Y más mi esposo se moría porque llegará el momento de tener nietos y ahora ¡Seré abuela! —dijo mi madre emocionada y le guiñó el ojo a Julia quien sonríe.

Bueno, esto no se podría poner mejor.

43

El alarido de Julia se escuchó por toda la casa y salí corriendo hacia su habitación.

—¿Qué sucede Julia? —Ella estaba llorando con el celular en la mano—. ¿Qué pasó? ¿Por qué gritaste de esa manera?

Aun sollozando me mostró su teléfono con los encabezados en redes sociales donde se anunciaba el compromiso de Miguel con una mujer llamada Francis. Mi corazón se partió por mi hermana y el dolor que debía estar sintiendo.

—Está comprometido y no me lo dijo, ¿por qué me hace esto Jimena? Él solo quería jugar conmigo.

—No, cariño, no pienses así. Tal vez es solo un chisme. Mira, no tienen ni una foto juntos. Son solo chismes, Julia, no le hagas caso a eso.

—¿Y si es cierto, Jimena? ¿Qué voy a hacer? Estoy embarazada y él tiene un compromiso con otra. Él no puede hacerme algo así no pue… —antes de terminar la frase se desmayó y entré en pánico.

—¡Manuel!, ¡Manuel! —grité hasta que apareció en la puerta—. ¡Ayúdame!, Julia se desmayó en mis brazos y está embarazada.

Manuel abrió los ojos a más no poder y se acercó. Levantó a Julia y la puso sobre la cama. La cubrí con la cobija y fui al baño a buscar alcohol y un algodón para ayudarla a reaccionar. Minutos después Julia despertó un poco más calmada

—Tienes que pensar en tu bebé, Julia. ¿Recuerdas lo que me decías? Nada te tiene que derrumbar. Espera a hablar con Miguel. Estoy segura de que no es como parece. Ahora, cálmate, duerme un poco o, ¿quieres algo de comer?

Julia asintió y baje rápido a hacerle un sándwich. Por suerte Lily estaba con los bebés, así que no tenía que preocuparme por ellos. Volví a subir a su habitación y Julia seguía llorando, Manuel ya se había ido.

—Tienes que parar de llorar, le harás daño al bebé. Es más, ¿por qué no me lo habías dicho?

Ella sonrió por fin.

—Me enteré nada más hace dos días. Quería decírselo primero a Miguel para luego informarle a la familia, además quería conocer a los papás de Miguel y ver cómo se daban las cosas. ¿Y si los papás me rechazaban y él les decía que tenía que estar conmigo por el bebé? No, yo quiero que, si él está conmigo, sea porque me ama, no por compromiso. Por favor dile a Manuel que no se lo diga.

—¿Has probado a llamarlo?

—Le he marcado varias veces, pero no contesta. Le he dejado mensajes, pero aun así nada.

—Bueno, come y luego descansa, ¿sí? Ya aparecerá.

Hablamos un momento más mientras atardecía y el turno de Lily con los bebés terminaba. Manuel se había ido a la oficina a arreglar algo y estaba a punto de volver, así que apenas llegó dejé a Julia en la habitación y bajé a recibirlo antes de que fuera tiempo de los bebés. Manuel me recibió con un beso intenso.

—Nunca me cansaré de tus labios, muñeca —dijo y le di un beso suave antes de ir a ver a los bebés, pero él me detuvo.

—¿Por qué huyes de mí? —dijo y pegó su cuerpo a mi espalda. Las piernas me empezaron a temblar y me ardió un poco la cara.

—Sabes que estamos en abstinencia todavía y vienes a dejar mi cuerpo todo alborotado, no es justo. —Manuel se rio, me dio un beso en el cuello y otro en los labios.

—¿Podrías culparme? He soñado con volver a estar en tu cuerpo desde esa noche que estuvimos juntos. No me puedo aguantar las ganas de comerte.

Una de sus manos recorrió toda mi espalda y apretó mi trasero. Un leve suspiro se escapó de mis labios y antes de volver a besarlo escuché el llanto de uno de los bebés. Me aparté de Manuel de golpe y salí despavorida hacia la habitación. Escuché la risa de Manuel mientras me alejaba.

Cuando el bebé se calmó, bajé para hablar con Manuel y tocaron la puerta. Era Miguel. Estaba a punto de pegarle y dejarle la cara roja, pero Manuel me detuvo.

—Muñeca, ellos tienen que hablar —dijo y lo dejó pasar. En ese momento solo sentía odio hacia Miguel, pero Manuel tenía razón.

Mientras esperamos a que la pareja del segundo piso solucionara sus problemas nos hicimos en el estudio de Manuel.

—Tienes que hablar con él, cariño —dije—. Él está a tiempo para solucionar su problema y que no les pase lo que nos pasó a nosotros. Julia no merece estar en medio de eso y menos en su estado.

—Lo haré, pequeña, no te preocupes. Iré ahora a ver si puedo hablar con él.

Dijo apenas sentimos pasos por la sala. Él salió a encontrarse con Miguel y yo salí a terminar la cena. Minutos después escuché unos tacones y salí a ver quién era. Julia bajaba las escaleras con un hermoso vestido y maquillada a la perfección.

—Qué hermosa te ves, hermana —dije una vez bajó las escaleras.

—¿Has visto a Miguel? —preguntó—. No lo vi en el pasillo y tampoco está aquí.

—Déjame llamarlo, tal vez está con Manuel.

Fui hacia la habitación y toqué.

—Miguel, Julia ya está lista. Más te vale que la cuides —dije antes de que salieran.

—Sí, Jimena, no dejaré que nada le pase. Nos vemos y gracias por el consejo.

Después de que Miguel y Julia se fueron nos quedamos cenando en silencio. Hacía mucho que no cenábamos sin dramas sobre la mesa. Hablamos de los niños, de nuestros planes a futuro, y las horas pasaron cada vez más rápido. Hablar con Manuel, con el verdadero Manuel, me enamoraba cada vez más y me recordaba a la señora Patricia. Entonces le entró una llamada y al otro lado del teléfono parecía haber una algarabía.

La cara de Manuel cambió drásticamente. Colgó y volvió a verme.

—Julia va camino al hospital. Parece que Francis le empujó por las escaleras —dijo.

—¿¡Qué!? —grité—. Siempre tiene que pasar algo. Primero Sofía y ahora esta mujer. ¡Las odio!

Manuel corrió a la habitación, tomó unos sacos y llamó a mi padre para decirle lo que había pasado. Segundos después llegó con mi mamá, ambas nos quedamos con los bebés y Manuel y mi papá salieron hacia el hospital.

—Tranquila, hija, ella estará bien —dijo mi madre, pero ella no sabía del embarazo de Julia. Eso era lo que más me preocupaba.

—Lo sé, mamá, pero me preocupa. Julia está esperando

un bebé, ¿y si le pasó algo a su bebé?

—Dios mío, entonces sí es serio —respondió—. Ojalá el bebecito esté bien también.

Pasamos unas horas de angustia mientras estuvimos pendientes de los bebés, dando vueltas por la habitación hasta que mi mamá me regañó.

—Hija, cálmate. Estás muy ansiosa y eso lo sienten los bebés, por eso están inquietos.

Mi teléfono empezó a vibrar y vi que era Manuel así que contesté al instante.

—Dime, amor, ¿cómo están Julia y su bebe?

—Cálmate, muñeca. Ambos están bien. Julia ahora está hablando con Miguel, su madre y tu padre. La van a dejar unos días en observación para estar pendientes de que el embarazo siga bien y luego le darán de alta. En un rato llego a casa.

Pude respirar aliviada y le repetí la información a mi madre quien también se tranquilizó.

Pasaron tres semanas y llegó el día de la boda de Miguel y Julia. Miguel se había vuelto tan sobreprotector con Julia que no la dejaba que usara ropa muy ajustada porque decía que le iba a apretar mucho a su bebé. Verlo en esa faceta era gracioso.

Ver a mi hermana caminar con su vestido blanco por el altar, acompañada de mi padre, se sintió como un sueño. Un año atrás no tenía familia y ahora tenía una enorme que se seguía multiplicando.

—Los próximos seremos nosotros, muñeca —dijo Manuel a mi oído una vez Miguel y Julia estaban en el altar. Besó mi cuello y se alejó al instante. Cuando vi hacia el lado, mi padre nos estaba viendo con ojos de asesino y no pude evitar reír.

La boda fue hermosa y Manuel no paró de hacerme insinuaciones al oído. La abstinencia lo estaba volviendo loco. Al terminar la boda, Manuel y yo decidimos quedarnos a despedir a Julia y a Miguel que se iban a su luna de miel por el Caribe.

—¿Dónde están los niños? —me preguntó Manuel buscando a nuestro alrededor una vez se fueron.

—Mis padres los llevaron a casa antes de que se hiciera más de noche y les cayera sereno —respondí y después de terminar de despedirnos de todos los invitados, volvimos a casa.

Al llegar nos encontramos con el silencio. Manuel me miró extrañado porque no había nadie en casa. No había rastros de mis padres, Lily o los niños y cuando volteé me acerqué a él, rodeé su cuello con mis brazos y lo besé.

—Sorpresa —susurré—. Solo estamos nosotros, cariño, y el doctor ya me autorizó suspender la abstinencia, así que estoy a tu merced el día de hoy.

—¡Ah! ¿sí? —dijo mientras le fui besando el cuello.

Seguí besándolo a manera de respuesta y le sonreí. Sin decir más, Manuel me tomó de los glúteos y me hizo enredar las piernas en su cintura para salir hacia la habitación.

—Ahora sí no hay excusa para no poder hacerte todo lo que he querido, muñeca —dijo una vez llegamos a la cama.

—Entonces la noche promete, cariño. Soy toda tuya.

No dije más pues sus deliciosos y carnosos labios atraparon los míos en un largo beso. Ambos nos quitamos la ropa con tal rapidez que parecía que nos picara. Cada prenda era un estorbo del que había que deshacerse. Al estar casi completamente desnudos, Manuel me acostó sobre la cama donde siguió besándome y tocando mi cuerpo.

—Nena, he estado demasiado tiempo sin esto, así que discúlpame si estoy muy ansioso, pero muero por estar dentro de ti. —Su comentario me causó algo de risa, aunque fue interrumpida al momento en que casi me arrancó los pantis y luego se lanzó a besar mis pechos.

Dejé salir un pequeño gemido al sentirlo bajando por mi abdomen. Besó mi vientre, mis piernas, y luego se enfocó en mi entrepierna. Estaba tan húmeda que me dejé llevar demasiado rápido. Intenté cerrar las piernas, pero él no me dejó, las agarró con sus brazos y siguió en lo suyo, provocando espasmos en mí. Sin esperarlo introdujo un dedo en mí y empecé a sentir que un delicioso orgasmo quería atravesar mi cuerpo. De igual forma, mis espasmos le avisaron a Manuel que estaba a punto de llegar, así que sacó su dedo y puso su cara frente a la mía, mientras dejó que sintiera su cuerpo sobre mis labios.

—Princesa, te dejaré elegir, ¿rudo o suave? —Su voz fue otro catalizador de mi placer y me estremeció. Mordí mis labios al ver sus ojos verdes llenos de deseo y le contesté.

—Quiero que seas rudo.

Y sin dejarme terminar, lo empecé a sentir cada vez más adentro. Empujando de una forma que imbuía de calor todo mi cuerpo y aún más mi vientre mientras lo abrazaba con tal fuerza que mis uñas marcaban su espalda. Él se movía cada vez más rápido y respiraba con mayor agitación, lo que me excitaba cada vez más, hasta que dejé salir un fuerte gemido que lo hizo llegar a él también.

—Te amo, Manuel —dije en un susurro, complacida.

—Yo también te amo, Jimena. Pero esto aún no termina, esto apenas comienza. —Nos rodó sobre la cama dejándome sobre su cuerpo.

Tomé su miembro con mi mano y poco a poco fui bajando, sintiendo todo su falo entrando en mí.

—Calma hermosa, si no te lastimaré. —dijo cuando quiero dominarlo, pues yo también quiero hacerlo como cuando lo hicimos la primera vez. Dejé salir un fuerte gemido y sentí como si se me escapara el aire. Manuel dejó salir un estremecedor bufido mientras aprieta mis glúteos.

—Si, nena. Que bien se siente, estás tan riquísimamente apretada. Vamos Muñeca, muévete para tu papi. —ordenó y yo obedecí acelerando mis movimientos, hasta que el orgasmo nos golpeó. Así fue durante toda la noche, donde dimos rienda suelta a nuestra pasión. El sol entró por nuestra ventana, mi esposo estaba sobre mí y yo rodeaba mis piernas a su cintura. Era nuestro quinto o sexto orgasmo. Bueno, los de Manuel, los míos perdí la cuenta después del décimo. Él cayó colapsado, con sudor en todo su cuerpo y sobre el mío. Acaricié su espalda y me dormí, no tengo palabras para lo que fue esta noche, solo puedo decir que esta noche fue mágica. Fue *nuestra* noche mágica.

Último Capítulo

Cinco meses después de que Julia y Miguel se casaran, y que Manuel y yo compartiéramos una cama para algo más que dormir, por fin llegó el día de nuestra boda como Dios manda. Yo quería esperar un poco más a que los bebés estuvieran más grandes, pero mi madre y Julia me convencieron de que no era lo mejor, pues ellas no iban a poder ayudarme a cuidar a mis hijos una vez estuvieran ocupadas cada una con el suyo.

—Te vas a ver hermosa, Jimena —dijo Gisela una vez me vio con el vestido. Ella se había integrado más a la familia y disfrutamos más tiempo junto con ella y el pequeño Jaime.

—El vestido es hermoso —comentó Julia—. Te envidio. Ojalá hubiera tenido la misma suerte que tú. Yo tuve que ir a seis tiendas én Zaragoza y a dos tiendas aquí. Me medí como cincuenta vestidos hasta que di con el mío y tú solo fuiste a una tienda, te mediste dos y encontraste tu vestido.

—Hermana, sabes que te amo, pero eres muy complicada e indecisa. Agradezco a Miguel por hacerme entrar en razón con no hacer una boda doble porque hubiera sido un desastre.

Julia levantó los hombros y se rio.

—Pero bueno, ¿ustedes cómo van? ¿Cómo es Guillermo de Novio? —le preguntó a Gisela y ella se sonrojó.

—Muy bien. La verdad es que, desde que tuve a Jaime, nunca pensé en tener pareja pues…, ustedes saben. Pero Guillermo supo llegar a mi corazón a través de mi hijo. Desde que nos mudamos aquí se ha hecho cada vez más cercano a él. Es tan hermoso verlos tirados en la alfombra jugando con cochecitos. —Sus ojos brillaban.

—Me alegra muchísimo, Gisela. Creo que ambos merecen esa felicidad —Comenté y seguimos arreglándonos.

Cuando ya estuvimos listas, salimos hacia los autos que nos esperaban para ir a donde iba a ser la boda. Manuel se había encargado del lugar, la decoración y la luna de miel. No me había querido decir nada de dónde iba a ser y puso a Julia a que empacara mi maleta.

El auto se estacionó en la entrada de un parque desde donde pude ver flores rosadas y rojas caer de los árboles, así como linternas en el suelo iluminando el camino. Todo era mágico. Mi padre me esperaba en la entrada y al verme llegar se acercó rápidamente para abrir la puerta.

—Te ves hermosa, hija mía.

Le quisieron salir un par de lágrimas, al igual que a mí, pero tuvimos que controlarnos, pues no podía arruinar el maquillaje. Me ofreció su brazo y caminé junto a él. Mientras nos fuimos adentrando en el camino, empezó a sonar un violín y mis nervios subieron al máximo. Cuando llegamos al pasillo rumbo al altar, no pude guardar más las lágrimas. Ver a Manuel con su esmoquin fue mejor que cualquier sueño que hubiera podido tener sobre mi boda.

—Te deseo la mayor felicidad del mundo, hija —dijo mi papá cuando entregó mi mano a Manuel. Luego volteó a verlo.

—La lastimas, te lastimo. ¿Estamos?

Todos los que escucharon se rieron. Volteé a ver a mis príncipes estaban iguales a su papá y Patricia llevaba un vestido blanco. Manuel besó mi mano y nos volteamos para ver al abogado que nos iba a casar que no era otro que Guillermo.

Al terminar la ceremonia, junto con Manuel habíamos decidido abrir la fiesta con un baile, así que mientras todos se acomodaron en sus mesas, Manuel y yo caminábamos hasta la pista de baile a la espera de que la canción que habíamos escogido que sonara. Las bocinas inundaron el lugar con Solamente tú, de Pablo Alborán. Comenzamos a bailar y Manuel me susurró la canción al oído. No pude evitar que mis ojos se llenaran de lágrimas al pensar en todo lo que tuvimos que pasar antes de llegar a ese punto. Si alguien me hubiera dicho dos años atrás que me iba a casar con Manuel Galeano, que tendría hijos con él, que mis padres estaban vivos y que tenía una hermana que se enamoraría de un amigo de Manuel. Jamás, pero jamás, lo hubiera creído.

—¿En qué piensas, amor? —me preguntó Manuel cuando regresamos a la mesa.

—En lo mucho que han cambiado nuestras vidas desde que nos conocimos. Tenemos tres hijos, una familia grande y amigos increíbles. La verdad es que somos muy bendecidos.

Manuel besó mis labios suavemente. Mi madre y Lily llegaron con nuestros pequeños.

—Antes de que nos los llevemos a casa tienen que despedirse de ellos, porque no se los llevarán con ustedes estos días —dijo Lily.

Jugamos un poco con ellos antes de que se los llevaran a casa y Manuel le pidió a Julián que nos transportará al aeropuerto.

—¿Estás lista para ir a la nieve, pequeña? —dijo Manuel una vez nos sentamos en el auto.

—¿En serio? ¿Por eso me preguntabas si me gustaba la nieve? —la sonrisa al ver mi reacción le cubría toda la cara—. Te amo, Manuel, te amo. Solo tú puedes hacer que mi corazón lata de esta manera.

—Solamente tú eres y serás la dueña de mi corazón, Jimena. Te amo más o igual a como tú me amas a mí y eso será hasta que la muerte nos separe e incluso si ella nos quiere separar, nos encontraremos y nos volveremos a amar. —

respondió viéndome a los ojos. Nos besamos sellando ese momento y así lo hicimos durante todo el camino hasta llegar al aeropuerto. Continuamos en el avión que nos llevó hasta Canadá. Donde practicamos varios deportes en nieve porque le insistí a Manuel, ya que no quería que saliéramos de la habitación. Regresamos a casa después de una semana afuera y nuestros hijos estaban muy felices de vernos.

Ese día estábamos todos acostados en la cama jugando y no sé qué puede ser mejor que esto.

Todo era perfecto y esperaba que así fuera hasta que la muerte nos separe.

Epílogo

Habían transcurrido veintiún años desde que me casé por segunda vez con Jimena y debo decir que han sido los mejores años de mi vida. Desde que la tengo a mi lado, junto a mis hijos. Los trillizos de veintidós años, Julián de dieciocho años y Gerardo de dieciséis años son mi mayor orgullo.

Jimena ha sido una madre y esposa maravillosa. Siempre que tengo oportunidad se lo hago saber. El amor que siento por ella es cada vez más grande, amo su paciencia y dedicación para educar a nuestros hijos y siempre llenarme de atenciones. Ellos me han hecho sentir el esposo, padre y hombre más afortunado del mundo. Tener a una mujer como ella como madre de mis hijos y a ellos por darle alegría a nuestro hogar solo eran más de lo que creí merecer después de tantos errores.

Estábamos en la graduación del colegio de Julián, todos mis hijos eran muy aplicados y perfeccionistas en lo que hacían. Bueno, solo Tiago era un caso, se había tomado medio año para conocer el mundo con un préstamo que me pagará cuando desempeñe su carrera.

Algo que no tarda en suceder porque en unos meses se gradúa de arquitecto y diseñador; Iván estaba estudiando medicina, con especialidad en pediatría; a Gerardo le faltan dos años más para terminar el colegio y no puedo dejar de mencionar a mi orgullo, mi princesa Patricia. No puedo negar que, de mis hijos, era con ella que teníamos un vínculo muy especial. Era una joven hermosa muy parecida a su madre, pero no podía negar qué había gestos de mi en ella, dedicada, segura de sí misma y de sus capacidades y muy trabajadora. Hace dos meses fue su graduación en la escuela de diseño. Le encantaba ir a mi oficina, desde pequeña, su madre los llevaba a visitarme mientras trabajaba y ahí encontró su camino en la moda. Siempre le encantaba robar los pedazos de tela que me daban de muestra antes de producirla y hacía pequeños diseños de vestidos con ellos. Ahora ella y su madre han empezado su propia línea de ropa.

—Cariño, ya lo van a llamar. Por favor, esta vez tomaré las fotografías. —dijo mi esposa llamando mi atención. Anteriormente, de la emoción de ver graduarse a mis tres hijos, no teníamos fotos de ese momento porque al encargado le temblaba la mano o las fotos enfocan al suelo en vez de a ellos por querer verlos con sus propios ojos. Y pues eso no se le olvida a mi amada, si no fuera porque la escuela tenía un fotógrafo profesional fuera hombre muerto.

—Julián Aurelio Galeano Roberts —llamaron a mi hijo y mi pecho se infló de orgullo, cuando lo vi caminar hacia el estrado donde le entregaron su diploma. Él lo levantó para enseñarlo, mientras su madre y yo gritamos y aplaudimos sin importar las miradas de los presentes. Le teníamos una fiesta sorpresa preparada cuando lleguemos a casa. Para él, todos estaban ocupados o estudiando y no pudieron venir.

La ceremonia terminó, vamos a la casa y dejé el carro estacionado afuera, Julián nos miró con el ceño fruncido. Cuando pasamos por el portón, todos en el jardín gritaron "sorpresa". Mi hijo fue felicitado por los presentes. Globos de felicidades decoraban el lugar y comida por doquier ¿qué más podía pedir? La familia aumentó mucho de tamaño.

Guillermo se casó con Gisela y tuvieron tres hijas Cecilia, Luz y Chloe. Sin olvidarme de Jaime, mi hermano de quien ya era un hombre de veinticuatro años. Siempre le hicimos bromas a mi amigo como él fue el Playboy del grupo, Dios le mandó solo hijas.

Miguel y Julia tuvieron a Mary y Fernando. Mi amigo Andrés encontró la felicidad con Roberta la amiga enfermera que Julia le presentó y desde que se conocieron han sido inseparables tienen un joven de 19 años llamado André. Nuestros hijos crecieron juntos somos tíos de todos nuestros hijos y entre ellos se llevan muy bien, no puedo olvidar a mi cuñado Jerónimo, un chico que era como ver a mi esposa en versión masculina, el mismo color del cabello y sus ojos azules, pero con sus variantes, en especial su altura y físico. Está esperando ser llamado para entrar en un equipo de baloncesto profesional, lo ha practicado desde pequeño.

—Papá, ¿te molestaría regalarme un momento después de la fiesta de graduación? —me dijo Patricia. Sus ojos no brillaban de alegría y su tono era extraño. Algo estaba ocurriendo.

—Claro, hija. Disfrutemos de la fiesta y después me dices qué es lo que te preocupa.

Patricia asintió. Le puse la mano en la espalda y nos separamos hasta el final de la fiesta.

—Patricia, ¿es algo para discutir en familia o solo lo quieres hablar conmigo? —le pregunté mientras terminamos de ordenar un poco el caos en la cocina.

—Papá, es algo serio. Creo que es mejor que lo

hablemos todos, de igual forma, ellos se enterarán, aunque lo hable solo contigo. Quiero dar la cara a mis problemas.

Patricia me asustaba con sus declaraciones, parecía que estaba pasando por algo grave. Cuando terminamos de organizar, llamé a todos a una reunión de emergencia y especifiqué que Patricia necesitaba hablar de algo importante.

—¿Qué sucede? Me asustan —dijo Jimena al llegar.

—Vamos, pato, habla que una chica espera por mí —dijo Tiago y le di una palmada en la cabeza.

—Oye, ¿por qué me pegas? —respondió, pero no le dije nada.

Patricia estaba muy nerviosa y sus ojos se empezaron a llenar de lágrimas.

—Seré honesta porque sé que en estos momentos solo los tengo a ustedes —dijo y se detuvo.

—Habla, hija, que estás por darme un infarto —dijo Jimena.

—Estoy embarazada —dijo al fin—. Y les pido que me perdonen, papá, mamá, porque les he fallado.

Su declaración fue como un pequeño fósforo que me encendió en ira. Sentí ganas de ir y acabar con el desgraciado que había puesto sus asquerosas manos sobre mi hija.

—Patricia, pero si no te conocemos ningún novio. ¿Como ha pasado esto?, ¿lo conocemos? Dime quién es. Ahora —exigió Iván. Él era el más protector con Patricia.

Ella solo nos miraba a mí y a Jimena, quien estaba aún asombrada ante esta revelación.

—¿Y cuáles son los planes? ¿Te casarás? —preguntó Jimena una vez pudo hablar.

Patricia tomó aire y se calmó un poco.

—No, mamá. Seré madre soltera. Él no quiere tener nada que ver con el bebé. Me dio dinero para que me hiciera un aborto, pero no lo haré. Sacaré a este niño adelante yo sola.

—Patricia, ¿quién es el padre de tu bebé? —Mi voz salió más firme de lo planeado.

—Es un chico que conocí el fin de semana que fuimos a la casa de playa con las chicas. Él también estaba de vacaciones. Solo me había dado su número, así que lo llamé para decirle, pero después de que lo cité en una cafetería de la playa hace dos semanas para hablar sobre mi embarazo, dejó muy en claro que no quería nada con mi hijo, ni conmigo, y cambió su número de teléfono.

—Todos te cuidaremos, hermanita. No vas a necesitar de ese idiota —dijo Gerardo.

—¿Cuál es su nombre, Patricia?, tal vez podemos buscarlo —continuó Julián.

—¿Para qué lo quieren? Lo buscan, lo encuentran, ¿y qué ganaríamos con eso? Su hermana ahora solo necesita tranquilidad y seguir adelante, como dice Gerardo.

Julián no se vio muy convencido, pero ante la negación de Jimena no pudo hacer más que aceptarlo.

—Está bien, te vamos a apoyar —dije—. Pero si ese hombre te busca, no dudes en decirnos.

—Te lo juro, papi. No te ocultaré nada.

—¿Sería mucho de mi parte si puedo celebrar que voy a ser abuelo? —dije provocando risas en todos Jimena se levantó y me abrazó también.

—¡Seremos abuelos! —dijo dando de brincos. Los ojos de Patricia brillaron nuevamente. Mis hijos se rieron por nuestra celebración. No era quién para juzgar a mi hija. A su edad, su madre ya los tenía a ellos y pasó por cosas muy difíciles ella sola, sin mi apoyo.

Espero que ese hombre jamás regrese, porque si lo hace, me encargaré de hacer que sufra por haber humillado a mi princesa.

¿Fin?

La historia continua en…

Simplemente mía

Con Patricia Galeano

Primer Capítulo
Simplemente mía

—Vamos Patricia, la pasaremos increíble. Por favor, hace mucho que no salimos solo las chicas. Aprovechemos que no tendremos a nuestros hermanos cerca. —dijo Mary agarrando mi mano, vi a las chicas con ojos de borrego y no me pude negar a eso. Mi graduación, la cual fue ayer, será utilizada como excusa para escapar de nuestros hermanos sobre protectores.

—Está bien, ahora vamos a preparar maletas. ¡Nos vamos a la playa! —dije emocionada, ellas afirmaron emocionadas. Mary, la hija de mi tía Julia y el tío Miguel y Cecilia, la hija de tío Guillermo y Gisela. Me sonrieron y se vieron entre ellas en complicidad.

—Nosotras ya tenemos nuestras cosas en el auto. —dijo Mary guiñando el ojo.

—Ya quiero que las enanas sean mayores de edad para poder sacarlas, pero papá y Jaime nunca las dejan. —dijo Cecilia refiriéndose a sus hermanas, Luz y Chloe.

Terminé de hacer la maleta y salimos de mi casa, le llamé a papá para avisarle.

—Princesa, ¿cómo estás?

—Hola, papi, las chicas y yo vamos a la playa en Costa Azul, a la casa de tío Miguel. Por favor no le digas a mis hermanos sabes cómo son. Te aviso cuando lleguemos ¿sí? —dije, mi padre y yo teníamos una relación muy bonita y era un tanto *"alcahuete"* como le dice mi madre, pero es lo que ganas cuando eres la única hija de Manuel Galeano.

—Claro princesa, ya tu tío Miguel me llamó y me dijo que va a estar la señora que cuida de la casa y eso me deja tranquilo. Cuídate y pórtate bien, hija. Avísale a tu madre. —dijo lo que me deja tranquila. Aunque no estaba segura de que a mi mamá le gustara la idea, tenía que avisarle ya que la dejaría el fin de semana con la tienda de ropa que habíamos abierto unos meses atrás y gracias a Dios nos va bien. Trabajé mucho para crear nuestra propia línea de ropa y como ya había obtenido mi título, podré hacer mi propia marca, al menos eso esperaba.

—Mamá, ¿qué tal? ¿Cómo estás? —dije cuando la llamada se conectó.

—Mmm, ¿qué me vas a pedir? Siempre que me saludas de esta manera es porque quieres algo y ya creo saber que es. No te preocupes, pásala bien y cuídense, cariño, avísame cuando lleguen. —Tenia a los mejores padres del mundo.

Llegamos hasta Costa Azul y le envié un mensaje a mis padres para avisarles que llegamos bien.

En la casa la vista a la playa es hermosa.

Subimos directo a cambiar nuestra ropa. Una señora nos dio la bienvenida y nos dijo que ella estaría de día, pero en las noches se iba, que había comida en la refrigeradora y postre también. Era muy amable la señora Eva.

Estábamos tomando el sol en la playa, cuando unos jóvenes bien definidos se acercaron a nosotras. Se colocaron a un lado de nosotras a tomar el sol. Mary era la más coqueta y los saludó con la mano.

—Mary, para por favor ¿o quieres que le haga una llamada a Jaime? — dijo Cecilia lo que me dejó perpleja.

—Mary, ¿porque Cecilia tendría que llamar a Jaime? — pregunté levantando la ceja.

—Eres una sapa Cecilia. —dijo quitándose los lentes para verme.

—La verdad es que nos hemos estado frecuentando, pues nos hemos estado hablando y uno que otro beso, pero hasta ahí no más. —Ceci se rio.

—Si, claro, uno que otro beso que parece que se van a tragar entre ustedes. —dijo haciendo una mímica de cómo son los besos. Mary le tiró sus lentes y seguimos riéndonos.

—Aunque es raro, Jaime no me deja hablar con mis papás al respecto. Siento que no me quiere tomar en serio. —dijo Mary un poco cabizbaja.

—Dale tiempo. Sabes que él es así y más cuando tu padre y hermano son tan intimidantes. El pobre cree que le cortarán el cuello o dejarán sin bolas. —Asentí dándole la razón a Ceci. La verdad es que mi tío Miguel puede ser muy intenso cuando se trata de su pequeña Mary.

—Bueno y tú no te quedas atrás. Ayer vi que te diste la mano con un Galeano. —dijo Mary y Cecilia le aventó el bloqueador solar. Y yo me tiré en Cecilia.

—¡Ja! ¿con que serás mi cuñada? ¿con cuál de mis hermanos? Aunque si me preguntas honestamente solo tengo 3 que son material para matrimonio, el otro no lo recomiendo como mujer tengo que ser honesta. —Cecilia abrió los ojos asustada.

—¿Quién no tiene material para matrimonio? —preguntó rápidamente. Mary y yo reímos, sabía que se trataba de mi hermano Iván. Había visto cómo se miraban entre ellos, pero le haré una pequeña broma.

—Iván se puede ver recatado, estudioso y buena gente, pero es un Don Juan de lo peor. —dije tratando de sonar lo más sincera del mundo. Mary me guiñó el ojo, vi que Ceci se desilusiona. No pude evitar reír y con eso se perdió mi tono serio y mi broma.

—¡Estúpida! casi me lo creo. —dijo Ceci, empujándome lejos de ella.

—No nada que ver, ese sería Tiago ese si ustedes saben que mi hermano se mete debajo de cualquier falda. —Todas volvimos a reír.

Las chicas decidieron ir a mojarse un poco en el agua, pero yo me quedé viendo una revista. Uno de los chicos se acercó hasta mí.

—Hermosa, hola, no puedo dejar de verte, ¿eres de por aquí? —preguntó un hombre de piel morena clara, cabello castaño, barba corta con un musculoso torso. La verdad que se veía muy guapo y con lentes de sol mucho más. Salí de mi letargo ante tal hombre enfrente de mí.

—No, vivimos en España, vine con mis primas a pasar el fin de semana. —le dije quitando mis lentes, él me sonrío.

—Que hermosos ojos tienes, hermosa ¿te gustaría aceptar una invitación para cenar conmigo hoy? —dijo yo claro que lo aceptaría, pero no sabía… «¿Que puedes perder? aprovecha a conocer a un hombre como él, posiblemente no tendrás una próxima vez"» dijo un pequeña voz en mi mente y pues hay razón en esa frase, ¿qué podía perder?

—Claro, aceptó —dije regalando una sonrisa.

—Okey, si quieres dame tu teléfono, para anotar mi número. —Le entregué mi teléfono, él marcó su número y escuché su teléfono sonar.

—Listo, ahora ya tengo tu número, pero no sé tu nombre. Me imagino que es tan hermoso como tú. —dijo, haciendo mis mejillas arder.

—Me llamo Patricia, ¿y tú? —pregunté, él tardó unos segundos en contestar.

—Mi nombre es Roger, para servirte preciosa. —Los silbidos de los otros chicos que estaban con él, nos hizo romper contacto visual. Les hizo señal de que esperaran.

—Bueno, hermosa, yo te mando un mensaje para decirte a donde vernos ¿te parece? —dijo para luego acercarse y darme un beso en la mejilla. Al separarse, asentí y él se fue complacido con mi aceptación. Las chicas esperaban a que él estuviera lejos para casi correr a mi lado.

—Por toda la colección de Barbie que poseo, ¿que fue eso? —dijo Ceci, yo me reí ante su comentario.

—Pues lo que vieron, ese hermoso y guapo hombre me ha invitado a salir esta noche. —Mary se acercó a donde estaba su toalla y se la amarró al cuerpo rápidamente.

—Vamos, que tienes que lucir fabulosa esta noche. No me mal entiendas, pero necesitas de un macho así en tu vida y en este caso el vino a ti así que, no lo dejarás ir. Iremos por un vestido de noche y a ponerte hermosa. —Cecilia asintió efusivamente y empezamos a recoger nuestras cosas. Caminamos hasta la casa y revisamos la ropa que trajimos y ninguna tenía algo bonito que me pudiera poner. Salimos a una tienda que estaba a dos calles de la casa y encontramos un vestido perfecto para una cena. Mi teléfono sonó con un mensaje, justo cuando entrábamos de regreso a la casa.

—*Hermosa, ¿qué tal si nos vemos en el restaurante Tapas y Copas a las 8?* —yo me emocioné, busqué en el GPS que tan largo estaba eso de la casa y para mi suerte estaba a 3 calles. Podría ir caminando por la orilla de la playa.

—*Claro, te veré ahí.* —respondí. Les hice saber a las chicas, las cuales estaban igual o más emocionadas que yo.

Se acercaba la hora de ir a verlo, me coloqué el vestido azul marino con encaje negro en las mangas y alrededor de la cintura, mi cabello suelto y ondulado, maquillaje suave y un bolso negro.

—Te miras muy linda ojalá tu cita termine bien. Nosotras vamos a salir a un club por aquí cerca también. Así que diviértete que nosotras también bailaremos toda la noche. —dijo Mary. Me despedí de ella para salir al restaurante. Desde afuera pude verlo, pero esta vez llevaba un sombrero playero masculino, lentes claros, camiseta negra y jeans beige se veía impecable.

—Hola, Roger —saludé. Él se puso de pie y me ayudó con la silla como todo un caballero.

—Hola, hermosa, gracias por aceptar mi invitación. —dijo dándome un beso en la mejilla antes de sentarse.

—Un placer, gracias a ti por invitarme. —dijo sonriendo.

La cena transcurrió entre historias de él, sus amigos y los lugares que le encantan visitar en Costa azul. Yo le conté un poco sobre mis primas, que días atrás había sido mi graduación de la escuela de diseño y un sinfín de cosas triviales. Ninguno profundizó en detalles personales, profesión fue más sobre nuestros gustos de música, películas, y viajes. La verdad es que fue una muy agradable velada.

Al terminar fuimos a la playa a caminar un rato ya que habíamos bebido un poco de más. Él me tomó de la mano y entrelacé mis dedos con los suyos.

Caminamos un rato más, alejándonos de la casa. No se lo dije, quería saber hasta dónde me llevaba esta noche. Jamás me había sentido tan atraída por un hombre y el deseo que sentía por besarlo era muy intenso. Deseaba que él se sintiera igual.

Soltó mi mano y me tomó de la cintura, lo que me hizo verlo a los ojos. Él se acercó acortando la distancia entre nuestros rostros y pegó sus labios con los míos. Fue un beso suave, pero lleno de deseo el cual correspondí gustosa.

—Disculpa, espero no ofenderte, pero deseo invitarte a mi habitación esta noche. —Yo no le respondí, pero por ganas, necesidad o curiosidad me lancé a darle un beso más demandante que el anterior, lo que él tomó como un sí.

Jamás me había dejado llevar por el momento, pero jamás había deseado a alguien como a Roger. Llegamos hasta su habitación en un hotel muy lujoso. Al cerrarse la puerta él me separó de su cuerpo.

—Hermosa, estás a tiempo de irte porque una vez que empiece a adorar tu cuerpo, será muy difícil que me detenga. —dijo en mi oído para luego bajar y besar mi cuello nublando mi razón por completo. El me miró de nuevo en espera de respuesta.

—Quiero quedarme. —Al terminar su boca ya estaba devorando mis labios y me dejé llevar ante esa sensación que él había despertado en mí.

Agradecimientos

Hace casi 3 años escribí este libro y en ese momento lo hacia en notas desde mi teléfono. Ya que mi computadora no funcionaba.
Recuerdo que la primer persona en apoyarme como siempre en mis locuras es mi Panda… mi esposo.
Agradezco muchísimo tu comprensión, ayuda en todo el proceso y el sacrificio de perder a tu esposa por tenerla horas frente a un monitor.

A Dios, por otorgar el don y la oportunidad de poder escribir para ustedes.

Agradezco a Pamela Hormazábal por sacrificarse conmigo en este proceso y ayudarme a terminar a tiempo este libro. Eres de esas personitas que la vida pone en el camino y que son un tesoro que se debe apreciar. Tengo muchísimo por agradecerte, pero no terminaré hoy. Mis ojeras de mapache se me mojaron… sniff, no sé qué haría sin ti. te amito.

Agradezco eternamente a mis lectoras BETAS
mis Anas, Martha Casillas, Luisa Villadiego, Rocío Briseño, Claudia Galván… entre otras por todo el apoyo que me dieron, por disponer de sus tiempos para entregárselo a mi libro y por todo el amor que le dieron en el proceso.

A Suviesky Solís por entregarme un poco de su creatividad y entregarnos una bella ilusión a cómo podrían ser nuestros personajes. Eres increíble mi Suvy Sol.

A Estrella Fernández por darnos la imagen que podemos observar en nuestra portada.

A Grecia Leal, gracias por ayudarme a crear el exterior de este libro.

A Rodrigo y Daniela de Livró, por los consejos, sugerencias y por su esfuerzo en perfeccionar este libro.

A mis chicas de *Hablemos de libros y Más*. Por siempre creer en mí y en mi trabajo. Son mi mayor motivación para crear historias que rompan el estigma del dia a dia.

Deseo otorgar una mención honorifica a mis bellas colaboradoras. Leidy Páez, Carolina Giraldo, Agustina Sotelo y a cada persona que me ha apoyado en todo el proceso de mi carrera como escritora. Me encantaría poderlos mencionar a todos, pero si se resiente no se preocupe que vienen muchos más libros donde su nombres serán los primeros en mencionarse.

A todos ustedes que tienen el libro en sus manos y se tomaron el tiempo de leerlo. Gracias por el apoyo.

No se les olvide dejar sus opiniones o reseñas, pues son el mejor regalo para un autor.

ACERCA DEL AUTOR

Valery Archaga, escritora hondureña. Nació en la Ciudad de Tegucigalpa, Francisco Morazán en Honduras. El 6 de noviembre de 1993.

Hace 7 años se mudó a Charlotte, Carolina Del Norte donde reside junto a su esposo, 3 pequeños y sus pequeñas de cuatro patas Chloe y Monie con quienes pasa prácticamente todo el tiempo.

Valery es una autora proactiva, que disfruta de la interacción con sus lectores y se distingue por entrelazar las historias de sus libros entre si lo que le ha dado resultados muy gratificantes.

Su aventura como escritora inició en octubre del 2021 comenzó su primer libro "Solamente Tú" en plataforma digital, iniciando la hermosa y romántica saga que continúa a la fecha con la tercera generación de la familia Galeano.

La saga creció y actualmente cuenta con 14 libros que están próximos a salir en físico.

-Solamente tú

-Simplemente mía
-Junto a mi
-Soy para ti
-Siempre fuiste para mi
-Negociando tu Amor
-Despues de Nosotros
-Luchando por tu Amor
-Jugaste y Sufrí
-Digno de Ti
-Mafioso de mi Corazón
-La Edad que nos Separa
-Las leyes de un Amor Incondicional
-Por Siempre serás Mía